# 做世间淡定优雅的女子

吕夏乔——著

贵州出版集团
贵州人民出版社

# 目录

# 张爱玲：倾一座城，爱一个人

深夜不睡，翻出一本诗册，随便打开一页，看到一首两汉古诗《明月何皎皎》：

明月何皎皎，照我罗床帏。
忧愁不能寐，揽衣起徘徊。
客行虽云乐，不如早旋归。
出户独彷徨，愁思当告谁！
引领还入房，泪下沾裳衣。

诗里因月光而起的相思与愁绪，清清明明的，连那个被记挂着的人的身影，也朗朗地立在眼前。

不知怎的，突然就想起张爱玲，想起张爱玲的月光——洒满童年时上海没落贵族宅邸空旷花园里清冷的月光，被父亲监禁时家里楼板上带着杀机的蓝色月光，漏进开纳公寓破旧简陋窗户里薄情的月光，漫天战火之际躲进香港大学里惊魂未定的月光，辗转流徙于美国各色旅馆里孤寂的月光——终究都逃不出“凄凉”二字。

一如她的一生。

## 原罪、宿命

1920年9月30日，张爱玲出生在上海。

在那一天，以一个寻常上海市民的眼，看张爱玲的出生，只不过意味着，上海公共租界西区麦根路上那一幢府邸里的显赫张家喜获千金。对小八卦并不长情的人们，在彻底忘记这件事情之前，至多会猜测一下：这个姑娘有没有早早被订下一门亲事，许给某个高官要员做儿媳妇?

而当我们站在比张爱玲人生终点还要远的现在，再去看她的出生，大概说出“一个天才的横空出世”这样的句子也不为过。

这就是时间的奇妙之所在。

张爱玲的祖父张佩纶是清末名臣，同治十年进士出身，最高官品至都察院左副都御史。作为晚清著名的政治家，张佩纶与张之洞、陈宝琛等结成派系，组成著名的“前清流”（或称“北派清流”），以清议时政、弹劾权贵、抵抗外侮为己任。作为文人，张佩纶博学多才，出口成章，生平自行撰写或抄录古代名本数百种，包括作品集《涧于集》《涧于日记》。张佩纶有着令人称羡的丰富藏书，并将自己的藏书书目编纂成为《管斋书目》《丰润张氏书目》等。

张爱玲的祖母，是晚清重臣李鸿章的女儿李菊耦。可惜的是，张爱玲出生的时候，她的祖父母早已双双去世，但张爱玲骨血里的那种别人模仿不来的贵族气质，却也来自于这两位亲人。

原本以为，年幼的张爱玲，在还需要父母讲故事哄睡觉的年纪里，大概也常常倚在母亲怀里，听着祖父母的故事睡去。然而事实上，父母亲从不主动向张爱玲姐弟俩讲祖父和祖母的故事，当张爱玲向父亲问起时，父亲也是悻悻地，把祖父的书丢给张爱玲，说："爷爷有全集在这里，自己去看好了。"所以，张爱玲的"寻根"，都带着些探索与挖掘的精神。

张爱玲第一次知道祖父的名字时，已经是住读的女学生了。一次回家，弟弟张子静"仿佛抢到一条独家新闻似的，故作不经意地告诉"张爱玲说："爷爷名字叫张佩纶。"

张爱玲回问："是哪个佩？哪个纶？"

弟弟答："佩服的佩，经纶的纶，绞丝边。"

而关于祖父的大概生平，祖父的际遇，张爱玲最初是在小说《孽海花》里得到的。那部小说里，影射祖父的人，叫作"庄仑樵"。

再有一些零零碎碎的故事，大概是姑姑耐不住张爱玲的软磨硬泡，才零零碎碎地讲了一些。她就是这样，东拼一点，西凑一点，得来祖父祖母的过去。

祖母嫁给祖父的时候，不过才二十出头的年纪，尚待字闺中，而那一年，祖父年届四十，已经娶过两次妻，仕途失意，寄于李鸿章家做幕僚而已。但李鸿章爱才，早已顾不得二人地位、处境、婚史、年纪的差距，一力促成了这门亲事。祖父祖母也是郎有情妾有意，很快便结为了夫妇。这在当时，也算得上是逸事一桩了，不少史书对这段故事都有记载，甚至不乏调笑的笔触，如刘体智《异辞录》里说：养老女，嫁幼樵，李鸿章未分老幼；辞西席，就东床，张佩纶不是东西。（按：此处老女系指李鸿章女儿在当时已算是老姑娘了；幼樵是张佩纶的字；辞西席，就东床，是指张佩纶做幕僚时，是住在西厢的客房，娶了李家女儿后，自然搬到东厢主人的房间了。）

张佩纶与李菊耦生下了一子一女，儿子张志沂，女儿张茂渊。

张志沂，也就是张爱玲的父亲，是典型的纨绔子弟，终日沉迷于嫖妓、赌博、抽大烟。他的人生，似乎除了娶了黄素琼这个虽然裹了小脚却终身向往自由的女人、生了民国一代才女张爱玲之外，再无其他可圈可点之处。

如果说没有亲眼见到大清覆灭便去世的张佩纶是不折不扣的旧人，生于1920年的张爱玲是毫无历史负担的新人，那么，生于晚清、长于民国的张志沂，正是处在时代夹缝中的那一代，人已经站在了新时代，可身和心却依然是旧的。

张志沂受了扎实的国学启蒙教育，可清廷却于1906年废止了科举，上书请求废止科举的大臣之一，是他父亲的昔年同僚张之洞；他有极强的“君君臣臣父父子子”观念，可偏偏明媒正娶来的发妻非但不吃“嫁鸡随鸡，嫁狗随狗”那一套，反而对丈夫十分厌恶，甚至不惜撇下一对尚未成年的儿女远赴英国游学，直至最后与他离婚；为了维护自己的家长权威，他对女儿张爱玲动用暴力，可女儿宁愿投奔生活上捉襟见肘的母亲，也要逃离他的掌控。这些就是他一生失意的原因。

张爱玲的母亲黄素琼也是出身名门，她的祖父是清末长江水师提督黄翼升，与李鸿章过从甚密；父亲是广西盐法道黄宗炎，不幸刚过而立之年便死在广西任上。黄素琼因是黄宗炎的遗腹子，且是庶出，因而并未像其他大家闺秀一样，有幸福的童年，这在一定程度上造就了她叛逆的性格。

黄素琼嫁给张志沂后，婚姻生活并不幸福。像黄素琼这样，拥有新潮的思想，骨子里十分叛逆的女人，对于另一半的期许是，在外铁骨铮铮，对爱人无限温柔；既会制造浪漫，还能承担起责任；最重要的是，他得有真才实学，还要有上进心。她接受不了丈夫身上纨绔子弟的恶习，更无法忍受他在外另辟小公馆续娶姨太太，最重要的，是对丈夫的不学无术终日游荡心怀极大的不满。

1924年，张志沂的妹妹，也就是张爱玲的姑姑张茂渊要去英国留学，黄素琼正好以妹妹出国在外需要有人陪读为由远赴欧洲。出国前，黄素琼改名为黄逸梵。那一年，张爱玲4岁，她的弟弟张子静3岁。4年后，黄逸梵与张志沂离婚。事实上，从第一次出国开始，直到死去，黄逸梵一直都在漂泊，以变卖从娘家带出来的古董为生。

张志沂离婚后，生活按部就班，他又娶了与他门当户对的民国政府前总理孙宝琦的女儿孙用蕃为妻。而对于张爱玲来说，她接下来要面对的，是与继母磕磕绊绊的相处。

富贵之家往往人情凉薄，张家尤其如此，这是张爱玲的原罪与宿命。出生在这样的人家，张爱玲得到的关爱少得可怜。她从小见惯了父母的争吵；小小年纪便被母亲以“游学”的名义抛下；与继母发生冲突后被父亲暴打、关禁闭；在香港上学期间，张爱玲生活困窘，好不容易得到一笔奖学金，却被母亲拿出去打麻将输个精光……张爱玲太早领教了生活的丑陋虚妄与亲情的自私虚伪，以至于她以后所有的作品中，有灯红酒绿，有声色犬马，有逢场作戏，却独独缺了两样东西：“爱”和“真心”。写出“生命是一袭华美的袍，爬满了蚤子”（出自《天才梦》）这样的句子时，张爱玲也不过才十八九岁，能够那么漫不经心，又那么准确、暴戾甚至绝情，与其说是因为张爱玲的天才，毋宁说是由于她不幸的人生经历。

## 一朝出走，终身漂泊

于张爱玲而言，自从父母离婚父亲续娶后，给她的整个生命与往后的生活着上最初淡漠色彩的那个家，便只是她父亲的家，再不是她自己的：“那里我什么都看不起，鸦片，教我弟弟做《汉高祖论》的老先生，章回小说，懒洋洋灰扑扑地活下去。”

孙用蕃待人刻薄尖酸，但她不像张爱玲的生母黄素琼总是向往外面的世界。她把自己的尖酸都用在经营与张志沂共同组成的新家上。这一点，倒是深得张爱玲父亲的欢喜。

张爱玲与父亲之间的感情，因为继母的到来开始发生微妙的变化。

其实，张爱玲与张志沂之间，也曾有过父女欢愉的相处时光，他教她写旧诗，她一本正经地把自己的习作念给他听。那回忆中仅有的一点欢愉，因了父亲为维护继母而对她的暴打，终于被消磨殆尽。

那时，张爱玲的母亲再次从国外回来，母女之间久别重逢之后的相互珍惜，在父亲看来特别刺眼。多年来，女儿几乎是由他一手照顾成人的，他供她吃、供她穿、帮她请私塾、送她去学校，而这养育之恩却敌不过她母亲蜻蜓点水般的看顾。

父亲生着闷气，张爱玲却在这时候提出了出国留学的请求。母亲抛家弃子出国游学，早已是父亲心底的雷区，张爱玲这时候提出留学，使父亲的闷气转为暴怒，他认为，张爱玲出国留学的想法，一定是她的母亲撺掇的。这时候，继母在一旁帮腔道："你母亲离了婚还要干涉你们家的事。既然放不下这里，为甚么不回来？可惜迟了一步，回来只好做姨太太！"

张爱玲留学的念头被阻断，父女之间的嫌隙，也已经开始表面化了。

她与父亲的彻底决裂，是之后不久，张爱玲去母亲与姑姑的家里小住一段时间之后。张爱玲在《私语》里，对这段往事进行了细致的描写：

回来那天，我后母问我："怎样你走了也不在我跟前说一声？"我说我向父亲说过了。她说："噢，对父亲说了！你眼睛里哪儿还有我呢？"她刷地打了我一个嘴巴，我本能地要还手，被两个老妈子赶过来拉住了。我后母一路锐叫着奔上楼去："她打我！她打我！"……我父亲趿着拖鞋，拍达拍达冲下楼来。揪住我，拳足交加，吼道："你还打人！你打人我就打你！今天非打死你不可！"

挨打之后，张爱玲被关了禁闭，父亲甚至扬言要拿手枪打死她；她在这期间拉痢疾，父亲也狠心不帮她请医生，一病病了半年。一手把她带大的佣人何干千叮咛万嘱咐，告诉她，"千万不可以走出这扇门呀！出去了就回不来了。"可张爱玲还是逃了，逃去了姑姑与母亲的家。她了解自己，也了解那个家，她知道，在那个家里，她最终的结局只有一个，那就是无止境地沉沦。逃离的那一年是1938年，张爱玲18岁。父亲的暴打与禁闭，给张爱玲带来了深刻的心理创伤，她曾在数篇文章里写过这一件事情。

逃到母亲与姑姑那里的张爱玲，日子过得清苦，她亲眼见着母亲为了柴米油盐的开销而苦恼，被佣人服侍惯了的母亲与姑姑自己洗衣、做饭。这时候，张爱玲开始补习功课，为伦敦大学的入学考试做准备。第二年，张爱玲以远东地区第一名的成绩，拿到了伦敦大学的录取通知书。但当时，欧洲也处于战乱中，张爱玲不得已，拿着伦敦大学的入学成绩单入了香港大学。

此后，张爱玲唯一一次踏入父亲家，是因为她想转学去上海圣约翰大学读书却没有学费，不得已请求父亲资助。那是1942年，太平洋战争爆发后，张爱玲被迫从港大辍学回到上海。时隔张爱玲逃走已经四年，再见到父亲，没有道歉，没有寒暄，张爱玲说明来意，父亲爽快应许。短短的十来分钟，父女二人没再多说一句话。那是张爱玲与父亲的最后一面。

想来，张爱玲对父亲还是有爱的，即便那时候，那份爱稀薄到连她自己也没有察觉。父亲对她也是爱的，她大概也是知道的，否则，她不会在走投无路的时候，想要去求助的人仍然是自己的父亲。

他们最终和解了吗？最后一面之后，他们有想念过对方吗？他们各自在即将告别人世的时候，有后悔过曾经的互相伤害吗？我们不知道。只是，此后，在战火纷飞里，在辗转漂泊里，在爱情的创伤里，在异国终老的孤独里，张爱玲大概会慢慢地理解父亲，尤其是理解她十几岁时候的那个暴戾的父亲吧！也许，他那时候那么寸步不让地想要抓住自己的女儿，想要左右她的人生，也不过是因为他意识到了自己的一无所有吧！

## 倾城之恋

“见了他，她变得很低很低，低到尘埃里。但她心里是欢喜的，从尘埃里开出花来。”这句话，差不多已是人人知晓，可细细咀嚼起来，仍觉得好。因为这不仅是一个从不对命运低头的骄傲女子，面对爱情时的甘愿俯身，更是张爱玲对她与胡兰成之间爱情的最好注脚：对于爱他这件事情，她始终是卑微的，对于这份卑微，她是甘之如饴的。

张爱玲认识胡兰成的时候，她已经开始在文坛崭露头角了。

1942年秋天，张爱玲顺利进入圣约翰大学，但刚刚读了两个月，她便决定辍学专心写作。对于一直想要求学的张爱玲来说，这个选择无疑是需要一些魄力的。彼时，她与姑姑住在爱丁顿公寓，也是因为她的许多重要作品如《沉香屑·第一炉香》《沉香屑·第二炉香》《倾城之恋》等都诞生在这里，爱丁顿公寓也因此成了张爱玲最有名的故居之一。

事实证明，她的选择是正确的。那个时期，主流文学刊物都能见到她的名字。她主要供稿的刊物有《泰晤士报》《二十世纪》《杂志》《万象》《古今》等，内容从服饰到宗教，文体从散文到小说，不一而足。一个二十出头的女孩子，其阅历之丰、涉猎之广、见解之独到、下笔之精准，着实令人惊艳。尤其是1943年5月《沉香屑·第一炉香》发表后，张爱玲这个名字可谓一炮而红。

这时候，张爱玲爱情传奇里的主角——胡兰成登场了，而这场缘分的起因，是张爱玲发表在《天地》月刊上的小说《封锁》。那是1943年12月，胡兰成翻阅《天地》月刊时，看到了张爱玲的《封锁》，起初是漫不经心地看，看了才不过一两节，胡兰成便不自觉地坐直了身体，读至最后竟然生出爱不释手之感，复又读了好几遍。

对于这场因张爱玲的文字而起的相识，胡兰成后来写：

> 我去信问苏青，这张爱玲果是何人？她回信只答是女子。我只觉世上但凡有一句话，一件事，是关于张爱玲的，便皆成为好。及《天地》第二期寄到，又有张爱玲的一篇文章，这就是真的了。这期而且登有她的照片。见了好人或好事，会将信将疑，似乎要一回又一回证明其果然是这样的，所以我一回又一回傻里傻气的高兴，却不问问与我何干。

胡兰成对张爱玲产生了极大的兴趣，正好寄给他刊物的是《天地》月刊的主编苏青本人，于是，通过苏青，胡兰成得到了张爱玲的住址。

第一次去寻张爱玲，胡兰成吃了闭门羹。张爱玲拒绝见他的理由，听起来有点任性和孩子气：因为胡兰成没带名片。但那正是张爱玲真实的一面，在不认识他之前，她是骄傲的。但她的骄傲又是脆弱的、善变的、不可捉摸的，倘若她一意骄傲下去，坚持不见他，那么，之后便不会深陷于胡兰成带给她的那场情劫，她的人生或许会平淡很多，同样也会容易很多。

可张爱玲隔日便给胡兰成打了电话，约了时间地点，去拜访胡兰成。那一面，他们谈了五个小时。别人谈文学、论世事、讲经历，都是两个人轮番地来，先是你讲他听，尔后他讲你听，而张爱玲与胡兰成呢，是在比武弄剑，用胡兰成的话来讲，是在“斗”，并且胡兰成甘拜下风，用他自己的话来形容即是：“但我使尽武器，还不及她的只是素手”。

那次见面后，张爱玲与胡兰成开始往来，并迅速坠入爱河。那一年，张爱玲23岁，胡兰成37岁。张爱玲没有谈过恋爱，而彼时的胡兰成早已历经情场，身边有妻、有妾、有情人。

刚刚陷入恋爱时，总有千般万般的好。他们常常厮守，不见面时就写情书。许多人只知道“因为懂得，所以慈悲”这句话是张爱玲说的，但并不知于何时、在何地、因何故。其实是这样的：胡兰成写给张爱玲的第一封信有些拙劣，但当时他并不自觉，张爱玲也未点破。后来，胡兰成再在写信时忆及此事，夸张爱玲谦逊，张爱玲回信说：因为懂得，所以慈悲。

张爱玲对胡兰成，是情窦初开的小女孩对待心上人时的情致，觉得世上再没有人比他更好，他的才华，他的风度，他对女人心那么懂……她想珍惜的那份好，是连他后来的背叛也可以原谅的。张爱玲送给胡兰成自己的照片，照片背面写下：见了他，她变得很低很低，低到尘埃里。但她心里是欢喜的，从尘埃里开出花来。

胡兰成对张爱玲的感情，则要复杂得多。他对她抱有好奇之心，对她的才华有称羡之情，对她的不通人情不谙世故能够体谅，对她的幼稚可笑有诧异甚至感激。当然，胡兰成对张爱玲也有不习惯的部分，对，不是厌恶，胡兰成自己用了一个很轻的词：“不习惯”，譬如她的自私，她的从不悲天悯人。

这大概就是恋爱经历几乎空白的人与情感经历异常丰富的人走在一起必然会发生的事情。

没什么情感经历的人，眼里的爱人，一定是完美的，无可挑剔的，非得是“黑白认知”下，方才得到“黑白判断”，只要这个人足够好，他便足够成为我的爱人。情感经历丰富的人，对于爱人或伴侣的取舍，却常常基于“灰度认知”，进行“黑白判断”，她不是满分，但分数好像也不是太差。终于最后在一起了，一个是基于百分百的爱，一个是基于对方的分数恰巧及格。后来的我们，常常说胡兰成花心，指责胡兰成负心，想来其实并没有什么好指责的。因为胡兰成从刚一开始，便爱得不满，在今后的相处中，自然会权衡、再决定是加分减分、乃至于是否能够继续相守。

但在由衷地欣赏张爱玲的才华这一点上，胡兰成倒比忌妒萧红才华在自己之上的萧军显得大气许多。即便后来，两个人的感情画上了句号，胡兰成依然认为，张爱玲的小说就是写得好。

1944年8月，两个人认识大半年之后，胡兰成抛弃了妻和妾，与张爱玲结婚了。所谓的结婚，也不过是拟了一份婚书作证：胡兰成张爱玲签订终身，结为夫妇，愿使岁月静好，现世安稳。

然而，张爱玲期盼的、胡兰成承诺给她的岁月静好与现世安稳，也只持续到1944年冬天。那年11月，胡兰成因公务去武汉，认识了17岁的医院护士周训德，并迅速与她同居了，直至第二年3月回到上海。胡兰成并未隐瞒他与周护士的事情。

而作为一个深爱着自己丈夫的妻子，丈夫在外有了牵挂的人，大概即便他不说，她也感觉得到吧。一个月后，胡兰成又回到了武汉。

1945年8月，日本投降，全面抗战宣告结束，效力于汪伪政权的胡兰成开始了正式的流亡生活。他辗转逃到温州。不知是胡兰成花心的本性使然，还是处境越艰难反而使他更需要女人，他才离了小周的温柔乡，便又投入了范秀梅的怀抱。

在上海，张爱玲也身陷囹圄：因为过往的作品太过沉迷于五光十色的生活，而被扣上了“文化汉奸”的帽子。但最让张爱玲放心不下的还是胡兰成。背着“汉奸”的名头，他在外一定吃了不少苦吧？他每天东躲西藏的，身体可还康健么？

1946年2月，张爱玲来到温州寻胡兰成，双方都大吃一惊。胡兰成万万没想到张爱玲会来，张爱玲万万没想到，胡兰成的身边又有了一个女人。

1947年6月，张爱玲给胡兰成去了最后一封信：“我已经不喜欢你了，你是早已不喜欢我了的。这次的决心，我是经过一年半的长时间考虑的，彼惟时以小吉故，不欲增加你的困难。你不要来寻我，即或写信来，我亦是不看的了。”

那时，距离张爱玲与胡兰成的初次相见，不过四年时间，一切却都已经变了。1950年，胡兰成前往日本，1981年在日本去世。

## 老夫少妻

张爱玲与胡兰成的爱情故事太出名了，出名到极少有人注意到她的第二任丈夫赖雅。

如果赖雅的名字不与张爱玲联系在一起，那么，他还算是一个颇讨人喜欢的老头，年轻时风流倜傥，完全不被婚姻束缚，与第一任妻子离婚后，周旋于情人之间，再无人能拖他走进婚姻；虽然没有在创作上取得太大的成就，但仍不失为一个有才华的人；他虽然是以"方脑袋""轴"著称的德国人后裔，但骨子里却十分奔放洒脱。

而一旦赖雅不仅仅是他自己，还是一代才女张爱玲的第二任丈夫时，人们对他的审视与挑剔就在所难免了。他比张爱玲大二十九岁，他没有什么名气，没有太多存款，他唯一拥有的，是65岁的年龄，以及这个年龄背后所代表着的生命的衰朽。

遇到赖雅时，张爱玲刚到美国不久，过得十分失意。这个红透上海滩、享誉中国、睥睨香港文坛的才女作家，投稿每每被拒，第一次知晓，自己的才华原来也不是放之四海皆准的，也会有派不上用场的一天。张爱玲又是凉薄的性子，本人极其厌恶社交，在美国那样一个人与人之间相处极度开放的国家，她觉得连带着她这个人，也似乎是不被接纳的了。

张爱玲与好朋友炎樱一同去探访胡适。早在张爱玲来美国之前，其实就已经与胡适有着书信往来了，然而，真正去了胡适家里，张爱玲却只坐着不说话，任由炎樱与胡适左一句右一句地说笑话。胡适回访张爱玲时，她对胡适仍然没讲什么话。胡适想帮这位才华横溢的朋友，却也不知道从何帮起。

1956年，张爱玲申请加入了麦克道威尔文艺营，这次的加入，或许还是因为有胡适的推荐。麦克道威尔文艺营是一个为真正有才华但生活困窘的作家创立的公益型组织，作家一旦加入，便可以在文艺营舒适的工作间里，心无旁骛地从事写作。正是在那里，张爱玲结识了赖雅。

赖雅十分欣赏张爱玲的才华，以及她身上的那股有别于大部分温婉贤淑的东方女性的桀骜不驯。而彼时，因为胡兰成而将自己的心紧紧封闭起来的张爱玲，却向这位年长自己很多的外国人敞开了心扉。

他们依然像她当年与胡兰成一样，谈写作，谈人生，谈经历，却分明又与当年不同。当年他俩是“相斗”，而如今，张爱玲与赖雅是相互“抬举”。面对着一个快要进入古稀之年的老人，张爱玲收起了自己的锋芒。而面对着张爱玲，原本抱定独身想法的赖雅，在与前妻离婚的几十年后，终于再一次有了强烈的走进婚姻的愿望。

赖雅先张爱玲一步离开文艺营，在离开之前，他向张爱玲表白了心迹。张爱玲没有拒绝。在结婚之前，张爱玲还怀上过赖雅的孩子，只是赖雅不希望有孩子，张爱玲本身对孩子也没有什么执念，他们商定后打掉了孩子，张爱玲嫁给了赖雅。

婚后的赖雅，再不是那个与张爱玲在文艺营里侃侃而谈的幽默作家了，而变成了一个无助的、对张爱玲有着无限依赖的大孩子。张爱玲在美国的写作一直不温不火，于是频繁与香港方面的朋友联系，以寻找一些剧本的活儿，为赖雅筹集治疗费，也为他们夫妻二人挣生活费。赖雅的心中，充满了恐慌与不安，他以为张爱玲随时会离开他。

后来，张爱玲不得已，还是回到了香港。毕竟，她的才华，香港人是认的。赖雅却受不了张爱玲的离开，数度写信催她回美国，甚至又再度中风昏倒。张爱玲无奈又返回了美国。

张爱玲是那种，当决定了开始一段感情后，便绝少考虑其他附加条件的人。这是她天真的地方，当然，她倒也是那种能够承担紧随自己天真之后沉重代价的人。因而，她能够在对胡兰成彻底失望之后决绝放手，也能够在婚后赖雅频繁地中风甚至最后瘫痪在床时，尽一个妻子最大的本分，努力照顾他、救治他，直至赖雅油尽灯枯。

我们以俗人的眼光看过去，张爱玲嫁给赖雅，原本应该得到父亲一般的爱。在张爱玲的心底，因为与父亲的相处模式，以及无法挽回的冲突，对于父爱是有一些缺憾的。她爱上胡兰成，嫁给赖雅，二人都是年长她很多的男人，与她对父爱的渴求或许是有关系的。却不想，赖雅反过来成了张爱玲生活的巨大负累。为了他，她把自己的才华当成了谋生的工具，大抵也正因为如此，第二次婚后的张爱玲，再也没有写过能与《金锁记》《半生缘》《倾城之恋》相媲美的作品了。

可张爱玲却对这段婚姻只字不提——没有说过赖雅半个不字，也没有说过他半个好字，只是绝口不提。以至于，后人们纷纷猜测，张爱玲当初嫁给赖雅，是真的出于爱呢？还是赖雅不过是她在当时的境遇中，碰巧抓住的一棵救命稻草而已？这些，都已随着时间的远去，成了无解的谜题。1967年，赖雅在康桥去世，享年76岁。

## 孤独晚景

赖雅的去世，将张爱玲彻底放逐在了无人虚空中，那一年，她也才不过47岁，可一颗心，大概已经可以用枯寂苍老来形容了。

以前的张爱玲，刻薄是刻薄，但那份刻薄因着她的年轻、元气充沛，竟也显得水灵灵的。你看她在胡兰成面前一语戳破祖父的小小虚荣——那些关于祖父与祖母诗词酬唱的佳话，所有祖母的诗，不过都是经了祖父的手好生润色过而已；你看她写白流苏如愿嫁给范柳原，范柳原连情话都不再对她说了，而是全部省下来说给别的女人听；而现在的张爱玲，棱角还在，傲骨还在，却被耗尽了力气，只剩下因为失去精神框架而日益沉重的肉身，所以《色·戒》里，王佳芝才会自欺欺人地想：也许，他是爱我的。

若你仔细对比过张爱玲年轻时候与年老时候的照片，便会发现，晚年的张爱玲，下巴不再高高地扬起，目光不再是若有若无地瞥过来，眼神里再没有似乎能够穿透一切的锐利，她的目光里，带着征询、试探，甚至有点欲与世界和解的况味。

但张爱玲终究还是张爱玲，那份恰巧留在照片上的温柔，或许只是她坚毅孤勇地与孤独余生对抗时，一不留神打的一个盹而已。

赖雅离世后，张爱玲曾短暂任职于加州大学伯克利分校“中国研究中心”，研究方向是《红楼梦》。供职于“中国研究中心”，是因了陈世骧教授的赏识与举荐，她的辞职，也是因为陈先生的辞世。

1972年，张爱玲移居洛杉矶，开始了真正的幽居生活。之所以说“真正”，是因为自那时候开始，除了向杂志供稿需要与编辑打交道而外，她几乎切断了自己与外界的一切联系，甚至到了后来，连老友的信都不回复了，包括与她少女时代起就建立了友谊的炎樱的信。

在港大读书时，张爱玲与炎樱几乎是形影不离的。她曾经因为炎樱未与她知会便离校回家大哭不已；张爱玲喜欢穿炎樱设计的、式样别致甚至有点奇怪的衣服；在《小团圆》里，张爱玲对每个人都极尽讽刺挖苦之能事，几乎到了剜肉剔骨的程度，却唯独表达出对炎樱的喜欢。在书里，以炎樱为蓝本的女孩子叫比比；张爱玲《传奇》的封面，是炎樱设计的；连炎樱这个她自己本人不是特别喜欢的名字，也是张爱玲给取的……就是这样一位好朋友，在一封封去信石沉大海之后，委委屈屈地问她：我到底做错了什么？

有一段时间，她不回信的对象，更包括了对她的文字特别欣赏的夏志清先生。夏志清从来不隐藏对于张爱玲才华的欣赏，一有机会便向别人推荐张爱玲的作品。正是夏志清先生在《中国现代小说史》中花去超过鲁迅先生的篇幅，推介张爱玲，甚至评价《金锁记》为“中国从古以来最伟大的中篇小说”，从而让西方世界开始对张爱玲进行价值重估。也正是因为夏志清推荐，胡适等才读了张爱玲的文字，也与张爱玲建立了往来。夏志清先生曾给张爱玲写了好几封信，张爱玲从来没有回复。

张爱玲寓居美国期间，唯一一直保持着通信的，仅有宋淇夫妇，他们的往来信件加起来，居然有好几十万字之巨。

这个时候，张爱玲的创作，才慢慢地重又恢复了生机，《红楼梦魇》（1977年）、《色·戒》（1979年）便是诞生在这个时候。但此时的生机，已是严霜退去之后的花朵，失去了往日的鲜活。已远不能与20世纪40年代时候的张爱玲相比了，那时候的她，每一个文字都是闪闪发光的，连带着她的人也是光彩熠熠的。所以，这时候的作品，即便再好，也是她所有作品里的二流。

1994年，张爱玲出版了《对照集》。如其书名，这是一本由她自己的照片，及照片背后的故事组成的集子，里面有她的祖母、父亲、母亲、姑姑、弟弟、她的朋友，更多的是她自己。翻看《对照记》，我的脑海里常常会浮现这样一幅画面：张爱玲坐在书桌前，将桌上的照片一张一张拿起，一个一个地回忆起照片背后的故事。她的心底，终于翻涌起无限的温柔，她说她爱祖父、祖母——那几乎是她唯一的一次，在写“爱”这个字眼里，没有任何嘲讽的意味；她再提起十几岁时父亲对自己的那次暴打与禁闭，轻描淡写地一笔带过，语气里已经没有恨。那大概是她一生中，最温柔的日子了。那时，如果窗外有月光，那应当是她一生中，见到的最温柔的月光了吧。

张爱玲用《对照记》，回忆了她自己的一生，更仿佛是，在她尚还清醒的时候，与这个世界做了体面的告别。1995年，张爱玲在租住的公寓里去世。

一代才女张爱玲的故事，就此画上句号，但她的传奇，却永不落幕。

# 张幼仪：不只是诗人前妻

民国是杂花生树的时代，也是盛行标榜自我的时代。纷繁惹眼的宏大背景下，被时代与命运裹挟的芸芸众生中，有那么一些人，他们宁愿做草叶间滚动的露水，掉落摔碎之前折射出五彩日光，也不愿归入江海随波逐流，他们宁愿被关进蚌壳凝成一颗洁白珍珠，也不想做沙海里微不足道的一粒。

也是因此，民国诞生了比任何时代都要多的传奇，更是因此，民国女人们的故事，百年来被人们生生不息地传诵着。她们大多数人都有独立的个性，做着遵从自己内心的事情，身上贴着醒目的标签：才女、名媛、外交家、作家、实业家……

她们之中，唯有张幼仪，家世不错，品貌也不差，更是屡屡被人提起：说到林徽因的时候提起她，说到陆小曼的时候提起她，说到徐志摩的时候提起她，甚至连说到鲁迅先生的结发妻子时也要提到她。她的身份也就只有一个：徐志摩被包办的、徐志摩完全不喜欢的、最终被徐志摩抛弃了的结发妻子。她是这些人故事里的点缀，却唯独做不了她自己。

可若我们多上一点耐心，不把张幼仪当成风流才子徐志摩、一代才女林徽因、社交名媛陆小曼的故事里若隐若现的背景，不把她当成冲破传统观念束缚、追求自由爱情的新女性们的反面教材，而把她当成她自己，翻翻她的口述自传，了解她的生平，知道她如何在被丈夫抛弃之后勇敢地重新站起，又如何凭着自己的才干变成女银行家与女老板，我们或许会重新认识她，一个经历过生活、命运、爱情的浩劫，却破茧重生了的女人。

## 兄长代父订婚约

张幼仪，名嘉玢。幼仪是她的字。1900年，张幼仪出生在江苏宝山（今属上海）。张家一门有人为官，有人从商，官运财运都十分亨通。因此，张幼仪是不折不扣的名门闺秀。

张幼仪的祖父是科举出身，担任过前清知县；父亲张润之继承了祖上的丰厚家财，却无奈到了他这一辈，家道慢慢萧条中落了。父亲不得不开始行医，用以养家糊口。父亲共生了12个孩子，在4个女儿中，张幼仪排行第二。

张幼仪的二哥张君劢年长她十三岁，是中国著名的政治家与哲学家。二哥聪慧过人，15岁便中了秀才，19岁与弟弟（张幼仪的哥哥张公权）双双被清政府选中，公费资助去东洋留学，受教于早稻田大学。政府资助他的专业是理化，但他却对政治经济学感兴趣，改了专业，被停了公费，只好通过为《新民丛报》撰稿赚取的稿费，以及亲友的接济度日。23岁回国，24岁经殿试考入翰林院，授以“庶吉士”，成为名副其实的“末代翰林”。26岁入德国柏林大学，攻读政治经济学博士。学成归来后，先后就任过浙江交涉署署长、上海《时事新报》总编、政治大学校长等，并著作（或译介）多部政治学论著，如《立国之道》《尼赫鲁传》《全民族战争论》[（德）鲁登道夫著]等。

张幼仪的四哥张嘉璈，字公权。年长她十一岁，因在中国现代银行史上开疆拓土的贡献，而被称为“金融钜子”。他同样是前清秀才，与二哥一同去日本留学时，入的是庆应大学，修的是经济学。回国后，他先从政，后来进入金融界，新中国成立后转型为学者，在学、政、经三个领域都有建树。作为经济学家，他在就任中国银行总裁期间，大刀阔斧地进行制度改革，是对中国银行业发展有卓越贡献的银行家之一；作为政治家，他曾出任民国铁道部长、交通部长；作为学者，他曾出版过《中国通货膨胀史》，以全面抗战与三年解放战争为背景，观察并分析了1937年到1949年的通货膨胀史，以及与之相应的反通胀政策，直到今天仍是研究其时社会经济发展与政府调控政策的宝贵一手资料。

张幼仪的家里，有过一段最为困难的时期，便是两位哥哥去日本留学期间，以至于四哥张公权学未满届，便匆匆回国开始谋职做事了。张家的家道，自哥哥们的事业渐渐步入正轨后，才慢慢地又开始复兴，重新成为名门。

也正是这两位哥哥，左右着张幼仪的命运。

她未缠足，是因为哥哥心疼妹妹。张幼仪是民国女人中为数不多的天足。曾经她的母亲也为她缠过足。张幼仪不堪忍受剧痛，在家里哇哇大哭，二哥不忍，劝说母亲放弃了。母亲忧心忡忡地说："若是不缠足，以后哪个人家愿意娶她啊。"哥哥说："没人娶她，我养她。"

她去学堂接受的短暂教育也是哥哥们送她去的。张幼仪12岁那年，江苏省立第二女子师范学校刚刚创立，张幼仪便在二哥与四哥的帮助下入了学，开始正式接受学校教育。

连她的婚约，也是哥哥帮她订下的。张幼仪13岁那年，四哥张公权做主，将她许配给了浙江硖石首富徐申如家的独子——徐志摩，张幼仪悲剧命运的伏笔就此埋下。当时，四哥是浙江省都督朱瑞的秘书，他去杭州府中学视察的时候，无意中看到了一份学生的作业：模仿梁启超笔法写作的《论小说与社会之关系》。四哥的学问底子很深，梁启超又是他的好友，对梁启超的那种虽然夹文夹白却行文畅达的风格极为熟悉。眼前那份作业，模仿梁公简直到了几可乱真的地步。再看作业上面的字，秀气中透着风骨，心下对这个作业本子的小主人十分好奇。四哥看到的这份作业，便是徐志摩后来发表在校刊上的、他的处女作品。

经打听，才知道徐志摩也是不俗的人家出身，当下打定了主意，要与徐家结为亲家。盘算过二人的年纪后，比徐志摩小三岁的妹妹张幼仪正好合适。于是，他便向徐申如修书一封，算是以兄长之身代行父亲之责，向徐家提了亲。

徐志摩的父亲徐申如，虽经商有道，乃一方巨富，但遗憾的是他们家族中却很少有人为官从政。当时，张幼仪两位哥哥的官路与名望日盛，若能与张家结为儿女亲家，正好弥补了徐家的遗憾，徐老便毫不犹豫地答应了。

那年，张幼仪13岁，徐志摩16岁。三年后，张幼仪退了学，嫁给了徐志摩。

婚礼办得极为盛大。张幼仪的嫁妆，是张家专门去欧洲采买的。陪嫁丰厚到什么程度呢？因为大件家具火车里盛不下，自上海出发，走水运送到浙江。张幼仪的娘家人之所以能做到如此，固然是希望女儿嫁过去之后，能够被婆家人善待，但还有另外一个原因，那便是，他们从心底都十分爱惜徐志摩的才华。

父兄原本以为帮她找了个好归宿，却不想，是他们亲手将张幼仪推进了深渊之中。

## 出嫁：大小姐变作小媳妇儿

张幼仪的娘家与徐志摩家，算得上是门当户对，但张幼仪在与徐志摩长达七年的婚姻当中，却饱受丈夫的嫌恶。

徐志摩对张幼仪最大的两个不满，一是她的长相气质不是他想要的，二是嫌她思想陈旧行为老派。徐志摩自始至终对张幼仪的评价就一个字：土。

嫁到徐家，张幼仪行事妥帖，很快赢得了除徐志摩而外的徐家上下的认可与喜欢。许是那时候，连佣人也开始心疼这位少奶奶了，才将还没过门时徐志摩说的话告诉她了：婚事定下来的时候，张家将张幼仪的一帧小像寄给了徐家，徐志摩拿到相片后，就说了一句："真是个土包子。"

若是单纯以貌取人的话，当我们站在历史的这一头，回看徐志摩喜欢的女子的长相，大约能够理解他为什么见到张幼仪的照片，就能说出那么鄙薄、轻慢、无礼的话来。他苦苦追求着的林徽因，他后来冒天下之大不韪娶回家的陆小曼，都长得清秀、充满灵气，一眼看去便会觉得，她们是能与他对酒吟诗赋歌、对坐看花赏月的人。而张幼仪，脸膛宽宽的，嘴唇厚厚的，五官虽然端正，却是厚道的、诚恳的、笨拙的那种长相，极像是旧式家族中逆来顺受的小媳妇。

事实上，张幼仪的确是旧式的女子，不光外表，骨子里也是。张家虽然也是名门，但到底还是旧式家庭。张家一门进士，若不是科举取士制度废止了，他们家肯定仍然会将科举考试、求取功名、名列官籍、光耀门楣视作男子的唯一正途。而生在张家的女儿，有着全然不同的命运：女儿出嫁，孝顺公婆、取悦丈夫、延续子嗣是首要任务，而低眉顺目、举止得体则是为人妻为人媳的最高修养。对于张家的女儿来说，这是早已规划好的、绝不会出现偏差的道路。因而，张幼仪的哥哥们、弟弟们个个富有才学，而张幼仪，除了因为出嫁而中断的不到三年的学堂生涯，既没上过私塾开蒙，也未得到过父兄的指点。

正是这样严格端正的家庭教育，让张幼仪小小年纪，便成了一个没有灵气、没有情趣、呆板而木讷的女子。像别的才女一样写诗作文画画她不会，时不时向男人撒娇她更不会。她会的，只是洗衣、做饭、针线女红这些事情，还有就是非常人能有的忍耐。

在徐志摩看来，这个媳妇，是老两口为他们自己娶下的，不是为他娶下的。也难怪，他后来在向张幼仪提出离婚的时候，是这样问她的：你愿不愿意只做徐家的儿媳妇，而不做徐志摩的太太?

婚后，夫妻二人连语言交流几乎都没有。张幼仪曾经回忆说，徐志摩在家里，吩咐女佣做这个做那个，却从不让他的妻子为自己做点什么。公婆与下人再喜欢，对她再好，也弥补不了丈夫疏远对她的伤害。多年以后，张幼仪仍然记得许多徐志摩对待她的细节，他说过怎样无情的话，他对她有过怎样不耐烦的眼神，他如何站在她面前却对她视而不见。

婚后不久，徐志摩逃也似的离开老家继续求学了。直至徐志摩临行前，夫妻二人仍然是生分的。

那时的徐志摩，接受着新潮的思想，结交了各界的名流，心情大抵用如鱼得水、如沐春风来形容最恰当不过了。他先是去北洋大学预科攻读法学，北洋大学并入北京大学后，徐志摩自然成了一名北大学子。即便徐志摩不喜欢张幼仪，但张幼仪的两位哥哥却一直十分厚待徐志摩，知道他崇拜梁启超，二哥四哥便将他介绍给了梁启超做学生，还帮他操办了拜师礼。那时候，他早已把张幼仪这个不称心的妻子抛到九霄云外了，当然，他也暂时还没有动起要与张幼仪离婚的念头。

张幼仪则留下来，勤谨地侍奉公婆。宅院深深，一个初嫁过来的儿媳妇，每天去公婆那里晨昏定省，婆婆惯于早起，公公喜欢晚睡，仅仅为了不落下每日请早安、问晚安这一门功课，张幼仪就得起早贪黑；帮公婆绣鞋子，每每绣到太阳西斜，那些出自她手的绣品，针脚密密匝匝的。嫁入徐家后的生活，像是一口深井，平静无波。

直到她发现自己怀孕。张幼仪知道，她肚子里的小生命并不是爱的结晶，徐志摩不过是在履行自己作为独子，要为徐家传宗接代的任务。

不过她习惯了。十几年来，不管是在娘家，还是婆家，父兄、公婆给她什么样的安排，她都能照单全收，绝不会说半个“不”字。

最开心的，当然是公公婆婆。不让她累着，帮她煲了各式调理的羹汤，全家上下都围着她转。1918年，徐志摩的长子、徐申如的长孙徐积锴出生了，小名叫作阿欢。

阿欢出生后，徐志摩算是帮徐家完成了延续香火的任务，更加没有顾虑了，索性听从了梁启超的建议，去美国留学了。

张幼仪则把全副身心都扑在了照顾儿子身上。

## 异国婚变

虽然已经身为人父，但徐志摩却几乎还是没有定性，这一点，从他留学期间在专业选择上的屡屡调整便能看得出来。徐志摩去美国，先入了克拉克大学历史系，同时选读经济学与社会学的课程；毕业后又进了哥伦比亚大学，修的是经济学，学期未满，他又深深地迷恋上了哲学，尤其想拜入英国哲学家罗素的门下，索性离开了哥伦比亚大学，去了英国。结果，正巧赶上罗素要在中国进行为期一年的讲学，师没拜成，徐志摩生命中最重要的女人之一——林徽因却即将出场了。

在老家，张幼仪的生活一如既往，几乎平淡到可以一笔带过的地步。这时候，张幼仪的二哥张君劢则开始隐隐担心起妹妹与妹夫的婚姻状况。

他的担忧不是没有道理，徐志摩像是风筝一样，越飞越远了，不适时地收紧手中的线，风筝一旦挣脱了线索，受苦的肯定还是妹妹。二哥原本是想提醒妹妹，大胆向公婆与丈夫提出夫妻团聚的请求，却不想妹妹自己根本没有与徐志摩团聚的想法。

张君劢又向张幼仪的公公徐申如提议，送媳妇出国与丈夫团聚。公公也是旧式的家长，认为儿媳妇就该守在家里，在外边跑不像话，也没有同意。

最后，他只能在徐志摩那里做功课了。在张君劢的一再催促下，1920年冬天，徐志摩写了一封家书，请求父母同意将张幼仪送至英国来："从前鈖媳尚不时有短简为慰，比自发心游欧以来，竟亦不复作书。儿实可怜，大人知否？即今鈖媳出来事，虽蒙大人慨诺，犹不知何日能来？张奚若言犹在耳，以彼血性，奈何以风波生怯，况冬渡重洋，又极安便哉。如此信到家时，犹未有解决，望大人更以儿意小助奚若，儿切盼其来，非徒为儿媳计也。"

徐志摩家书抵达的隔年春天，张幼仪便踏上了去法国的轮船，再取道法国去英国。但船还没到港，她远远看见徐志摩在码头等她。码头上站满了接亲友的人，他们个个神情不同，但都是开心的、兴奋的、期待的。唯有徐志摩站在人群中间，脸上并没有一丝喜悦的表情。

她的心，凉了半截。她原本以为徐志摩家书里的请求，有那么一丝丝是出于他自己的意愿，他们可以借着在异国他乡的重聚，改善他们的关系，或许多相处一段时日，徐志摩会发现她可爱的一面也说不定呢。

船是在马赛泊的港。徐志摩接上张幼仪的第一站，便是直奔巴黎的服装店，为她置办了全身的行头。张幼仪知道，徐志摩是嫌她穿得不入时。紧接着，徐志摩带她去拍了照片，那是他们夫妻为数不多的合影，是要寄给公公婆婆，好让他们放心的。

自法国回到英国后，张幼仪开始了在异国照顾丈夫的日子。别人之间都是日久生情，而张幼仪与徐志摩之间，却是相处愈久，关系每况愈下。丈夫对无爱妻子的冷酷，竟比对待陌生人还不如。

朋友来家里做客的时候，他与他们谈笑风生，那时候的徐志摩是潇洒、生动、风趣、浑身散发着光芒的。朋友一走，只剩下他们两个人相处的时候，徐志摩又突然变成了冰冷如霜、沉默寡言的。片刻的工夫，角色的切换却如此自如。

不久，张幼仪怀孕了。而那时候，徐志摩正与林徽因打得火热，他让妻子把孩子打掉。张幼仪说："我听说有堕胎死掉的。”徐志摩回答说：“还有人坐火车死掉呢，难道就不坐火车了吗？”

徐志摩领了一位衣着摩登、却有一双小脚的朋友来做客。朋友走后，徐志摩问她这位朋友怎么样。张幼仪老老实实地说：“那么入时的打扮，跟小脚有点不搭。”徐志摩说：“所以我才要跟你离婚！”张幼仪明白，在与徐志摩的婚姻里，她代表小脚，他代表新潮。虽然她并未裹足，可在徐志摩的眼里，她跟那些裹了小脚、没有见识的农村妇女并没有什么区别。

在又一次争吵后，徐志摩失踪了，几天后，他托人捎来口信，问她：“你愿不愿意只做徐家的儿媳妇，而不做徐志摩的太太？”

即便在那个时候，二哥对徐志摩仍然还是称赏。他写信给妹妹，说：“张家失徐志摩之痛，如丧考妣。”并叮嘱她千万别打胎，让她去巴黎找他。

张幼仪拖着孕中日渐沉重的身体，只身去了巴黎。

那个徐志摩要求打掉的孩子，是1922年2月生下的。名字叫彼得。

彼得出生一个礼拜后，徐志摩来到巴黎，住在一位朋友家里。他写了一封信，正式提出离婚：“……无爱之婚姻无可忍，自由之偿还自由，真生命必自奋斗自求得来，真幸福亦必自奋斗自求得来，真恋爱亦必自奋斗自求得来！彼此前途无限……彼此有改良社会之心，彼此有造福人类之心，其先自作榜样，勇决智断，彼此尊重人格，自由离婚，止绝痛苦，始兆幸福，皆在此矣。”

英国期间让人身心俱疲的相处，徐志摩对待未出世彼得的绝情态度，眼下，再拿着这封在她看来冠冕堂皇的信，张幼仪对这段关系彻底失望了。她没有再挽回，隔日便去找徐志摩，在他事先起草好的离婚协议上签了字。

徐志摩拿着离婚协议书，追着林徽因回了国。1922年11月，徐志摩在《新浙江》副刊“新朋友”的离婚号上，分别于6号、8号，分上、下两部分刊发了《徐志摩张幼仪离婚通告》，长篇大论，并未对他们夫妻二人之间的事情作说明，更多像是写给父母看的：“解除辱没人格的婚姻，是逃灵魂的命，爱子女的父母，岂有故意把他们的出路堵住之理，并且他们也决计堵不住……”

对于离婚，张幼仪没有缠闹徐志摩，张幼仪的娘家人也并没有为难徐家。徐志摩以巨幅文字，发表离婚声明，一石激起千层浪，使他成为近代中国第一桩自由文明离婚案里反抗旧俗、形象光辉的男主角，但他其实有着不方便为外人道的目的——让林徽因看，在英国的时候，林徽因不辞而别之前，曾经对他说：“你都是有家室的人了，还来追我做什么？”徐志摩是在告诉林徽因：你看，我并没有骗你，我的婚姻的确是父母安排的，远非我本意；你说我是有家室的人了，现在我离婚了，我恢复自由身了。

等徐志摩大张旗鼓地闹完离婚找到林徽因的时候，林徽因却已跟梁思成在一起了。再后来，他又开始追求陆小曼。

## 破茧成蝶

张幼仪原本是奔着徐志摩去欧洲的，徐志摩回国了，她却滞留在了欧洲。

起初，对于独自留下，张幼仪是完全没有把握的，可她更没有信心回国去面对残局。在彼得还未出生的时候，她痛下决心，一定要做个新式的女人，一定要凭着自己重新站起来。回国的话，有公婆，有父兄，是断然没有办法站起来的。

于是，张幼仪抱定了主意，带着彼得去了德国。她自己进入裴斯塔洛齐学院读书，学幼儿教育，儿子则被雇来的保姆照看。公公每个月仍然寄给她200美元的生活费，在消费并不高的德国，足够应付她的学费、他们母子的生活费以及保姆工资的开支。

张幼仪虽非才女，但对于女子操持家务之类的事情特别擅长，而幼儿教育者需要具备的一些基本技能，什么做玩具啊、剪纸啊，都恰恰与之相通。在班上，她的表现尤其好，手工课上老师甚至会让她向全班同学示范玩具的制作过程。她渐渐从学业中找到了兴趣，也找到了自信。

张幼仪，经历过阵痛，开始破茧重生了。

虽然那时候张幼仪已是两个孩子的母亲，她也已在婚姻生活中饱受摧残，但事实上，离婚的时候，她也不过才二十一二岁，仍然是一个女人最好的年纪。

徐志摩因为对这桩不自主的婚姻不满，所以带着一层情绪的滤镜去打量张幼仪，自然觉得她哪里都不对胃口，再加上对于美的理解，每一个人都不一样，徐志摩眼里没有吸引力的女人，别人看来未必不是好的。

那时候，她认识了一名叫卢家仁的男子，对张幼仪和彼得十分上心。但张幼仪的哥哥在她离婚之初，便建议她五年之内万勿再嫁，免得让人误会她是因为婚内行为不端才被休弃。再加上她将全副身心都投入在修习学业与照顾儿子彼得之上，并无再嫁之心。

于是，当内敛的卢家仁十分含蓄地表达了对她的心意时，她拒绝了。

1925年彼得的夭折，带给张幼仪巨大的打击。徐志摩那时候已经跟陆小曼在一起了，他去看张幼仪。多年来头一次，徐志摩抛下了对张幼仪的厌弃，在给陆小曼的信中，称赞她"了不起"。

张幼仪与公公婆婆仍然保持着通信，字里行间，她感觉到婆婆待她如初，就像根本没有离婚这回事似的，总叫她回家去，还时时地在信中，告诉她徐志摩的消息。

1926年，徐志摩已经从林徽因移情陆小曼了，他们两个人之间的爱情已经到了争取修成正果的最后关头：陆小曼与前夫王赓离婚了，陆小曼的母亲也在徐志摩说客的接连说服下不再干涉陆小曼与徐志摩的婚事了，最后的阻碍，就只剩下徐志摩的父母。虽然已离婚，但公公婆婆十分喜欢张幼仪，他们对徐志摩说，非得儿媳妇当面、亲口承认已离婚，他们才能同意徐志摩另娶陆小曼。

于是，张幼仪在出国五年之后，带着彼得的骨灰回到了中国，回到了浙江硖石。她如徐志摩之愿，承认了她与徐志摩早已离婚。徐志摩一如当年在法国拿到她的离婚签字时一样，兴奋之情溢于言表。他欢天喜地地娶了陆小曼。

面对徐志摩先后爱上的两个女人：林徽因与陆小曼，张幼仪的心态有很大的不同，毕竟，林徽因出现的时候，她还是徐志摩名正言顺的妻子，且当年徐志摩那么坚决地要离婚，说是争风气之先，说是要做文明离婚第一人，他真正为的，还是林徽因。当然，在评价起林徽因时，张幼仪只说：徐志摩的女朋友是另一位思想更复杂、长相更漂亮、双脚完全自由的女士。

陆小曼出现时，张幼仪与徐志摩早已离婚，所以，后来，张幼仪从那段婚姻的阴影里走出来，竟已能与徐志摩、陆小曼像寻常朋友一样聚会、一起做些生意了。

徐志摩与陆小曼结婚后，在老家硖石过了一段神仙眷侣的日子后，最终落脚在了上海，与张幼仪家很近。徐志摩上海北平两头跑，张幼仪与陆小曼抬头不见低头见。

从德国回来后，张幼仪早已是与曾经判若两人的新式女子了，她回浙江探望了一直待她不薄的公婆，埋葬了幼子的骨灰，成全了前夫徐志摩的爱情，说服二位老人，带着大儿子徐积锴回到了上海。张幼仪还在自家房子的后面，帮徐家二老建了一所房子，与她自己家的院子有侧门相通。

可怜天下父母心。张幼仪做儿媳妇不成，徐家二老便认了她做干女儿。张幼仪也是有她的优点，比如说她的大度、顾全大局，只不过不经历一些非常的事情，很难被人注意罢了。

## 成名上海滩

当年徐志摩若不与张幼仪离婚，他的命运如何尚不可知，但对张幼仪来说，离婚才是她新生的开始。

正是那场当年于她而言算是劫难的失败婚姻，生生地斩断了她继续做旧式女人的道路，她不得不做一个完全不同的，却更好的自己。塞翁失马，焉知非福。

离开浙江，张幼仪辗转去了北京。但不久便因为母亲病逝，又回到了苏州，入了东吴大学当老师，教德文。东吴大学是教会创办的学校，与张幼仪同岁。虽然对于那段当教师的经历，张幼仪很少提起，但我们大约可以想见她第一次站在讲台上的情形。她有点紧张，但很快便克服了。

曾几何时，她还是硖石镇上大宅院里绣花、纳鞋底的儿媳妇，如今，她却已是一名教员了，教的还是洋文。两下的悬殊，恍如隔世。

在东吴大学教了一学期，家里来了几位女士，她们是上海女子商业储蓄银行的，邀请她担任银行总裁。

张幼仪并无在银行工作的经验，她也没有学过经济学。主导一家银行的业务，此前她想都没想过。但她知道，银行方面之所以找到她，也绝对不是看中她的能力，而是看中她的人脉，以及她家几位哥哥的名望。

当时，那家银行已经濒临破产，虽是临危，但张幼仪决定受命。于是，她辞了东吴大学的教职，前往上海，就职于上海女子商业储蓄银行。但她选择了当副总裁，因为那时候，哥哥张公权已经是中国银行总裁，她不愿意逾了身份，与哥哥当个平起平坐的职衔。

张幼仪已经不是当年的她，但俨然还是当年那个她：持重、知礼、懂得分寸。她努力地要做一个新式的女子，但过去自己身上的这些好，她还是守着的。

出任银行副总裁之后，张幼仪把她操持家务、侍奉公婆时的所有本事都用在了打理银行事务上，这才发现，世上很多看起来很唬人的事业，其实并没有看上去那么困难。同样的道理，很多不起眼的工作，比如说当家庭主妇，自那里得来的经验，竟然也不是全然无用的，甚至可以是触类旁通的。

哥哥张公权尽了自己最大的努力帮助妹妹，包括他自己在金融界的一些朋友，也纷纷对女子银行的业务进行支持。

不多久，女子银行的业务便扭亏为盈了。

张幼仪不仅成为中国近代史上第一位女银行家，而且以果敢、魄力十足、将银行业务带上正轨的成功女银行家的形象，成功跻身上海金融界。

在操持银行业务的同时，张幼仪还经营了上海第一家时装公司：云裳时装公司。公司是张幼仪的八弟创办的，但经营的事务全权交给了她。公司的名字取自“云想衣裳花想容”。昔日视她如同仇雠的徐志摩，在离婚后，眼见着她独自扶养幼子，眼见着她三番五次地成全他的幸福，眼见着她脱胎换骨，已经十分欣赏她了。他自己的衣服，从来都是在云裳公司的衣铺子里订制，他还发动一众亲友投资入股云裳服装公司。服装公司的股东里，便包括了陆小曼与陆小曼的知己——民国交际花唐瑛。唐陆二人甚至还亲自上阵，为云裳公司拍摄宣传广告。

云裳公司兼营成衣出售与量身订制。在张幼仪的主导下，成衣的式样全部引进欧美的时兴款，加上立体的剪裁、上好的面料、考究的做工、精巧的配饰，一时间掀起了上海街头的时尚风潮。那时候，上海的名媛、小姐、少妇、阔太们，都以身穿云裳公司出品的衣服为荣。

张幼仪以一名教员跨界进入金融界与商界，取得了巨大的成功。

她的魄力还在于择机进入股市，股市如赌场，如战场，最怕恋战。而张幼仪没有，她行事一向知道分寸，有节制，看准时机出手，稳赚一笔后再及时撤资。张幼仪这个曾经连离婚都离得唯唯诺诺的人，却以杀伐的决断在股市拼杀，成为极少的能在股市里非但全身而退，还赚了个盆满钵满的人。

她终于凭着努力，取得了属于她自己的名望。在时人、世人的眼里，她终于成了张幼仪，而不再是“徐志摩前妻”。

## 历劫之心，终有所归

张幼仪事业风生水起，教育儿子徐积锴，亦有方、得法。

与徐志摩离婚后，徐积锴成为张幼仪全部的精神依托。她带着他在上海生活了二十多年，送他接受最好的教育：先是在上海交通大学学土木工程，后来赴美国留学，先后进入哥伦比亚大学与纽约科技大学，继续修土木工程。

儿子对父亲当年的风流韵事倒是很能理解，他知道，连他爷爷都是有女朋友的。他对母亲更有深深的感激与体谅，多年来，母亲全心全意照顾他、以干女儿的身份照看他的爷爷奶奶、一手主持操办了奶奶的葬礼、父亲飞机失事后又让舅舅带着他去接回父亲的遗体，母亲做的所有这些事情以及做这些事情背后的辛苦与辛酸，他统统知道。

后来，年届半百的张幼仪去了香港，认识了楼下的一位医生，叫苏纪之。他与妻子离婚了，独自带着四个孩子，又当爹又当妈，张幼仪看他不容易，便常常帮他做些家务。

慢慢地，两个人之间产生了情愫。苏纪之向她求婚了。

几十年来，张幼仪第一次拥有了与另外一个男人走进婚姻的愿望，他平凡却温暖。即便如此，张幼仪也没有轻易答应，她仍像年少时一样，做任何事情，都希望得到哥哥的支持。她写信征求两位哥哥的意见，四哥始终没有给她答案，二哥心里几番摇摆不定之后，回复她“妹慧人，希自决”。

张幼仪又写信给自己远在美国的儿子，左右着她行为的仍然是一句古理：在家从父，出嫁从夫，夫死从子。徐积锴知道这些年母亲的不易，他给母亲回信道：“母孀居守节，逾三十年，生我抚我，鞠我育我，劬劳之恩，昊天罔极。今幸粗有树立，且能自瞻。诸孙长成，全出母训……去日苦多，来日苦少，综母生平，殊少欢愉，母职已尽，母心宜慰，谁慰母氏？谁伴母氏？母如得人，儿请父事。”

母亲终于有个老来伴了，儿子是欣慰的；看到儿子的通情达理，作为母亲，张幼仪又怎会不欣慰呢？

征得同意后，张幼仪在她53岁那年，嫁给了苏纪之。直至苏纪之因病去世，张幼仪与苏纪之相伴生活了二十年。

丈夫去世后，已是古稀之年的张幼仪去了美国，居所在儿子家的旁边。日子平淡、规律，每日锻炼、报老年人课程班、打麻将。直到1988年去世，她的墓碑上，冠的是丈夫的“苏”姓，刻了“苏张幼仪”。她用自己的墓碑告诉世人，她张幼仪，是一个姓苏的男人的妻子。

对于自己的平生遭际，张幼仪几乎沉默了一生。若不是侄孙女张邦梅，她恐怕会把那些故事带进坟墓里去。张邦梅提出想采访她，张幼仪这才对她讲了自己完整的一生，自己所经历的故事。张邦梅是张幼仪的弟弟张禹九（谱名张嘉铸）的孙女，她的爷爷一生最喜欢的人就是徐志摩了。张禹九去世之前，叮嘱孙女说，下笔时对徐志摩要仁慈一点。1996年，张邦梅的《小脚与西服：张幼仪与徐志摩的家变》问世，世人第一次知道，那个在徐志摩的故事里不可或缺却已面目模糊的女人，一生都遭遇了什么，在婚姻历劫时想了些什么，在离婚后去了哪里……

在传奇故事的边角料里，张幼仪是一生都活在徐志摩阴影下的旧式女人，即便能在这边角料里露一下脸，也是沾着徐志摩的光，这是历史的无情与可笑之处，大抵也是我们这些看客的浅薄无知之处。事实上，当旧式小媳妇的时候，她爱得卑微，徐志摩厌弃了她七年。可后来她毅然自立，就只做她自己并为自己而活的时候，徐志摩复又敬了她七年。想必若非徐志摩罹难，他能够安享天年，也依然会继续敬她。可见，做一个女人，最悲惨、最不可爱、最难让人同情的事情，莫过于因为爱而失去自我。而最幸运的事情，是最后还能笑着活出自我，一如张幼仪离了婚的后半生。

# 林徽因：别样才女，别样人生

以前不大喜欢林徽因。总以为，在民国女人中，她不若张爱玲有高蹈的才气端以文字安身立命，不像孟小冬以宽音亮嗓厚靴美髯别开京戏行当里女老生一面。她唯能占上的一点就是命好，生得美，时运济，有人缘。

说是才貌双全，貌是有了，才呢？除了顶有名的那首“你是人间的四月天”之外，还有什么呢？直到某一天，安静坐下来，寻了她的文集来看，不过才读了她写给徐志摩的两篇悼文、《文艺丛刊小说选题记》《平郊建筑杂录》，竟已对她有所改观了：悼文之一关情，字字沉痛；悼文之二关乎故去人的志业——新诗，颇有见地；《选题记》是文论，臧否有度笔笔精当，没有些文学底子的人绝不能为之；最难能可贵的是《建筑杂录》，原本枯寂的题目经了她的手，竟生出了曲径通幽之趣，读来觉得笔意游畅，淋漓痛快，间着美学、掌故、建筑学理论，享受文字之美的同时，还能有所收获。便一发不可收拾地读下去了。

可见，我的昨日之非，其实都是井底之见。

这才晓得，写民国女人，林徽因总是绕不开的。

## 宅院里的孤单童年

林徽因本名中的“因”字，其实是“音”，取自《诗·大雅·思齐》：“大姒嗣徽音，则百斯男。”三十年代以后，她开始发表作品初露文坛的时候，因为常常与一位男性作家的名字相混，她索性就将自己的名字改为了“徽因”。她说：“倒不是怕我的作品被误认为是他的，而是担心人们误把他的作品认为是我的。”

父亲长年在外做事，母亲都是跟公公婆婆生活在一起，自然，她的名字也是祖父林孝恂取的。大抵是希望孙女有着美好的品德，亦是借了这个名字寄托林家这一脉多子多福的祈愿。

母亲何雪媛，虽然出生在富足的商贾之家，却是完完全全的旧式女人。家里不大看中对女儿的教育。她一双脚被裹成三寸金莲的模样，整个人被训练得温柔端方，美则是美，却失了灵气。她没上过私塾，不会作诗，不会对句，更没受什么新式的教育，文艺复兴、西学东渐、古希罗文明都是她听不懂的词。她大概会做一些针线女红，绣的鸳鸯戏水是顶生动的，虽然不见得会背孝经女德，但三从四德倒是能够谨守的。自然，与丈夫以诗词咏和酬唱往来、在他读书习字时陪伴在侧做红袖添香的佳人，这种事母亲是决计做不来的。

父亲林长民，早些年在林家私塾学堂里扎扎实实地接受过古诗文开蒙，为诗为文都好。当时，他的私塾老师，正是贯通中西之学的名士林纾。林长民后来去了日本留学，在早稻田大学修习政治经济科，西洋的文化、风土人情，又在他身上投射出另外一层颜色。学成归来，他在福建自办政法专门学校，并积极投身于当时的政治洪流中，成为一名崭露头角的政客。事业在他面前展开了一幅宏大画卷，自待他以满腔热忱去描绘，两下对比，他生活中不得心意的妻子，就显得愈加不相称了。

一个纯纯粹粹、从内到外、由骨子里到血液里都灰扑扑的旧式女人，终其一生，都未曾讨得一个既渴望家庭、又需要浪漫，既渴望安定、又害怕拘束的男人的欢心。即便，她为他诞下了两个漂亮的女儿。遗憾的是，林徽因的妹妹很早便因病夭折了。

林徽因出生那一年，是1904年，彼时，母亲已经嫁给父亲多年，在无爱的婚姻里挣扎了多年。女儿成为她唯一的精神依托。她看着小小人儿一天天长大，眉眼间的清秀一天胜似一天，仿佛清风明月一般惹人怜惜，总是会落起泪来。

母亲是妾。林徽因的妹妹夭折后，父亲又娶了一房太太。姨娘为父亲生下了一个又一个的儿女，父亲的腿，被姨娘与那些弟弟妹妹们绊得牢牢的。母亲的落寞与伤心，像是用了细密针脚织成的大网，全落在林徽因眼里，笼罩着她漫长而孤单的童年。

少年时的林徽因，对于父亲，对于母亲，对于同父异母的弟弟妹妹，均怀着爱恨交加的复杂情感。她爱父亲，却恨他对待母亲的那般凉薄；她爱母亲，却恨她终日幽怨作茧自缚；她爱弟弟妹妹们，却恨他们那位终日与自己的母亲斗气的母亲。

后来，渐渐晓得事理的她终于明白，旧式女人的苦，皆是因不相称的爱而起。

转眼间，林徽因12岁了，父亲因去北洋政府任职而携全家一起自上海迁居到了北平。林徽因就读于培华女中。培华女中是教会创办的，算是洋学校，教育理念自然极为开放，除了外文，尤其注意培养女学生的气质、修养。

林徽因喜静。在培华女中的时候，她不像别的女孩子一样，每天三五成群地聚在一起，叽叽喳喳讲些同学的八卦，谈论回家后母亲给做的某件在学校里始终没有机会穿的新衣裳，以及上次跨校联谊时某个风度翩翩的男学生。她大部分的时候都在看书。来北京之前，他们举家随着父亲林长民自杭州搬到上海生活过一段时期，那段时间，她漫溯于中国古典名著的海洋里，入了培华女校后，林徽因的英文水平突飞猛进，已经能够没有任何障碍地阅读英文书籍。于她而言，最大的好处，便是可以酣畅地自原版英文小说里汲取文学养分。

培华四年，林徽因出落成一个漂亮的大姑娘了。两条辫子以黑色丝带束了，垂在胸前，笑起来有一汪浅浅的酒窝，女校千篇一律的洋装校服，依然掩不住她的清秀可人。当然，同学们对她的喜欢，却不仅仅因为她漂亮，而是她与她们都不同。她平时话不多，但在课堂上谈论起英国古典文学时却能自信笃定、神采飞扬；谈古诗时，传世佳句不仅信手拈来，一些大家闻所未闻的作品，她都能品赏得头头是道。

父亲政务闲暇时，女儿下学回家时，两个人像忘年交一般，交流西方文化与中国传统文化的差异与共通之处。

林长民惊讶，知道女儿聪慧，但没想到与这个十几岁的姑娘谈天说地，却像与一位学识渊博的同辈对谈，已然无法用对待小孩子的态度予以轻慢敷衍。他笃定，女儿日后必成大材。于是，1920年，林长民赴欧洲游历时，带上了林徽因，希望她开阔视野、增长见识。而他在自己的日记里，写下这样一段："我此次远游携汝同行，第一要汝多观察诸国事物增长见识，第二要汝近我身边能领悟我的胸次怀抱，第三要汝暂时离去家庭烦琐生活，俾得扩大眼光，养成将来改良社会的见解与能力。"

父亲，从来都是以别的父亲对儿子的期许来调教林徽因。

父亲，也是终其短暂一生（1925年去世），都对这个女儿的才华抱着极大的欣赏。他曾语带骄傲地说："做一个天才女儿的父亲，不是容易享的福。你得先放低你天伦的辈分，先做到友谊的了解。"

得夫如此，是林徽因母亲的大不幸，得父如此，却是林徽因生之大幸。

## 康桥初恋

长达一载有余的赴欧游历，对于林徽因来说，却是分分明明的两种生活，两段心境。而分界线，便是那位张扬不羁的诗人徐志摩。

徐志摩闯入之前的那段时光，林徽因记得的，是伦敦连绵下着的阴雨，以及刻骨铭心的孤独。

初来乍到，她一颗心，被新鲜感包裹着。林长民带着林徽因，花去一个多月的时间，走出英伦岛，走进欧洲大陆，进行了走马观花一般的游历，瑞士的湖光山色是天工开物，法国与德国那代表工业文明的烟囱与精工打造的基督教堂古典式穹顶相间耸立，意大利的罗马是欧洲民主的起源与法制的滥觞……

异域风光、异国情调、异乡文化扑面而来，每一块砖石都有岁月的痕迹，每一栋建筑都是成百上千年前的遗构……林徽因小小的脑袋，几乎要装不下那些新鲜的东西了。

返回伦敦，父女俩欧洲卜居的生活正式开始。父亲有一大摊子事情要做：要根据游历所得，完善他脑子里早就有雏形了的那幅宪制图景，要以“国际联盟中国会员”的身份，参加国联大大小小的会议，更要以政府官员的身份，与各种人物进行应酬。而林徽因，则独自守着偌大的寓所，除了看书就是看书。

伦敦常常下雨，是那种连绵的仿佛永远也下不完的雨。16岁的女孩儿，独自捧着厚厚的英文书，倚着壁炉，边看书边等着父亲回来。一本又一本看完了，一天又一天过去了，而父亲，却似乎永远有忙不完的公务，她头一遭，觉得时间漫长难挨。时间每过一秒，她曾经对欧洲、对英国的喜爱便耗去一分。

后来，林徽因在向友人沈从文写信时，回忆起这段日子：“我独自坐在一间顶大的书房里看雨，那是英国不断的落雨……

一个人吃饭，一个人咬着手指头哭——闷到实在不能不哭！理想的我老希望着生活有点浪漫的发生，或是有个人叩下门走进来坐在我对面同我谈话，或是同我同坐在楼上炉边给我讲故事，最要紧的还是有个人要来爱我。我做着所有女孩做的梦。而实际上却只是天天落雨又落雨，我从不认识一个男朋友，从没有一个浪漫聪明的人走来同我玩。”

而后来，那个“叩下门走进来”坐在她对面同她谈话，那个闯入她的生活中拼尽全力去爱她的人出现了，那就是徐志摩。

她刚见到他时，是在他们寓居英国时的住所里，徐志摩来拜访父亲。父亲不外出时，家里常常来一些客人，作为女儿，她以极周到的礼数招待来客。对于徐志摩也不例外，她端上茶水点心，一句“叔叔”的称呼差点就冲口而出了，却终究没有叫出口。

眼前这个人，戴着圆圆的眼镜（这几乎已是徐志摩标志性的打扮），很是斯文有礼，虽然与父亲是以兄弟相称，言谈举止间，却总是有一股子跟父亲不一样的气质。多年以后，在与徐志摩成为无话不谈的好朋友之后，她才知道，当初她觉到的那份不一样，其实是天真，一份愈看透世间之事，愈能勇毅保持如初的天真。

自那以后，徐志摩常来。从他们的谈话中间，林徽因对徐志摩有了一些了解。

他原本在美国哥伦比亚大学读博士，修的是经济学，也算是一门经世致用的专业。偏偏他又对西方哲学兴趣浓厚，尤其喜欢罗素。于是，索性离开了哥伦比亚大学，想进入罗素执教的剑桥大学，拜入其门下，专心修习哲学。不巧的是，他来到了英国，恰逢罗素人在中国，并且将在中国逗留长达一年。徐志摩别无他法，也只能以特别生的身份进入剑桥大学。

林徽因还知道，那时候，徐志摩已是一个两岁孩子的父亲。他与结发妻子张幼仪的婚姻，是父母包办的。

慢慢地，林长民与徐志摩的交往深入起来。想来，两个人都是极有才华的，只不过林长民比徐志摩先一步找到方向，徐志摩呢，才将将知道自己想做什么。徐志摩成为林长民家的常客，也因此与林徽因熟稔起来。

徐志摩发现，这个看似文静内向的女孩子，其实十分健谈。而支持着她的健谈的，是与她的年龄不相称到令人难以置信的文化底蕴。他们的话题从日本的俳句到英国的十四行诗，从济慈情诗里的夜莺到莎士比亚剧本中的人间百态。无论什么话题，似乎她都能侃侃而谈。渐渐地，在徐志摩的心目中，她不再是朋友不谙世事的漂亮女儿，而是一位可以相与对谈、碰撞思想的成年人了。

他再来林家，就不再是来拜访林长民，而更多的是为了找林徽因。

对林徽因来说，徐志摩先是师长，其次才是朋友。她从未想过，有朝一日会与他有除去师长、朋友而外的其他情愫。只是不知从什么时候起，她在看到他说起新诗时的明亮眼神时，心里会微微地动一下，像被轻风与柳丝拂过；在某个雨天，他如她曾经期盼的那样，叩响她家的门、与她在壁炉旁对坐谈天时，她曾经独守偌大居所时空旷如荒野的心突然间就被填满了，恍惚觉得自己心里那处位置，原本就是为他留的；她与他在康桥边散步，她移开被水面上闪动的碎银晃花了的双眼，望向他，发现他也正看着自己，突然间觉得自己像个情窦初开女生的样子了，而她喜欢这份甜蜜的羞涩……

徐志摩果然是执烈又天真的性子，做事全然不计后果，喜欢就要说出来，爱就要在一起。他开始疯狂地追求林徽因。林徽因却怕了。她欣赏徐志摩的才情，依赖他的陪伴，喜欢他带来的初恋般的浪漫感觉。但那并不意味着，她做好了要与他冲决一切的准备，而他们有的，仅仅是疯狂膨胀的热情，以及不计后果的孤勇。

林徽因慢。几个月的相处，不足以让她下定决心便这样将余生托付出去。母亲的悲哀与不幸，以及由此带给她孤单的童年，时时刻刻如灌顶的提壶，让她在被爱情冲昏了头脑的时候，依然能够保持清醒与理智。还有那个尚未谋面的、徐志摩的结发妻子张幼仪，她爱徐志摩决然不会比自己少，她能够做到让这个女人牺牲吗？

“你都是有家室的人了，还来追我做什么？”林徽因这样对徐志摩说。之后，林徽因便随父亲回国了。

林徽因的一句话里，有怨、有伤心、有失望，还有最终离去的果决。

徐志摩却只听出了一层意思：一切只因为他有一个妻子。

那时，张幼仪从中国远道而来，在英国照顾徐志摩的起居。

回到中国的林徽因，从朋友那里、从父亲那里，得到他的消息：徐志摩让妻子去堕胎了；徐志摩与张幼仪离婚了；张幼仪真是个大度的女人，并不曾纠缠于他，非但没有打掉孩子，还生下他并且带了孩子去德国留学了。或许还有人将徐志摩登离婚申明的那份报纸拿给她看了。

那时候的离婚，对于一个女人来说，无疑是毁灭性的打击。偏巧徐志摩还登报昭告天下了。

原来，与这个男人谈恋爱，他愿意倾尽所有热情照亮你，与这个男人走进婚姻，他却会毫无怜悯之心地推你进入无底深渊。林徽因轻叹一声，掐灭了曾在她心底燃起的、对徐志摩爱的火焰，并默许了父亲为她安排的一桩亲事。对方，便是梁启超的长公子梁思成。

多年以后，林徽因已与梁思成订下婚约，一对恋人感情诚笃，徐志摩再一次冒天下之大不韪，与陆小曼在一起了。徐志摩写了那首著名的《偶然》，是他新诗创作里最完美的作品之一，而这份灵感，却是来自于林徽因：

> 我是天空里的一片云，
> 偶尔投影在你的波心——
> 你不必讶异，
> 更无须欢喜——
> 在转瞬间消灭了踪影。

你我相逢在黑夜的海上，

你有你的，我有我的，方向；

你记得也好，

最好你忘掉，

在这交会时互放的光亮！

能够遇见，相互照亮过，然后离开，各自寻找新的方向，对林徽因，对徐志摩，或许都是最好的结局。

## 梁上君子，林下美人

林徽因随父亲回国后，仍然回到培华女中就学。

彼时，大她三岁的梁思成，已在清华学堂留美预科班即将学成满届。与徐志摩的敏感、细腻、温柔、浪漫不同，梁思成算是标准的理工科出身，稳重、踏实，不善言辞，不爱社交。但梁思成绝不木讷，恰恰相反，他有着极为广泛的兴趣爱好，音乐、美术、足球，不一而足。

梁启超对自己这个儿子十分满意。有一次，梁启超受邀去清华演讲，梁思成就坐在第一排听。梁启超边演讲边写板书，讲完一个段落，便对儿子说：思成，黑板擦擦！一堂演讲下来，只见梁思成从讲台上跳上跳下帮父亲擦黑板。当父亲的，以这样一种方式，表达对儿子的爱与赞赏，一时成为美谈。

林徽因的父亲林长民与梁思成的父亲梁启超，都是当时的政界名流，都有着满腔的爱国热忱，又都是风雅旷达之士。惺惺相惜的两个人，一个有风华正茂的儿子，尚未婚娶，一个有冰雪聪明的女儿，也还没嫁，便坐在一处，结了个儿女亲家。

因为父辈的安排，林徽因与梁思成早就认识了。只是，那时候，林徽因还不知爱情为何物，梁思成又是个需要久处才能觉出来好的男人，相识之初，林徽因对梁思成还是淡淡的。

许是一年的欧洲游历让林徽因的心智更加成熟，许是与徐志摩的一番无果恋爱让林徽因对待感情的态度更加理性，这次回国，她慢慢发现，梁思成这个人，虽然寡言沉默，却会在冷不丁之间说上一两句话，逗得人捧腹大笑；他举止不潇洒、不倜傥，却是聪明得紧，林徽因话没说完，他已知道她接下来要说什么。

那种感觉，便是默契了吧。

若说徐志摩是烈酒，只可浅酌，不可贪嗜，那么，梁思成便是清茶，可着人意、养着人心。

便是这样，林徽因与梁思成终于跨过了父亲安排相识的尴尬局面，成了一对因为相互欣赏、相互爱慕而在一起的恋人。

梁思成从清华学堂毕业后，梁父为儿子和准儿媳妇安排好了求学的下一站：赴美留学。1924年，林徽因与梁思成一起去了美国宾夕法尼亚大学，自三年级课程修起。梁思成选的专业是建筑系，林徽因的志业也是建筑，无奈该系不收女学生，她只得入了美术系，但选修的课程，全是建筑系的。关于建筑系的选择，说起来，梁思成还是因为爱屋及乌而选的，因为林徽因跟他说过好多次，她最喜欢的专业是建筑系。

而林徽因对建筑的喜欢，缘于欧洲的游学经历。欧洲人曾花去几十年甚至几百年的时间，精工修筑出来的教堂，仿佛每一块砖石都是灵动的音符，站在它们面前，让人几欲歌之咏之舞之蹈之；遍及欧洲城市及乡村的大大小小城堡，大都是富有者私人建造的宅邸，或依山势而建，或临水而居，那种力求建筑与自然之间和谐共融的匠人之心，几十年几百年之后，依然让人为之动容。除此而外，还有凯旋门、斗兽场、歌剧院……置身其中，林徽因第一次领略了建筑在容人纳物功用之外的艺术之美。

林徽因与父亲在英国时期的女房东，是一位建筑家，林徽因在与她闲谈时，更是知道了建筑学的博大与精深。建筑学不是盖房子，而是与写诗、作画一样的艺术。一如后来她在《平郊建筑杂录》里写的：诗有诗意，画有画意，建筑也该有“建筑意”。

宾大三年，梁思成一口气拿下建筑系学士、硕士学位，已从赴美前的不知道建筑学是何物，变成略略窥见建筑学堂奥的建筑师了；林徽因通过三年身在美术系心在建筑学的学习，更加深了对建筑学的热爱。

1927年夏，林徽因入于耶鲁大学戏剧学院修习舞台美术设计，梁思成进入哈佛大学修习中国古代建筑史，半年后，两人各自肄业，并于1928年春天结婚。

新婚那晚，梁思成问她：“为什么是我？”

林徽因回答：“你这个问题，我打算用一生来回答，你准备好听答案了吗？”

婚后，回国。

之后，关于林徽因的故事，人们津津乐道的，是泰戈尔访华时，她与徐志摩一双璧人全程陪伴左右，泰戈尔几番劝林徽因接受徐志摩；是林徽因加入了徐志摩他们创办的新月诗社，与当时文学界的名流胡适等谈诗论文，更重要的，是她成为徐志摩写新诗的缪斯女神，而徐志摩是她新诗的引路人；是"太太的客厅"里，林徽因与一众文化名人侃侃而谈，是"逐林而居"的哲学家金岳霖对林徽因百般的好……在这些故事里，梁思成成了虚化背景一般的存在。

事实上，梁思成那样一个不谙风月、不懂浪漫的人，从娶回林徽因，到林徽因去世，竭尽所能地给予了她最大的包容与爱。

徐志摩惊天动地的追求，早已将两个人的那段恋爱闹得世人皆知的地步，饶是如此，林徽因与徐志摩依然做着极好的朋友。林徽因家的客厅里，徐志摩是坐中常客，林徽因与徐志摩又往往相谈甚欢。梁思成曾经说过："林徽因是个很特别的人，她的才华是多方面的。……她能作为一个严谨的科学工作者，和我一同到村野僻壤去调查古建筑，测量平面爬梁上柱，做精确的分析比较；又能和徐志摩一起，用英语探讨英国古典文学或我国新诗创作。她具有哲学家的思维和高度概括事物的能力。"梁思成并非不爱妻子，只是信她，否则，他的言语里，提及徐志摩时不会那么自然、那么了无痕迹，不会尽是对妻子的称赏。

金岳霖是经徐志摩的引荐，与林徽因和梁思成结识的，以后也成为林徽因客厅里的常客。他也有同居的外国女友，也曾差点与别人走入婚姻，所以，说他为林徽因终身不娶，满足的是人们

“一生只爱一人”的忠贞爱情的一些幻想。但那并不代表金岳霖不爱林徽因，相反，他一生的牵系，都记挂在林徽因身上，即便林徽因身故多年以后，仍然张罗起一帮好友，为她庆祝冥诞。

1931年的某一天，梁思成出差回来，见林徽因沮丧。她诚实地告诉他：“我苦恼极了，因为我同时爱上了两个人，不知道怎么办才好。”

梁思成知道，她爱上的两个人，一个是他自己，一个是金岳霖。他惊讶与心痛都有，惊讶于妻子的坦诚，心痛于感情的变故。那时，距离两个人结婚也不过三年的时间。

梁思成一夜辗转，无法成眠。他思来想去，最后终于下定了决心。第二天，他只告诉林徽因：“你是自由的。若你选择老金，我祝你们幸福。”

深深爱上林徽因，陷在她的才华与灵气里无法自拔的金岳霖，听了林徽因转述梁思成的话，沉吟半晌，选择了退出。

此后，他仍是梁太太坐中常客，他仍然“逐林而居”，他仍然对林徽因百般牵挂，却仅仅让自己停在“发乎情，止乎礼仪”的地步，再也不作非分之想。后来，连林徽因与丈夫吵架，也是他出面调停与和解。

林徽因呢，不管是对徐志摩，还是对金岳霖，不因他们喜欢自己便随意看轻这份情意，不因他们拜倒在自己裙下便随意践踏他们的自尊，也不为了向丈夫证明什么而决绝地斩断与他们的情谊。她不动声色却又分寸得当地拿捏着与徐志摩与金岳霖之间的距离，保住了朋友之情，也保住了夫妻情分。

关于林徽因与梁思成的结合，金岳霖的评价“梁上君子，林下美人”，倒是确当。

## 甘做背后的女人

娶了一个如此迷人的女人——身边屡屡出现优秀的追求者，梁思成却义无反顾地守护了她的余生。能够让梁思成做到这样，不是靠着美貌与才华就够的。感情的经营一定是要有来有往的，林徽因不是一个只会在感情里一味索取而不懂得付出的人。如果梁思成以他男人的肩膀给了林徽因最大的安全感、以他男人的胸怀给了林徽因最大的包容，那么，林徽因为梁思成做的，便是始终站在他身后，用尽全身力气，支持他的事业，支撑他的梦想——抱着所有的路再艰难，也要与他一起走的决心。

说到底，梁思成的梦想，便是她自己的梦想。

自婚后，直至林徽因与梁思成各自谢世，这一对伉俪便将毕生心血献给了中国的建筑业。太太的客厅、感情上的苦恼，都是后来的人们拣了自己感兴趣的，或拣了读者感兴趣的，过分地放大了而已。

事实上，林徽因与丈夫几乎耗去了毕生所学与心血，扑身在钟爱的建筑事业上。

梁思成与林徽因是中国建筑学的启蒙人物。当时的国人，一如遇到林徽因之前的梁思成，对建筑的理解就是盖房子。虽然以皇家园林为代表的中国古代建筑达到了很高的成就与水准，但毕竟是曲高和寡。普通人极少知道，中西方建筑为什么有木结构与砖石结构的差别、中国建筑里飞檐上那一座座神气的小兽为什么会出现在那里等。

梁思成与林徽因回国后的第一件事情，便是任教于东北大学，并在东北大学创立了中国现代教育史上第一个建筑学系。将建筑立学，在高校设系，是梁思成与林徽因之于中国的建筑学、之于中国的教育事业所做的双重伟大贡献。

夫妻二人更是最早的中国古建筑寻访者与保护者。林徽因与梁思成都是被佣人伺候着长大的，打小没吃过什么苦。林徽因又从小多病。可从1930年到1945年，整整十五年间，她跟着梁思成，跑了中国15个省份，大大小小快200个县域，考察了近3000处古建筑物。建筑本不会说话。许多古代遗构躺在深山老林里，乡邻们不懂它们的价值，更不会去修葺或养护。残砖甚至会被拣了去修建个畜棚或犬舍。寻访到处，碰到的诸如此类的事情越多，夫妻二人越觉得，这些古物太需要懂得的人，去为它们“打抱不平”了。他们白天寻访、测绘，晚上伏案整理数据与资料、连缀成报告文字。他们希望通过自己文字的呼喊，唤醒世人对古建筑的关注。

河北赵州桥、山西应县木塔，这些多次出现在我们教科书上的建筑物，在林徽因那个年代，其实是鲜有人知的。正是梁思成考证文章的发表，才让这些被埋没了百年甚至千年的古代建筑，重新为世人所识，也重新焕发了生机。有了十五年的寻访资料做基础，1945年，梁思成与林徽因合著的《中国建筑史》问世，成为中国建筑史上的开山之作。

梁思成的建筑文章，都是经了林徽因的润色才问世的。林徽因的笔，是画龙点睛之笔。在她笔下，屋顶八角飞檐上晚风中叮当作响的铜风铃、古寺山门前残缺了基座一角的镇山石狮、汉魏遗碑上斑驳可见的石刻文字、雕梁画栋上早已失去色彩的彩绘图案，都是故事，都是诗，都以沙哑的嗓音，诉说着历史变迁、岁月痕迹与沧桑世事。

下面这段文字，节选自《平郊古建杂录》：

> 建筑审美可不能势利的。大名煊赫，尤其是有乾隆御笔碑石来赞扬的，并不一定便是宝贝；不见经传，湮没在人迹罕到的乱草中间的，更不一定不是一位无名英雄。以貌取人或者不可，“以貌取建”却是个好态度。北平近郊可经人以貌取舍的古建筑实不在少数。摄影图录之后，或考证它的来历，或由村老传说中推测他的过往——可以成一个建筑师为古物打抱不平的事业，和比较有意思的夏假消遣。而他的报酬便是那无穷的“建筑意”的收获。

这类兼具文学之美与论述之态度的文章，在她与丈夫合写的建筑学著作里俯拾即是。而藏身在建筑学这个冷门专业的著作中，人们自然便不知道，林徽因被人们称赞的才气从何而来。

林徽因的文学创作，是在风餐露宿的寻迹途中，是在古建物的年代考证、形制测绘、轶事掌故这些驳杂繁芜的资料整理、成篇之余才进行的。不过是为艰苦生活中的情绪出口另觅他途而已。这也是为什么，她虽被誉为才女，却从未找准一个体裁方向使力，也并没有多少文学作品的原因。

林徽因不仅对中国古建筑如数家珍，对于国外的名胜也有相当的了解。第二次世界大战结束前，美军在对日本奈良施行轰炸前，林徽因应美军之邀，在地图上圈出了当地文化古迹的位置，加以保护。

如果说林徽因与梁思成从事古建筑考迹的工作，既会因为得了无穷的“建筑意”而乐在其中，也会因为成功为某些古建筑打抱不平而得到极大的成就感，那么，他们夫妻二人呕心沥血投身其中的古建筑保护工作，其中故事，则显得悲怆万分。

1953年，北京市掀起拆除古建筑打造新城的热潮，首当其冲的，是古都唯一一座保存完整的牌楼。当时的北京市长是吴晗，负责牌楼拆除工作中的舆情安抚工作。那时候，林徽因与梁思成已投身建筑事业二十年，他们深知，每一段古城墙，每一座古建筑，在漫长的时间长河中，躲过战火狼烟与朝代更替，挨过风霜雨雪的侵蚀，留存至今存了多么大的侥幸，现代人能够睹得古建筑的风采，又是多么大的幸运。如今却因人们不懂得其中价值而要拆掉，每每念及此处，林徽因与梁思成便忧心如焚。

梁思成就牌楼的拆除与保留，与市长起了激烈的冲突，一度因为市长的言论而气得当场痛哭。林徽因在一次与吴晗同席的聚会上，力挺丈夫、力保牌楼不拆，也当场大骂吴晗。

牌楼之后，被林徽因赞为“世界的项链”的、长达四十多公里的、有五百多年历史的明清时代古城墙亦未能幸免。林徽因急疯了，她到处奔走，呼号，几乎到了声泪俱下的地步。她气愤地说：“等你们有朝一日认识到文物的价值，却只能悔之晚矣，造假古董罢！”

她与丈夫尽了全力，却无法阻挡新时代城市建设的滚滚车轮，林徽因的心，彻底被碾了个粉碎。古城墙被拆成一块一块的砖石，砖石又被市民们砌成了自家的四合院甚至厕所。

心力交瘁的林徽因，耗干了最后一丝心力。她身患重病，却负着气不吃药不救治，终于，1955年，她闭上了眼睛。

时隔十年，到了六十年代，人们这才认识到古代建筑的真正价值，这才开始从市民手里回收曾经搬走的古城墙砖块，再开始修复工作。

九泉之下，林徽因如果知道，不知道该是欣慰还是心痛。

林徽因曾与丈夫梁思成一起参与了国徽的设计，参与了人民英雄纪念碑的设计。她的丈夫梁思成的最后一个与她有关的设计，是她的墓。而她再也无法参与了。

这些因共同志业而维系在一起的爱情，才是她爱情与生命中最闪光的部分，才是她与别个吟诗作赋的“才女”身上与众不同的部分，当然，也是最易被后世热爱花边新闻的我们忽略的部分。

一代才女林徽因，从学生时代起，便享受着众人的瞩目。安静时她是气质如兰的淑女，与人对谈时她是学养深厚的才女。而梁思成，是她甘愿托付一生、并甘于隐没在他身后，用了自己的全部心血与才华去成就的男人。

有人说林徽因的一生最爱是徐志摩，并不爱梁思成，可我以为，当初逃离徐志摩执烈的追求选择梁思成，多年来默默支持他，成就他，这才是林徽因对梁思成最伟大的爱。

还有人说，林徽因周旋于徐志摩、梁思成与金岳霖这三个民国最优秀的男人中间，一定是有着非常高明的手段。可事实上，洒脱如徐志摩，聪明如梁思成，通透如金岳霖，大抵没有任何一个无真才实学空有满腹心机的女人，能让他们三个同时记挂一生。也就是林徽因，也只有林徽因，那样一个有才华、有相貌、有气节、有风骨、有人品、有眼光的女人才能吧。

# 陆小曼：
# 她被世人误解太深

百无聊赖的周末下午，随手翻起一本《爱眉小札》读起来。

作者是“风流才子”“现代诗人”徐志摩。他在书里一遍遍喃喃呼着的一个名字“眉”，正是民国最美交际花之一：陆小曼。

一口气读完那些宛如对语般的、情感浓烈到几近让人喘不过气来的情书，已是夜色阑珊。心下的触动，竟跟曾经读完《浮生六记》里，沈复写妻子那些清清浅浅的白描文字、读归有光悼亡妻时那句“庭有枇杷树，吾妻死之年所手植也，今已亭亭如盖矣”时，是一模一样的。可见，世上文字，只要是出自真心、发自肺腑，不管平淡如菊，还是浓烈如酒，都是可着人心的。

脑海里勾画出一幅画面，彼时，正当徐志摩与陆小曼新婚蜜月。是在徐志摩的老家硖石镇的祖屋，专为徐志摩布置的新婚房间。他们临着窗，徐志摩穿着灰布长衫立在边上，陆小曼一袭青花旗袍坐在木椅里。只见陆小曼仰着脸，闭着眼，徐志摩半俯着身，拿一支笔，仔细地帮她画眉。新糊的雪白窗纸上疏朗地勾着几笔，绿的是叶，粉的是蝶，红的是牡丹。木窗支起半扇，透过缝隙，能看到远处雾色里隐隐约约的苍山。不由得吟出一副对子：临摩不羡青山远，画眉怜取眼前人。

真的有过这样一幅画面吗？

倘若真曾有过，陆小曼与徐志摩之间的爱情，难道还吸引不了我这枝昏俗之笔吗？

倘若不曾有过，那么，陆小曼把徐志摩那些浓得化不开的爱情，弄到哪里去了？

你愿意随我一起吗，在这暮秋的深夜，泡上一盏清茶，点上一豆沉香，循着陆小曼的人生轨迹，去岁月深处寻找答案。

## 交际花前传

1903年，陆小曼出生在上海孔家弄。

她本不是家中的独生女儿，她之前有兄长与姐姐，她之后有弟弟妹妹，却都不幸早夭。唯独余下这一个女儿，却依然体弱多病。母亲几乎将全副心思都扑在照料这个女儿的身上，对她的爱几乎到了娇惯的程度。

从记事起，陆小曼就不太常常见到父亲。那时候，父亲在北京做事，母亲在上海守家。长到六七岁，母亲带着陆小曼离开上海，去了北平投奔父亲，从此定居下来。

陆小曼从小就是美人坯子，身上又兼有上海女子的精致婉约与北方女子的聪明灵动，不管是年幼时代在上海的弄堂里，还是年纪稍长搬到北平的胡同里，陆小曼所到之处，引来的都是街坊邻居的一片称赞。

说起来，陆小曼的身世，倒是和与她并称为社交界“南唐北陆”的唐瑛有点像：父亲均是留洋归来，弃政从商，创下了一份不薄的家业，只不过唐瑛的父亲去的是欧洲，陆小曼的父亲去的是日本。陆小曼父亲在日本求学期间，就读于日本早稻田大学，日本前首相伊藤博文曾是他的老师；母亲吴曼华是名门闺秀，受过极好的传统私塾开蒙，同时又经了新式学堂的教育，在思想、眼界方面都极为开阔，在对女儿的教育上思想也极为开明：既迎合时代的潮流送她学习洋文，又保留着对传统文化的尊重与喜爱，让她学习国画，还能顺着女儿的意愿，让她凭着自己的兴趣学习唱戏。

陆小曼到了学龄，父亲自然将她送到最好的学校。在北京女中，她打下坚实的国文底子，只是性格使然，陆小曼不喜欢也从未想过要在文学上有什么建树。事实上，她写的文章并不差，徐志摩多部遗作的序跋都是出自她手，尤以悼念徐志摩的《哭摩》一篇最为著名，几乎让读者肝肠寸断。

父亲还专门为她延请了英文家庭教师。在家庭教师的指导下，她仔细地学习英文文法、背诵英文单词、阅读英文著作。1918年，陆小曼自北京女中毕业，进入北京圣心学堂，在那里打下了坚实的法文基础。

除了语言而外，父亲还精心地培养过陆小曼的绘画。在新旧社会的交替年代，从事艺术往往是需要有一些魄力的。在当时混乱的时局下，既没有太浓厚的艺术氛围，绘画本身又实在是曲高和寡，即便如徐志摩那般天生随性的诗人，上学时修习的专业，也还是能够经世致用的社会学，以及能够鉴古知今的历史学。好在，陆家的经济实力比较雄厚，并不指望着女儿依靠卖画为生，更没有想过要将女儿培养成画家，自然，陆小曼在习画时能够随着兴致，再加上来自于母亲的艺术基因，她的绘画技法精进很快，连刘海粟、陈半丁、贺天健等知名画家，都曾悉心地指点过陆小曼绘画技法，并对她的画作十分欣赏。出自陆小曼之手的山水画笔调高致、笔意悠远，即便置于近现代浩如烟海的国画作品里也堪当上品。

陆小曼痴迷一生的唱戏，也是在年幼时就打下了深厚的功底。那时候的戏剧演员在世人的眼里不过是戏子，社会地位不高，但富贵人家的公子与小姐们，以唱戏聊作闲余时的消遣，倒是颇为常见。虽然不知道是谁替陆小曼戏曲表演开的蒙，但不管是昆曲的水磨声腔还是京剧的皮黄二调，她一亮嗓，丝毫不逊于专业伶人；唱戏最讲究的唱、念、坐、打，陆小曼样样都好。更重要的是，她享受在众人面前表演，她享受成为全场目光的焦点，也是因此，陆小曼对唱戏这种能够让她出尽风头的事情，比之画画这种需要沉浸在完全无我的世界里的事情更加迷恋。

1920年，陆小曼十七岁。当时，外交部部长顾维钧想找一名精通英法双语、形象好气质佳，且在公众场合大方得体的女翻译，辅助进行外宾的接待工作。陆小曼所在的北京圣心学堂，素来都以培养名媛著称，于是向顾维钧推荐了陆小曼。陆小曼被聘为兼职翻译，常常随外交部部长顾维钧出席外交场合，见的客人，不是外国使节，便是政府要客，陆小曼担任翻译，丝毫不怯场。非但不怯场，甚至在遇到外国人故意做出有损我国国格的事情时，陆小曼还能不动声色地予以还击。

据说，有一次，在外交场合，中国小朋友的气球一不小心被针刺了一下，“嘭”的一声炸开，拿着气球的小朋友哇地哭了。有一位外国人说：“中国的小孩子就是胆小。”陆小曼也不回嘴，走到几个拿着气球的外国小朋友跟前，把他们的气球一一刺破，所有的小朋友都哭了起来。陆小曼这才走到外国人跟前说：“外国的小孩子胆子也不大嘛。”

全程没有表现出一丝不悦，没有用一丝不礼貌的用语，轻轻松松地就让言语中对中国人表示不敬的外国人说不出话来。

如此的事例还有很多。

陆小曼未满十八岁便已进入了时人眼中最高规格的“社交圈子”。当然，那时的社交，全然不是我们理解的、通常意义上的、“花蝴蝶”式的社交，不是穿着华贵的礼服跳上几曲探戈出出风头便感觉到极大满足的社交，而是需要见过大场面、具备大格局、拥有大智慧，去化解一些东西，去捍卫一些东西的真正的社交。

陆小曼沉迷于声色犬马的生活，还是后来的事情。

# 只缘当时未识君

既精通多门语言、拥有圆熟画技、窥得梨园表演堂奥，同时又拥有天赋的美貌与过人的智慧，这样一个陆小曼，即便生在今天，依然是数一数二的才女加美女，更何况她是生在时代观念仍然闭塞、女人地位仍然低微的百年以前。

可历史与时间却是“拷贝不走样”游戏的拙劣玩家，生生将陆小曼翻译家、画家的身份丢弃了，传到我们的耳朵里，陆小曼的身份只剩下了这些：她是风流才子徐志摩的第二任妻子；她是民国著名的交际花，与唐瑛合称为“南唐北陆”；她是民国最水性杨花的女人。

这些她生前与身后都不曾摘掉的标签，自然缘于她的感情经历。

那是1922年，陆小曼还未满二十岁，刚刚从北京圣心学堂毕业，父亲就将她嫁给了自己精心物色好的女婿：王赓。

以今天的标准来看，这位大陆小曼八岁的男人，在外形、气度、学养等各个方面，还是配得起陆小曼的，当然，它们背后代表的，是这个年轻人无量的发展前途。

他有怎样的漂亮履历呢？

1911年，从清华留美学堂毕业，公费留学美国，大学一年级就读于密歇根大学，二年级就读于哥伦比亚大学，三、四年级就读于普林斯顿大学；

1915年，王赓进入西点军校，并在三年后，以全年级第14名的成绩毕业；

1918年，他以“巴黎和会中国代表团上校武官”的身份，随陆征祥参与巴黎和会，为中国争取权益；

1918年秋，任航空局委员；

在与陆小曼结婚前已是陆军上校。

在美国西点军校时，王赓与后来就任美国第34任总统的艾森豪威尔是同学；参加巴黎和会时，王赓结识了梁启超，并拜入梁启超门下，成为他的学生，也因此，和徐志摩成了同门师兄弟。

1922年，陆小曼风风光光地嫁给了王赓。在世人眼中，这是多么完美的一段婚姻啊，这两个新婚的年轻人是多么登对啊，有多少双艳羡的眼睛盯着这一对新人啊！

而彼时的陆小曼和王赓，心里自然也明了，他们的结合，其实更多的是利益的双赢：王赓上学期间之所以发奋读书成绩优异，乃是因为家道中落，在娶陆小曼的时候，其实也还并不是特别富裕。他需要的女人，除了品貌出众外，娘家一定得有雄厚的财力，好支持他的仕途；陆家，最不缺的便是钱了，他们需要的，是一位有能力、有野心、拥有无量前途的女婿。

而陆小曼和王赓结合之初，都还是欢喜的。王赓不无依附陆家作为自己仕途筹码的考虑，并且陆小曼本人的漂亮、聪明、可爱、有才气，王赓也十分喜欢。陆小曼呢，年纪轻轻，虽然贪玩随性，虽然所到之处蜂蝶环绕，却从未体验过真正的爱情，只觉得王赓哪里也都挑不出毛病：长相不错，人品也好，前途也好，父母既都视他作乘龙快婿，她亦没有不喜欢他的道理。

所有因嫁给王赓而来的欢喜，不过因为她还没有遇上徐志摩。

陆小曼的第一次婚礼，规格之高、场面之奢、花费之巨，整个北京城都为之震动。

对于王赓来说，结婚后，意味着有更宏大的人生画卷在他面前展开了。他意气风发，踌躇满志，期待着有一天能够干出一番大事业。家有娇妻美如画，王赓却依然早出晚归，勤于公务。

陆小曼也是北平的社交圈里的头面人物，受惯了名流、花少的追捧，得意于阔太、小姐们的忌妒，怎么忍受得了婚后独守空房的寂寞日子呢？终于，她又开始打扮时髦地往外跑了。

就这样，她认识了徐志摩。至于怎么认识的，有人说是经了胡适的介绍，有人说是因为徐志摩与王赓同为梁启超门下弟子，与王赓熟识所以认识了他的妻子。

但不管怎么样，徐志摩与陆小曼相识了。这是他们缘分的开始，更是他们劫难的开始。

徐志摩时而静、雅，时而笑、闹，总之十分富于生趣，陆小曼与他在一起，才知道什么叫因爱而生的快乐。那种快乐，与在舞厅里跳舞引得满场赞叹、与在戏台上唱戏获得经久不息的掌声、与在阔太太家里打麻将赢了钱都不同，是她从未体验过的一种。再对比王赓的木讷与不解风情，竟至对这桩婚姻渐渐地生出了悔意。她曾经在日记里写道：“其实我不羡富贵，也不慕荣华，我只要一个安乐的家庭，如心的伴侣，谁知连这一点要求都不能得到，只落得终日里孤单的，有话都没有人能讲，每天只是强自欢笑地在人群里混。”

饶是如此，每每陆小曼提出让王赓陪自己时，他往往脱口而出：找志摩陪你吧。

在得到王赓首肯的情况下，陆小曼与徐志摩有了大量独处的机会。两个都是热烈的性子，都不需要日久生情，更没有在暧昧阶段停留太久，便发展成了情人关系。

当然，若说陆小曼对与徐志摩这段不伦之恋没有任何的负罪感，倒是有点冤枉他们了。看《爱眉小札》，徐志摩写的那些文字，有大半都是在鼓励陆小曼：不要因为受到别人的非议、指责或者谩骂而放弃他们之间的爱情；或者催促陆小曼，对他们之间的这段关系何去何从，尽快做一个定夺。

徐志摩如此焦虑不堪地给陆小曼加油打气，为的，可还不是她的犹豫吗？想来，让她生起这份犹豫的大半情绪，还是来自于愧疚吧。

## 花开二度

徐志摩是世人眼中的“浪荡才子”，陆小曼在大家看来是“水性杨花”的女人，偏偏这两个情未定性的人，却恰如干柴遇上烈火，最终竟然在一起了。

不过他们没有想过，冲决一切牢笼，以众叛亲离为代价，争取到了做一世夫妻的机会，然后呢？活在一座孤岛上吗？即便他们可以做到，但缺了亲情、友情的调剂，他们拿什么支撑漫长余生里两个人朝夕相对时渐生的厌倦与麻木?

这是一段冒天下之大不韪的爱情。从决定了在一起，就注定是伤人伤己的。

陆小曼的丈夫王赓，忍受的是妻子与朋友的双重背叛；陆小曼的双亲眼睁睁看着自己的女儿走上背夫乃至离婚的道路，在那个年代不是容易想开的事情；徐志摩的父母深深喜欢他们为徐志摩挑选的妻子张幼仪，儿子却还是忤逆他们，要娶一位做派完全不合老两口规矩的女人进家门来。这些人，除了王赓而外，都是陆小曼与徐志摩无法老死不相往来的人，因为血缘亲情不是想斩断就能斩断的。

而陆小曼与徐志摩带给众人的伤害，最终还是会由他们两个人自己承担，尤其是陆小曼。徐志摩的父母直到去世，都无法从心底接纳这位儿媳妇。陆小曼虽然终于如愿嫁进徐家，但徐家不让陆小曼参加祭祖仪式，对徐志摩前妻张幼仪的好远甚于陆小曼……当然，这都是后话，眼下两个人面对的共同难题，还是如何说服王赓，说服陆小曼的父母，说服徐志摩的父母。

陆小曼的母亲自始至终都想让女儿与王赓重归于好，完全无法接纳徐志摩。徐志摩几番碰壁、找了很多人从中调停之后，陆家总算松了口。

徐志摩的父母也无法接受陆小曼，他们表示除非张幼仪亲口承认早已与徐志摩离婚，才肯同意陆小曼嫁进来。张幼仪成全了徐志摩。

唯独剩下王赓。知道陆小曼与徐志摩的事情后，他深深地震惊过，因为他从来没有防备过，甚至主动为他们提供了许多相处机会；他愤怒过，毕竟背叛来自于最亲近的两个人。在极度愤怒的时候，王赓甚至也对陆小曼出言不逊乃至几番羞辱。当然还有心痛，一日夫妻百日恩，何况陆小曼还是那般才貌双全的尤物，几年夫妻下来，她已在他心里深深扎下了根，现在又要连根拔起。总之，五味杂陈的王赓绝对无法、也不愿去成全他们两个。

还是刘海粟摆下的一场“鸿门宴”起到了决定性的作用。地点定在功德林，刘海粟做东，请了“三角恋”中的当事人：陆小曼、王赓、徐志摩。为了不让场面显得太尴尬，并且降下王赓的防备心理，最好能达到初衷，刘海粟还请了一大帮人从中作陪：陆小曼的母亲、张歆海、李祖德、唐瑛、杨杏佛。当然，即便是绯闻男主角，徐志摩仍然被安排在一个不显眼的位置，并且时时以半个主人的姿态向座中各位添茶倒水。刘海粟一开席便滔滔不绝，大谈特谈反封建意识，大谈特谈人生与爱情的关系，绕了一大圈，最后才说出了他真正想表达的那句话：夫妻之情，应当建立在融洽、和谐、志趣相投的基础上，否则，婚姻与牢笼何异？

王赓那么聪明的一个人，如何不懂刘海粟一番话的真正用意？不管有没有释怀，他当即答应放手了。终于，1925年9月，王赓黯然从陆小曼的生命中退场。

王赓知道陆小曼与徐志摩的私情后，曾经与她吵过、闹过，也想过挽回妻子的心，但在最后决定放手时，他仍然强忍着痛惜，告诫徐志摩不要亏待陆小曼：“我们大家是知识分子，我纵和小曼离了婚，内心并没有什么成见；可是你此后对她务必始终如一，如果你三心两意，给我知道，我定会以激烈手段相对的。”

那时候，陆小曼还怀着王赓的孩子，她没有与任何人商量，没与肚子里孩子的父亲王赓商量，没有与自己的父母商量，自己就跑去把孩子打掉了。陆小曼的那次手术不甚成功，非但导致她永远失去做妈妈的资格，还落下了终身未愈的难缠病痛。

为的，是彻底斩断前尘，与徐志摩毫无负担地走进下一段婚姻。

1926年农历七夕节，陆小曼与徐志摩在进行了几乎可以用“艰苦卓绝”来形容的抗争之后，终于等到了他们的婚礼。婚礼是在北海公园举行的，整个北平城再一次为之震动。当然，这次引起大家关注的，不再仅仅是婚礼的奢华，而是这场婚礼，陆小曼和徐志摩冲破了什么，挑战了什么，动摇了什么，以及坚持了什么……

北平文化界的名流几乎悉数到场。

令陆小曼与徐志摩哭笑不得的是，梁启超本该对这对新人做祝福发言的，不想却在诸位宾客之前，丝毫不留情面地数落了新郎与新娘：“徐志摩，你这个人性情浮躁，所以在学问方面没有成就。你这个人用情不专，以致离婚再娶……你们两人都是过来人，离过婚又重新结婚，都是用情不专。以后痛自悔悟，重新做人！愿你们这次是最后一次结婚！”

梁启超话说得难听，可比起陆小曼与徐志摩之前所经受的责难与苦楚，这些言语上的责备，已经没有多少杀伤力了。

陆小曼总算是嫁给徐志摩了。

## 爱之深，恨之切

可婚后的生活，怎是仅靠着当初那点激情就能够维持的呢？恰恰相反，当两个人真真正正开始经营起一个家的时候，激情是最不可靠的玩意儿。

与徐志摩结婚后，陆小曼遵从公公之命，随徐志摩回了徐家老家：浙江省海宁县硖石镇。刚去的时候可真闹啊，十里八乡的人们，都跑来看硖石首富家独子从北平娶回来的美貌媳妇儿。人群退去，婆婆因为对陆小曼的生活习气看不过眼，离开老家，投奔了徐志摩的前妻张幼仪。偌大一个宅子，就剩下了新婚的小两口与仆人们。

表面上，陆小曼与徐志摩在世外桃源一般的硖石镇，过上了神仙眷侣的日子，但她与徐志摩的感情祸根，也自此深深种下了：她是嫁进来了，但徐家人不认她。

不到一年，受时局影响，陆小曼与徐志摩去了北京，又从北京去了上海。

上海是陆小曼的欢场，同时也是刑场。如果没有上海的那几年，或许，陆小曼与徐志摩的命运轨迹就会改写：徐志摩不会死，陆小曼不会堕落。

一旦回到上海，置身这个东方小巴黎，陆小曼如鱼得水，扑身到滚滚欢场，愈游愈远，从此回头再也看不到岸。或许，那时候的陆小曼，还有一层未曾说破的心理，那就是报复徐家对她的轻慢。

她唱戏，天天混戏园子。与唐瑛合演的昆曲《牡丹亭》之“拾画叫画”，是1927年上海滩最时髦的话题之一。她不仅自己常常跑去客串，还拉徐志摩做配角。陆小曼在《牡丹亭》“春香闹学”里出演杜丽娘身边古灵精怪的随侍丫头春香，徐志摩就演迂腐的私塾夫子陈最良，其余更有什么听差的、跑堂的，说上一两句无关痛痒的台词。这对民国最有名气的夫妻在台上表演，台下的观众喝彩的、起哄的，好不热闹。舞台上的追光灯紧紧跟着自己，舞台下的热闹大半是因了自己而起，陆小曼喜欢这样站在世界中心的感觉。

徐志摩原本也是喜闹不喜静的，但他喜欢的闹，是康桥上的青荇水草繁茂生长的闹，是天上的云彩变幻卷舒的闹，而不是人潮汹涌逢场作戏的闹，更何况他堂堂一个大才子却像一个小丑一般供观众们调笑。

徐志摩心里，渐渐地有了怨气。他在《眉轩琐语》里写道：“我想在冬至节独自到一个偏僻的教堂里去听几折圣诞的和歌，但我却穿上了臃肿的袍服上舞台去串演不自在的‘腐’戏。我想在霜浓月澹的冬夜独自写几行从性灵暖处来的诗句，但我却跟着人们到涂蜡的跳舞厅去艳羡仕女们发金光的鞋袜。”

曾几何时，他也是那个在《爱眉小札》里，一任自己对陆小曼的爱意喷涌到笔尖，写下如今看来都堪当“肉麻”二字的情话的男人啊。

她抽大烟。刚到上海的时候，夫妇俩认识了富家少爷翁瑞午。他爱玩，随性，比徐志摩还洒脱。起初，徐志摩还有比较多的时间陪在陆小曼身边时，陆小曼与翁公子之间还属于“止乎礼仪”的正常往来。等到后来，徐志摩为了生计需要揽下较多的工作时，往往会告诉她说：你让翁瑞午陪你吧。多像当初王赓对陆小曼说的：你让志摩陪你吧。

翁瑞午带给陆小曼最大的影响，就是教会了陆小曼抽大烟，并且长期供养着陆小曼的需求。

她挥金如土。陆小曼的父亲身居高位，她是家中独生女儿，衣来伸手饭来张口惯了；她的前夫王赓颇有些资财，又宠着她，也是很轻易地就能够满足她的一切需求。陆小曼在北平时就是出了名的能花钱，在上海的繁华声色里，她断不可能反倒过回节俭的生活。

当然，那时候徐志摩起码还有钱、有闲、有心、有力去满足妻子的一切需求。

让他们的生活，尤其是徐志摩的生活陷入窘境的，是徐志摩的父亲、陆小曼的公公，对陆小曼的行止已到了忍无可忍的地步，干脆停掉了对二人的经济供给。

这时候，徐志摩才真正地肩负起了养家的责任，也开始真正地为自己只顾浪漫与激情的选择埋单。他辗转于南京、上海之间，同时在光华大学、南京中央大学、东吴大学法学院任教；后来应胡适之邀北上至北平，二度担任北京大学教授。

如果说徐志摩辗转任教于高校好歹还算是好事一桩，那么，最令人惋惜的，则是这位诗人天赋的才气，变成了谋生与赚钱的工具。他在教课之余拼命地写诗。那时候的写法，不再是曾经写《爱眉小札》时，一腔思绪喷薄而出于是很自然地付诸纸笔，而是斤斤计较于多写几个字便意味着多一些稿费。

对于徐志摩的这些付出，陆小曼不是看不到，恰恰相反，她通通看在眼里，只是无法感同身受。成长环境决定了她对于别人的苦况没有共情能力。即便能够感同身受，她也是带着怨恨的，因为公公婆婆不接纳的怨气，她只能撒给自己的丈夫。

陆小曼与徐志摩的婚姻生活，开始被种种冲突填满：陆小曼对徐志摩最大的不满，其实是来自于徐志摩的家庭对她这个儿媳妇的不满，以及因不满而生的轻视。按道理说，她明明都已经嫁过来了，何以公公婆婆处处对自己冷眼相待，每年的祭祖，陆小曼这个正牌儿媳妇都参加不得。而老两口时时处处都惦念着徐志摩的前妻张幼仪，甚至在她刚嫁过去没多久，便双双去了北平去找张幼仪了。陆小曼苦闷，也只能把对公公婆婆的怨恨转移到徐志摩身上。

徐志摩希望陆小曼能够改掉的缺点就太多了：关于她的奢靡、关于她的大烟瘾，最重要的，就是陆小曼始终坚持待在上海，不愿意追随徐志摩去北平。徐志摩不得不上海北平两头跑。火车票贵，徐志摩就搭乘别人的免费飞机。而正是一次搭乘由南京飞往北平的邮政飞机，不幸飞行途中遇到了大雾，飞机撞山了。

至此，这段从一开始就没有得到祝福的恋情终于画上了句号。于徐志摩来说，生命已然结束，而陆小曼的苦难才刚刚开始。

世界上最令人痛惜的事情，也许不是失去了自己一直珍爱有加的东西，而是失去后才恍悟，所失之物在自己心目中的分量，其实远比自己想象中重得多。

徐志摩的死，将陆小曼放逐到了死海。那里寸草不生，如果还别有它物，那么，这样东西一定是悔愧。只是，午夜梦回的时候，这些念头有惊雷般闪过她的脑海吗？她做了太多悔不该当初的事情，她应该好好待他的，而不是在他飞机失事的头一天还与他大吵一架，拿烟枪砸碎他的眼镜；她应该跟着他去北平的，这样，他就不用为了顾她而在北平与上海两地奔波；她应该听他的劝过上俭省的生活的，这样，他就不用为了养她而那么辛苦去教书，而是专心做个洒脱随性的诗人了，那么，至少不管最后结局如何，他应当还是快乐的；她甚至应该不与他开始这段爱情的，这段让他们两个人陷于劫难的爱情……

失去至爱本身已经十分痛苦了，奈何还要经受千夫所指。徐志摩是当时名流们的宠儿，胡适盛赞他“永远是可爱”，梁启超虽然在婚礼上指责于他，但那份指责多是源于恨铁不成钢。事实上，梁启超常常自诩对他操着“极痴的婆心”。爱读他诗的普通人喜欢他诗句里奔腾的自由，不爱读诗的人也能诵上他那首“轻轻地我走了，正如我轻轻地来”；那些曾经因为徐志摩婚恋中的“放荡”行止而对他口诛笔伐的人们似乎也忘了他身上的这些瑕疵。而她陆小曼，简直就是个下作的女人，水性杨花，不守妇道，是她害死了他。

她的公公，在最后一刻也未允她为他抚棺一哭。

陆小曼给徐志摩挽联上写：

多少前尘成噩梦，五载哀欢，匆匆永诀，天道复奚论，欲死未能因母老；

万千别恨向谁言，一身愁病，渺渺离魂，人间应不久，遗文编就答君心。

摩，相识五载，所有的前尘旧事，快乐的、烦恼的，都随着你去的噩耗变成雷霆惊梦。我想随你而去却又万万不能，因为我还有母亲要照顾。从此以后，我将拖着这病体苦苦支撑。我没什么可报答你的爱，唯愿可将你的遗文付诸出版。

她曾经对他说过白头偕老不相辜负的誓言，她食言了；但这一次，她守约了，徐志摩去世后，她一直坚持整理出版徐志摩的诗作。

《圣经》里说：爱是恒久忍耐，又有恩慈。可这世上，爱得死去活来的那一对对，又有多少人的爱情，能够在经历了岁月与世事的磨洗之后，仍然做到恩慈与恒久忍耐？大多数人的爱情，不过是授之以刀柄；爱得用力的那一个，不过是日复一日忍受着被爱之人凌迟的酷刑而已。

一如徐志摩与陆小曼。

而对于这场婚姻，胡适的评价是：“冒了绝大的危险，费了无数的麻烦，牺牲了一切平凡的安逸，牺牲了坚挺的亲谊和人间的名誉，去追求、去试验一个‘梦想之神圣境界’，而终于免不了残酷的失败……”

## 做徐志摩易，做翁瑞午难

徐志摩以自己的死，将陆小曼从原本骄纵的生活中唤醒，她不再唱戏，不再社交，举凡之前被诟病的生活方式，她都做了彻底的诀别。

唯有一点，她无法做到，也不愿意做到，那就是离开翁瑞午——那个徐志摩在世时便与她保持着暧昧不明关系的男人，那个接管了徐志摩离世后她余生的男人。

陆小曼与翁瑞午的相识，其实还是因了徐志摩托人引见。翁瑞午师从丁凤山苦学过推拿，出师后开了家医馆，因为手法精准、疗愈卓有成效、治病救人不分贫富贵贱，年仅十八岁便已是上海滩的名人了。陆小曼因为当初堕胎、与徐志摩婚后不被徐家接纳而心情不畅，再加上贪玩成性落下了一身顽疾，发病时痛苦不堪，严重时还会昏厥。

陆小曼每每犯病，几番求医问药都无济于事，经了翁瑞午的推拿，竟能马上恢复。这样几次，陆小曼就离不开翁瑞午了。但推拿有推拿的讲究，病人往往需要对医师赤裸相见，陆小曼与翁瑞午男女有别，但也是没有办法的事情。关于这一段，陈定山的《春申旧闻》里是这么说的：“陆小曼体弱，连唱两天戏便旧病复发，得了昏厥症。翁瑞午有一手推拿绝技，是丁凤山的嫡传，他为陆小曼推拿，真是手到病除。于是，翁和陆之间常有罗襦半解、妙手抚摩的机会。”

徐志摩倒是十分理解，甚至十分感谢翁瑞午的“神手”能够降得住陆小曼的病，更重要的，徐志摩与翁瑞午之间还有一些惺惺相惜，因为翁瑞午也是个才子，只不过没有徐志摩那么显山露水罢了：他专门学过“乾旦”，唱念的功夫俱好；他还专门学过国画，虽然不是大家，但画工也是一流的。于是，翁瑞午从陆小曼与徐志摩花钱请来的医生，变成了他们家里的挚友与常客。

陆小曼与徐志摩被公公婆婆断了钱财供给后，不光她出门的排场，家里的排场也没有减，夫妻就两个人，也没有老人在身边，更没有生下一男半女，可光各种伺候生活起居的佣人就十几个。更有甚者，家里也根本没有需要哺乳的婴儿，却还雇着一个奶妈，原来是陆小曼不喜欢喝牛奶而喜欢喝人奶。

徐志摩奔波赚钱，每每与翁瑞午见面，都百般叮嘱他照顾陆小曼。翁瑞午不仅应了徐志摩的请求，承担起照顾陆小曼的责任，对他们家还常常有钱财上的接济，甚至曾经变卖收藏的名画，为徐志摩的出国之行赞助路费。

说起来，徐志摩去世之前，陆小曼与徐翁两个男人之间的关系，特别像欧洲的贵妇，嫁给了有地位的人，但丝毫不妨碍她们拥有情人。

陆小曼会毫不客气地对翁瑞午提出物质需求，翁瑞午也会毫不犹豫地一概满足。闲言碎语起来的时候，翁瑞午总是理直气壮地说：我可是志摩请来的！

徐志摩死后，是翁瑞午给了陆小曼莫大的精神支撑；徐志摩的丧事料理完毕后，陆小曼余生的衣食住行，就全靠翁瑞午一个人负担了。

翁瑞午其实有一位发妻，名叫陈名榴，生有五个子女。妻子是旧式的女子，没有任何经济能力，全靠丈夫养着，离婚后是万万不能过活的，翁瑞午没有想过为了陆小曼抛弃发妻，陆小曼也并不愿意翁瑞午为了自己离婚。翁瑞午两边跑着，靠自己的营生和变卖收藏的古董名画，供养原配与亲生子女，并保证陆小曼的大烟不断了来源。

陆小曼对翁瑞午的依赖，决然不同于对徐志摩的那种炽烈的、不管不顾的、能将人灼伤的爱。她对翁瑞午，是一个生命体对空气和水本能的依赖。

胡适曾去信给陆小曼，说："你离开翁瑞午，你的生活所需我来负担；你若一意留在他身边，那我们就绝交。"即便如此，陆小曼也坚持留在了翁瑞午身边。

直到翁瑞午1961年去世，翁瑞午照顾了陆小曼三十余年。

三十年里，陆小曼早已没有当年的美貌，长年吸食大烟的后遗症也在她的身体上表露无遗，所幸，翁瑞午一直待她如初。

该怎么说翁瑞午这个男人呢，因为被卷进陆小曼与徐志摩这场旷世虐恋之中，翁瑞午被贴了太多的标签，有人说他纨绔，有人说他风流，有人说他不负责任。但从陆小曼认识他，他们的命运便紧紧纠缠在一起，就像一对深海中的溺水者一样，拼命地抓住对方。

陈定山又在《春申旧闻续》里，为翁瑞午做了正名：“现代青年以为徐志摩是情圣，其实我以为做徐志摩易，做翁瑞午难。”

因为翁瑞午，陆小曼在世人心目中“坏女人”的形象再无法翻盘。1965年，陆小曼在上海，这个她曾经的欢场、最终的“刑场”里去世。她生前曾填过一份档案，翁瑞午在“家庭成员”一栏里，自始至终，陆小曼都视翁瑞午为家人，但那却不是爱。

看民国名人们的婚恋观，起初着实让人啧啧称奇：

徐志摩死后，林徽因让梁思成找来飞机失事时的一块残骸，挂在床头怀念他；徐志摩失事时之所以乘坐那班飞机，其实是想赶上林徽因的建筑学讲座；林徽因苦恼地告诉梁思成她或许同时爱上了金岳霖，梁思成苦想一夜，最后告诉林徽因不管做何选择，自己都支持她。

而在陆小曼与翁瑞午的绯闻在上海滩传得沸沸扬扬的时候，徐志摩不仅同他们二人一起上台演戏，还表示这再正常不过了。

后来想想，她们那一代冲破了一切束缚的女人，才是真正苦恼的。比之旧时代的女人，她们走出了牢笼，但茫然四顾，知道来路，却不知去处。起初，看到周遭的目光多多少少还会有顾虑，及至多走几步，把那些冷眼甩在身后了，她们就索性大踏步地往前走了。

于今来看，我们惊叹之余，倒要好好感谢她们一番了：当代的女性，绝大程度上是女权主义在民国女人基础上的回撤，但绝然不是倒退，而是找到一个让男人与女人都自在与舒服的相对位置。

陆小曼们的爱情故事，除了留有一颗未熟的果实任我们去品咂苦涩的那一部分而外，更是一把标尺、一个参照：追求自由的爱情，可以，但怎样追求才不至于与全世界为敌，落得两败俱输的结局？

## 胡蝶：
## 世事予以苦痛，她报之以梨涡

若以今人的眼，看影星胡蝶，大约并不会觉得她当得起“民国第一美女”的名号。照片上的胡蝶——生活中的、旧杂志封面与油印报纸上的、香皂香烟广告画片上的——大都侧着身体、歪着脑袋、颌着下巴，表情并无太多不同。乍乍看去，除了体态丰腴、面庞丰润而外，唯一让人印象深刻的，只有脸颊上荡漾着的那一潭深深梨涡，以及洞悉世间一切冷暖悲欢的锐利眼神。

唯与“绝色”二字还是有些差距的。

比之林徽因，她似乎少了些娴雅；比之陆小曼，她又少了些灵动；甚至比与她情同姐妹、在名气与成就上略逊她一筹的女演员阮玲玉，更少了一些精致。

可若我们多上那么一点点耐心，读几本她的传记，了解她的平生，听听她的故事，知道她如何凭了与自己年龄颇不相称的待人圆融与处事周全，在二十世纪上半叶的滔天巨浪里得以全身而退；凭了骨子里非常人能有的坚持与隐忍，顶住了演艺圈漫天流言的裹挟啃噬，成为红透上海滩的大明星；忍受了情感上的一再被放逐与命运的几番无情嘲弄，最终换来与心爱的人短暂相守……我们这才会静下心来，细细审度她的美，旧上海人眼里的、与众不同的美。

## 寻常巷弄，百姓人家

胡蝶，本不叫胡蝶。胡蝶是她初入电影圈时的艺名，用了几十年，以至于父母亲为她取的名字几乎没有多少人记得：胡瑞华，乳名宝娟。长女为宝，秀女为娟。名字本身普普通通的，没找个教授私塾的老先生请教典故，没请算命先生合命理八字，就是一对夫妻满怀着对即将出世的孩子的爱意取的。

1908年，一个寒气尚未褪尽的春日，宝娟出生在上海虹口区提篮桥地区辅庆里一个寻常巷弄。巷子幽幽深深的，早上有卖豆腐的先生担着担子沿弄堂叫卖，拖长的声音惊起居民区里第一串鸽哨；傍晚，疯玩了一个下午的半大孩子，远远听到大人喊着乳名，知道该吃饭了，又风一样往回跑。蹬蹬蹬的脚步声并未打断几位身形佝偻的花白胡子老人议论时局：袁世凯成为中枢大臣半载有余了，都推行了什么举措、醇亲王载沣刚刚出任军机大臣，这可是一位有气节的亲王啊，当年甚至拒绝向德国皇帝跪拜致歉云云。彼时，他们决然想不到，再过几个月，他们的话题，会变成当朝光绪皇帝与慈禧太后的相继离世、醇亲王载沣刚刚两岁的幼子溥仪继承大统……小胡蝶打从睁开双眼，懵懵懂懂打量这个世界开始，受的便是上海这老弄堂里人间烟火的熏燎。

房子是宝娟的父母租来的，布置的家什也是拣了最实惠的价格和最简单的式样买来的，但那并不妨碍母亲把家里打理得整洁舒适。托姑姑的福——姑姑嫁给了袁世凯一手提拔起来的、在清廷里官运还算一路亨通的唐绍仪的亲弟弟——宝娟的父母由祖籍广东鹤山搬迁到了上海。父亲胡少贡的差事，是姑夫谋来的，母亲因而得以全心地照料家里。几乎可以说，宝娟一家三口，多年来一直生活在姑姑与姑夫的“荫庇”之下。

宝娟的诞生，给了这个虽不是大富大贵却也还算安稳舒适的小家庭最大的欢喜与幸福。而她的父母，也尽己所能，给了她最好的爱。比之童年时只能与佣人玩要的张爱玲与只有祖父陪伴的萧红，宝娟无疑是幸运的。

弄堂里的日子幽深漫长，虽然宝娟对那段记忆相当模糊，但却是她一生少有的稳定日子。后来，父亲因了姑姑姑夫的缘故，谋到京奉铁路总督查的肥美差事，从此开始了举家奔波搬迁的生活。先从上海到北京，再从北京到天津，后来，父亲辞去工作南下广州。胡家的居所一换再换，居住地的风土人情一换再换，最重要的是，宝娟的玩伴也一换再换。

她小小一个人儿，虽然尚不懂得“人是无力改变环境的，唯有改变自己去适应环境”这样的大道理，却已然按着大人的处世哲学来行事了：大概是因为早已懂得语言在她交朋友过程中的作用，每到一地，她总是能够迅速地学会当地的方言，到了天津不久，一口地道天津话已经说得十分顺口，到了北平学得一口流利的京片子，到了广州又迅速地学会了粤语。有一次，胡少贡领着女儿出去玩，遇到一个小贩沿街叫卖鸭梨，胡宝娟张口就来："又香又脆的天津鸭梨，一毛一个咯……"模仿得一模一样。若不是父亲就在身边，亲眼看着那声叫卖从女儿口里喊出来，肯定会以为是水果小贩喊出来的呢。

为了迅速被接纳，她学了一大通好玩的游戏，能够让自己迅速成为小朋友中的焦点，当然，这些本事都是在跟着父母走南闯北的过程中学来的。

似乎是歪打正着地，童年时的奔波不定与辗转流徙，成为宝娟的第一笔财富，那便是日后成为演员的基本的、却也是最高的素养。

当然，如果宝娟的学方言、交朋友还是一个小孩子出于不被孤立的本能去做的事情，那么，一刻也不放松对女儿的教育，则是胡少贡夫妇对女儿最负责任的爱了。

6岁，胡少贡便请了私塾先生为女儿启蒙。宝娟跟着老师认汉字、背古诗，习的都是中国的传统文化。8岁，父亲将她送至由天主教会创办的天津圣功女学，开始了最初的学校教育，在这所学校里，宝娟穿漂亮的校服，学习洋文；9岁，父亲辞了铁路上的工作南下广州，宝娟被送到了广州培道学校；16岁，父亲胡少贡又携全家返回上海，宝娟进入中国第一所电影学校：中华电影学校。在入学报名填写个人信息表格时，她原本想用"胡琴"作为艺名的，好记，别致，响亮，但想来想去，胡琴的命运不过是整天被人拉来拉去而已，于是她在姓名那一栏里写下了“胡蝶”两个字。

说是电影学校，实际上是一所演员短期训练班。但对于本就拥有语言天赋、且十分擅长让自己成为众人目光焦点的宝娟来说，舞台表演的技能，原本就是一点即通的。不过半学期的学习，她即已掌握了一个演员的所有表演要领。

胡蝶在学校学的是知识，在家里，母亲教给她的，是做人的道理。母亲是典型的旧式女子，没有受过什么开明的教育，也绝对没有上海女人的精打细算与斤斤计较，她只是日复一日地对胡蝶说着那几个亘古不变的理数：“女儿啊，你若是想要别人对你好，那你一定首先得对别人好；凡事一味争先，并不见得就是好的。有时候，适当地退一步，发现退一步有退一步的道理；人不管在什么时候，一定要先做好自己的本分……”

宝娟早慧，她知道这么多年，母亲不停告诉她的这些道理，也是母亲自己恪守着的信条。母亲生下她之后，就再没有生育过。为了完成帮父亲传宗接代的任务，她苦劝父亲纳妾。宝娟因而有了好几个同父异母的弟弟、妹妹。母亲因着对二房太太的感激，非但在日常的相处中从不拿大，反而几多隐忍。想来，宝娟在变成胡蝶，飞进声色繁华的影视圈之后，飞入戴笠的魔爪变成笼中丝雀时，仍然有着宽容忍让的性子，多半是来自于她善良的母亲。

写民国女人，写了张爱玲，写了张幼仪，写了林徽因，写了陆小曼，都只是讲些道听途说来的故事，写到胡蝶的童年，突然发现笔下触到了一种宿命般的东西：仿佛她的出身、她的遭际，她一切的经历都不过是为她日后的命运做准备：在影视圈浮浮沉沉，在爱情里摸爬滚打，在异国他乡静静老去。

突然就想起史铁生曾写过的一段话："如果你站在童年的位置瞻望未来，你会说你前途未卜，你会说你前途无量，但要是你站在终点看你生命的轨迹，你看到的只有一条路，你就只能看到一条命定之路。所有的生命都一样，所有的人都是这样……我们生来就被规定了一种处境。"胡蝶，便是宝娟被规定好的处境。

## 从路人甲到女主角

胡蝶得到第一个出演电影机会的时候，中国电影还处在黑白默片时代。

看过卓别林默片表演的人应当知道，黑白默片没有台词可以倚仗，电影所有的情节、情绪，都靠着演员的动作、神情来传达，间或穿插几张带字幕的画面，才多少为演员减了减负，但还是要演得卖力且夸张，观众才不至于看着看着便睡了去。

胡蝶出演的第一部片子便是默片，片名叫《战功》，是她从中国电影学校毕业后，老师陈寿荫推荐她去的。胡蝶演一个卖糖果的小姑娘，算是路人甲一般的角色。主角是张织云，也不过才二十出头的年纪，因了两年前在电影《人心》中的表演而成为炙手可热的电影大明星。站在一身华服、妆容精致的张织云面前，初出茅庐的胡蝶多多少少有点羞涩、笨拙，在片场还闹了不少笑话。

但毕竟是第一次演戏，胡蝶用了十二分的心思：戏服是精心订制的，为了符合剧中的人物身份，她让裁缝想方设法做出了陈旧却不邋遢的感觉；她的戏份不多，但每一个动作，每一个表情，每一个眼神，她都在心里默默地推敲、排演了无数遍。

这个十七岁的少女，虽然一直怀揣着成为电影大明星的梦，虽然对出入片场时总是被人前呼后拥着的张织云充满了无尽的艳羡，却从未想过要另觅捷径。她一直记得从小母亲就挂在嘴边的那句话：人啊，不管在什么时候，都要做好自己的本分。

作为一个演员，她的本分便是，拿出最出色的表演。《战功》上映后，女主角张织云头顶的光环更加耀眼。而当所有人的目光紧紧追随着这位大明星时，却有一个人，看出了剧里那个不起眼的角色背后演员的表演，她是有禀赋的，她不是一个因为角色分量轻便投机取巧的演员。他默默地记住了那个演员的名字：胡蝶。

这个人，便是陈铿然。其时，陈铿然刚刚筹建了友联影片公司，并打算将自己的舞台剧《秋扇怨》改拍成电影。他邀胡蝶担纲自己创业公司处女作的女主角。

剧情说来简单，被另结新欢的丈夫抛弃的发妻，从起初的一心维护丈夫，如何一步步认清丈夫伪善与邪恶的面目，并与好友合力将丈夫送进监狱的故事。虽然最终逃不过恶有恶报的道理，但也算是女子所托非人的悲剧。

陈铿然给胡蝶的角色，便是那位善良而识大体的妻子：沈丽琼。

这回是真真正正的主角，戏排得满满当当。胡蝶心下欢喜，但也并没有忘乎所以，她几乎把所有的时间都用在推敲表演上了：如何表现被丈夫抛弃时心如刀绞时的情状？绝望之下投湖赴死时，她应当有着怎么样的步态？一点点得知曾深爱之人的本来面目时，该如何表现失望一寸寸加深的感觉？在得知丈夫谋害人性命等种种劣迹后，终于决定将自己被抛弃的真相和盘托出时，她该怎样去诠释那份带着心痛的决绝？……

陈铿然没有看错，胡蝶是演电影的料，有天分，肯用功。他执导《秋扇怨》期间，眼见着自己物色来的这位女主角，在不是拍自己场子的时候，不是在背台词，就是在对戏。

她不红，谁红？

演《秋扇怨》那年，是1925年，胡蝶17岁。

人啊，不管在什么时候，都要做好自己的本分。胡蝶有意无意践行的这句话，早早地带给她一种可以触摸到的、双脚着地的实惠。胡蝶欣然答应这份邀约并卖力赴演的时候，是不是对母亲对自己的谆谆教导有了别样的体会呢？是不是对那个在《战功》中出演配角时，角色虽小也用心表演的自己充满了感激呢？

影视圈繁华声色，莺飞燕舞，乱花迷人眼。有多少女孩子与胡蝶一样，起初怀着对演戏的单纯梦想踏入，旋即迷失在灯红酒绿与觥筹交错中，最后落得个黯然收场。胡蝶天真，却也坚定，一直明确知道自己想要什么，因而也知道不想要什么；一直知道自己要成为什么样的人，因而也知道自己绝对不能做什么事。

前辈张织云的命运，她看在眼里。演《战功》时，她是那么光鲜啊，站在她面前，再好看、再自信的女孩子也会自卑的。张织云在名声如日中天的时候，跟了先是摄影师、后也做导演的卜万苍，一个在台前，美艳不可方物；一个做幕后，也算才华横溢。寻常人的眼里，两个人是多么登对啊！饶是如此，张织云仍然没有抵得住纸醉金迷生活的招引。风流倜傥的花花公子唐季珊相中了她，他殷勤地跑片场探班，送她各种昂贵的礼物。毕竟是庸常人，极大的名声无法带给她因为简陋清苦的童年而生的不安全感，但物质与虚荣心的满足却能。张织云轻易地便被唐季珊扮演的慷慨多金、温柔多情的绅士形象打动，与卜万苍分手，随唐季珊出了国。她像名画一样，被有钱人收藏了去，从此息声影坛。但事实上，唐季珊哪是什么富商？他虽然出手阔绰，但支持他发迹的，是乡下媳妇富有的娘家；他哪是什么情种，在张织云决定与这个男人白头偕老时，唐季珊早已觅到了下一个猎物：阮玲玉。不过区区四年，张织云便已沦为弃妇。此后，即便张织云再复出，时代早已变了，默片时代的电影皇后，面对着有声电影，继续用曾经的表演未免显得滑稽可笑。而那时候，荧幕已是胡蝶的荧幕了，舞台已是胡蝶的舞台了。胡蝶站在追光灯下，目送着张织云的背影消失于暗处。

从来没有什么捷径可走，女人一旦失去自我，即便再美，终有被束之高阁、被蒙以灰尘的一天。胡蝶自此更加坚定地知道，用心演戏，演好戏，才是唯一正途。当然，这已是后话。演《秋扇怨》的时候，张织云的演艺事业尚是红火的，胡蝶也还不是电影皇后，但那部片子于她而言之所以与众不同，是因为在拍这部片子时，胡蝶结识了她的初恋：林雪怀。

## 从“雪蝶之恋”到“劳燕分飞”

世人都说胡蝶遇到林雪怀那一年，林雪怀早已当红，大抵是讹传的成分居多。毕竟，找不到关于他曾经大红大紫的证据。

倒是比胡蝶略早进入电影圈，演过几部片子，并没有大红，不算一线明星。但林雪怀长得是真好看，眉目间蕴着清风明月，举手投足间都是风流绅士的气派。在片场里、在应酬中，什么样的场合都经惯了，言谈举止中透着从容与自信。总之，林雪怀是那种特别容易让女孩子倾心的类型。

在《秋扇怨》里，林雪怀饰演沈丽琼（胡蝶饰）的表弟吴毅。林雪怀的演技并不精进，但指导刚刚入门的胡蝶将将够的，平时，林雪怀对胡蝶也是照顾有加。

影片里，沈丽琼有一场投河的戏。被丈夫抛弃后她万念俱灰，打算一死了之，被表弟救下。胡蝶被林雪怀从水里抱起，透过湿漉漉的衣服，她感受到他臂膀的力量，视线穿过迷眼的水雾，她看到他正深情地注视着自己，眼睛里有无限怜惜。许是自那刻起吧，她恍恍惚惚地，忘了那是在演戏，忘了咫尺之外有导演和工作人员，有跟拍的机器。

慢慢地，在胡蝶与林雪怀之间，产生了除好搭档而外的别样情愫。他们相爱了。

那是最好的时光了。她的事业刚刚起步，随着《秋扇怨》的上映，开始渐渐地有了一些名气，也与邵氏兄弟（邵醉翁、邵邨人、邵仁枚、邵逸夫）创立的天一公司签订了为期两年的合同。再看看身边，有情投意合的爱人相伴。胡蝶对于命运的这份厚待，是感恩欢喜的，不敢有一丝一毫的怠慢与挥霍。她只有比从前更加努力地演戏，仿佛每努力一分，与爱人的美好未来便近一寸。想来，这也是胡蝶与许多昙花一现的明星最大的区别吧。

她的片约越来越多了，人也越来越忙了。林雪怀呢，一如胡蝶刚刚认识他时一样，不温不火、不上不下的，偶尔接一部片子，即便挑起大梁担任男主角，也没有产生什么票房号召力。胡蝶在短短的一两年里，便将他远远地甩在了身后。这时候，男人的自尊心开始渐渐地抬头了。当然，起初，这份自尊心还敌不过他对胡蝶深深的爱，他心底隐隐的不安尚能强压着不发作出来。

但怎样的笑是发自肺腑，怎样的笑是强颜欢笑，胡蝶怎会看不出来？毕竟，他是她曾经崇拜、如今深爱着的男人。

林雪怀的不安全感，胡蝶是知道的。与林雪怀初识时，她在仰望着他的时候，也不敢奢望有一天能成为他的恋人。如今，两个人之间的顺序颠倒了，不过没关系，爱是能够填平一切沟壑的。因了这份爱，因了想给林雪怀一份坚定的承诺，胡蝶选择与林雪怀订婚。那一年，胡蝶也不过才19岁，却已经像一个男人一样，毅然对这段感情负起责任来。

订婚喜宴办得十分隆重盛大，影视圈几乎所有大腕、文化界的许多名人都来了。那天，胡蝶和林雪怀两个人都是真的开心。

从意识到自己对林雪怀的那份懵懂情愫至今，胡蝶为自己勾画的未来图景里，都有他。林雪怀呢，在宾主的喧闹声里、在美酒佳肴的香气里、在大家推杯换盏时脱口而出的祝福里，暂时忘记了事业上的失意，以及爱情中的强烈落差感。

而林雪怀极力压制着的忌妒之心，胡蝶是不知道的，或者至少在他们反目成仇之前，是不知道的。在那个大男子主义仍然盛行的年代，没有几个男人能够忍受自己的女人比自己强太多。不过成熟男人摆脱这种处境的方式是，让自己强大起来，强大到足够照顾乃至保护她；不成熟男人的方式是，被忌妒所左右，亲手毁掉两个人之间的感情。林雪怀属于后者。

面对着胡蝶的大红，他索性辞去了电影公司的工作，退出了影坛，转而下海经商去了。

说是经商，其实是开了一家百货商店。资金是胡蝶出的，商店用的是胡蝶的名字，为了出行体面，连他的车子，也是胡蝶买的，想来，给自己的商店打广告、做宣传，少不了也得借助胡蝶的名气。若非认定了林雪怀是自己将要托付终身的人，胡蝶怎肯帮衬他到这般地步？

然而，即便是有如此的天时、地利、人和，林雪怀依然将百货商店经营得一塌糊涂。很快，所有的资金都赔光了。他却整日出入舞厅、咖啡馆，美其名曰做生意需要应酬，其实大概是想借着玩乐发泄自己的不安与愤怒。

胡蝶看在眼里。这哪是一个有担当的男人啊，分明就是扶不起的阿斗嘛。起初，面对他的喜怒无常与百般挑衅，胡蝶尚能忍住，可那一点点爱，经不起三番五次的消磨。渐渐地，她对林雪怀失望了。

失意中的人分外敏感。在林雪怀的眼里，胡蝶对他的失望有着别样意味：如今她红了，拜倒在她石榴裙下的人多了，像自己这样一个一事无成的男人，再也入不了她的眼了。

爱的人之间，最怕这种掺杂了不纯粹内容的猜度。

这世上，有一种魔法叫爱情。一段甜蜜的爱恋，会让女人变回十几岁小女孩的纯真模样，而一段失败的恋情，则会让女人的心从绕指之柔变得坚硬如铁。

胡蝶不幸成了后者。

终于分手了，因了订婚时的一纸书约，两人竟到了对簿公堂的地步。若是寻常夫妻，闹得天翻地覆也无人过问，她可是大明星胡蝶啊，随随便便上趟街都有可能登上报纸头条的；他可是林雪怀啊，虽然过气了，还是有人关注着的。订婚时有多热闹，分手时便有多难堪。1931年，一年时间，八次出庭，法庭上为了陈情，两个人曾经相处时不方便为外人道的隐私屡屡公之于众。昔日所爱如今成为寇仇，报纸上大肆渲染用语不堪，她不再仅仅是大明星胡蝶与女演员胡蝶，还是街头巷尾八卦传言的主角，面对着这一切，胡蝶憔悴不堪。林雪怀又能好到哪里去？毕竟也曾爱过的。那场官司之后，两个人分手，不几年林雪怀便郁郁而终了。

据说，胡蝶听到林雪怀的死讯，一滴眼泪都没有掉。一颗心伤得有多深可见一斑。

## 向死而生

如果要问胡蝶，她一生中最难忘的年份是哪一年，不知她记忆犹新的人生段落是何时，反正我以为是1931年。

这一年，她与林雪怀结束了多年的爱情拉踞战。在这段感情里，她被耗尽了心力，对于爱情的渴望，也差不多要被消耗殆尽了。好在他们只是订婚，尚未走进婚姻，所以一切还有挽回的余地。

这一年，除了自己与恋人结束婚约的官司闹得满城风雨而外，胡蝶还背负了巨大的污名，牵扯到国仇家恨，群情激奋，她百口莫辩，比她的那场解除婚姻官司的花边新闻更让她难以承受。那是“九·一八”事变当晚，东三省沦陷。其时，胡蝶正在北平拍摄电影。不知是谁，从哪儿来的消息，又是怎样散播出去的，说那晚国难当头之际，张学良却在灯红酒绿里躲清闲，在一旁作陪的，正是大明星胡蝶。张学良身上背着“不抵抗”的骂名，而胡蝶呢，人们都不骂她，拈出一句古诗安在她头上就够了：商女不知亡国恨，隔江犹唱后庭花。

那是个什么时代啊，战乱、割据，家不是家，国将不国，而在听信了谣言的人们眼里，张学良与胡蝶的行径，不啻为大逆不道。

风口浪尖上的胡蝶，精神几度濒临崩溃的边缘。可这也是胡蝶异于常人之处。即便在那样的情况下，她依然咬着牙挺过来了，她的处境，并没有比遭遇情感变故选择轻生的阮玲玉好多少，甚至有过之而无不及。胡蝶咬紧牙根挺着。谣言传着传着，便就这么过去了。

好在，这一年，胡蝶一直挚爱着的电影上的成就，给了她莫大的宽慰。

早在天一公司的两年时间里，胡蝶拍的片子大都是取材于民间，要么来源于传说故事，要么改编自武侠小说，如《孟姜女》《白蛇传》等，剧目大都是民众喜闻乐见的，胡蝶在其中担任的角色也大都是讨喜的，因而，那个时期的胡蝶，是飞入寻常百姓家的胡蝶，是深受普通人喜爱的胡蝶。

可胡蝶深知，自己的瓶颈期到了。符合大众趣味的影片，却不一定能过得了知识分子那一关，他们受过更好的教育，对电影品质的要求也更严苛、更专业。如果一味地演这类“亲民”的戏，演员太容易被大家的叫好声所蒙蔽，而降低了对演技的追求。

不过，在戏约排得满满当当的情况下，两年的时光也是弹指一挥间。与天一的合约期满后，1928年，胡蝶转投由郑正秋与张石川合力创办的明星电影公司，迎来了她电影生涯中最耀眼的时光。

郑正秋被誉为中国导演之父，张石川也是中国电影业的拓荒者之一。如果说天一公司在题材的选择与拍摄手法上，更加注重走亲民路线，那么，由郑正秋与张石川主导的明星电影公司，则更加注重回归电影本身的艺术追求。

这两位中国电影草创时代的扛鼎人物，十分看好胡蝶的表演天分，几乎将公司最好的资源都倾注在胡蝶身上。让胡蝶出演的影片，都是公司一力主推的电影，不仅如此，为了最大限度地发挥胡蝶的潜能，他们还专门为胡蝶量身写作剧本。

1931年，胡蝶担任主演，出演了中国电影史上里程碑式的作品：《歌女红牡丹》，不仅开启了中国电影的有声时代，更奠定了胡蝶电影皇后的地位。

《歌女红牡丹》是张石川亲自导演的，在蜡盘上配的音。胡蝶演的，是一位愚昧而善良的小媳妇。她把一位饱受丈夫欺凌却只能忍气吞声的旧式女子刻画得入木三分。胡蝶诠释出来的，再不是天一时期那些性格完美到无可挑剔，因而也没有多少咀嚼空间的角色了，观众看着荧幕上胡蝶演的受气包，真是又急又气又怜惜。

胡蝶真的红了，在中国电影由无声默片向有声电影跨越的二三十年代，很多人没能迈过那道坎，她的前辈张织云没有，她的初恋林雪怀没有，胡蝶是为数不多地，横跨了两个时代，并在两个时代里都大放异彩的电影明星。

在流言漫天飞的影视圈，很多人被唾沫星子淹没了，沉底了，有人轻生，有人息影，包括她的好姐妹阮玲玉。胡蝶亦是为数不多的，勇毅果决地与流言对抗，并最终站在了流言的潮头，取得巨大成功的人。

1933年，新创的《明星日报》举办影后评选，胡蝶以高票位居榜首，成为继张织云之后的又一位“电影皇后”。

## 繁华过眼，平淡是真

认识潘有声时，胡蝶与林雪怀之间的感情，画上休止符仅仅几个月而已。只是，在那场旷日持久的官司之前很长一段时间，两个人就已进入了相互的消耗状态。

所以，订婚合约书解除的那一天，胡蝶反而不觉得心痛了，只是像从一场大梦里醒来，茫然四顾，不知今夕何夕，不知身处何地，余下的只有无所适从，于是一心扑在演戏上。

胡蝶的表妹叫唐珊，她心疼表姐，总是想方设法带着表姐去参加一些饭局，让她忘掉林雪怀的伤害。就是在被表妹带去的一次饭局上，胡蝶认识了德兴洋行里的职员潘有声，一个长相普通、资质普通、家境普通的男人。经了林雪怀那一次，胡蝶早已不是当初那个会被一副好皮囊吸引的单纯小女孩了，若还有下一段感情，她要看人品，要看是否上进。而这些，潘有声恰巧都具备。

潘有声自然也是知道胡蝶的。恐怕他做梦也想不到，有朝一日，自己能够与当红大明星一起吃饭，更别提要娶她过门了。彼时，他有妻女，生活琐细庸常，若无意外，他会和自己谈不上爱也谈不上不爱的妻子把一辈子打发下去。见了胡蝶，性格一向内敛沉静的潘有声竟头一次觉得，往后的日子啊，若跟不爱的人一起过，便像树叶一样稠密，到不了尽头，可若跟胡蝶过，恐怕他会希望自己可以长生不老吧。

他离婚了，打算用余生孤勇去照顾与陪伴胡蝶。那时候，胡蝶并没有过多地属意于他，再加上那时候她拍戏很忙，并不会有太多的时间分给潘有声。潘有声从未抗议，你看我为了你离婚了，你看我为你丢弃了全世界，你看我为你做了这么多……一次都没有，只是甘愿以“朋友”这样一个最安全的身份，守在胡蝶身边。

慢慢地，胡蝶开始发觉这个貌似庸常的男人身上可贵的部分：谈吐不俗，大约是有一些文化底子的；聊到任何话题仿佛都能说出个子丑寅卯来，想来阅历与见识也都不俗。更重要的是，他看似无意却有心地，仔细地拿捏着两个人之间的分寸，就像在冲泡一杯清茶，或用文火慢炖一锅羹汤，时间到了，火候到了，滋味也就到了。

胡蝶的心，便是在潘有声的文火里，慢慢地被炖化了。1935年，她终于嫁了潘有声。可以想见，多少垂涎胡蝶的高官巨贾捶胸顿足之余，又有不解：他潘有声，到底哪一点好？

旁人的不解终究无伤大雅，对于潘有声来说，能够抱得美人归，便已然是人生最大的赢家。他用尽了全部心力去疼惜她。胡蝶珍惜这份俗世庸常里的体贴，比起才子佳人与郎才女貌的曾经，当下的幸福才是真实可靠的。

1937年，上海沦陷，胡蝶所在的电影公司一夜之间倒闭了。为了避祸，潘有声携了胡蝶远走香港，颇有些经济头脑的他创了个小小营生，生意倒也红火。无片子可拍的胡蝶，也帮丈夫打理生意。好景不长，夫妻俩的小日子过了没有几年，香港也沦陷了。日本人久闻胡蝶的大名，五次三番登门邀请胡蝶为他们演出。几年前因为传言与张学良在东三省罹祸当晚还在跳舞而背上红颜祸水的骂名的事情还历历在目，胡蝶决然不愿意答应日本人的请求。她委婉而不留余地地拒绝了，理由是，她怀孕了。

这个谎言，一次两次还能瞒得过去，时间久了，日本人肯定会发现。于是，夫妻二人商量后，决定再逃回内地。

这一逃，于胡蝶来说，却是才出狼窝便入虎穴。之后，她被军统特务头子戴笠霸占了长达两年。起因是胡蝶的30个箱子，里头装的，是她从影以来的全部家当。在他们出发前，胡蝶先把这些箱子托运回重庆。不想，箱子送到中途却丢失了。

胡蝶听得消息后大病一场。为了寻回箱子，她托人辗转找到了戴笠。戴笠是杀人如麻的角色，唯独却对胡蝶百般上心。这倒有点像杜月笙对待孟小冬的情景了。

为博美人一笑，戴笠帮胡蝶寻回了一部分箱子，寻不回的，也依了箱子里的内容，对比着式样，重新帮她补充齐全了。

戴笠贪恋女色是出了名的。当时的胡蝶，早已是名满天下的第一美女了，戴笠对她垂涎已久，只是苦于无机会接近。这一次，既然自己心心念念的女神自己送上门来，戴笠怎会就此放过？他软硬兼施，先是帮她寻回箱子，博得美人的好感，再是抓捕了她的丈夫潘有声并以家人的性命做要挟，复又给了他通关文书方便他生意上的往来，终于逼迫潘有声同意与胡蝶离婚了。

胡蝶一心惦念着丈夫，可她更在乎丈夫的安危。只要她一日在戴笠手里，听他的安排，任由他摆布，那么，丈夫以及家人便都是安全的。

胡蝶，开始了那段日后再也不愿意启齿的“软禁”生涯。

戴笠也是真喜欢胡蝶，只是这份喜欢沾着草莽气息，太过霸道，说到底还是一种自私。他百般设计，得到了胡蝶的人，却得不到她的心。见胡蝶终日愁眉不展，戴笠为她建别墅，修花园，也是动了莫大的心思。

见着戴笠为讨自己欢心做的这一切，胡蝶感动甚至动过心吗？我们不得而知，因为她本人对此事从来绝口不提。但她是想着潘有声的。戴笠飞机失事后，获得自由的胡蝶，第一个念头，便是回到潘有声身边。

那是万念俱灰后的久别重逢，胡蝶与潘有声心下悲喜交加。胡蝶知道，潘有声的离开，并非因为懦弱和保全自己，潘有声更知道，胡蝶听话留在戴笠身边，也绝非贪图那里的荣华富贵。他们都有各自想保护的人，而在这些想保护的人里，排第一位的必然是对方。不需要谁原谅谁，也不存在谁原谅谁。

能再重逢，还做夫妻，已经很好。二人从此相守，再也没有分开，直到1952年潘有声逝世。丈夫去世那一年，胡蝶还未到知天命的年纪，但从此再未嫁人。

1989年，胡蝶在加拿大温哥华，以八十一岁高龄因病去世。去世之前，她说的最后一句话是：胡蝶要飞走了。

胡蝶一生，把世间的冷暖悲欢、起伏荣辱都受过了。作为电影明星，她被万众追捧过，也被全民唾骂过；作为一个女人，她被伤得体无完肤过，也被爱得如沐春风过，可不管在什么样的处境下，她永远都是一副沉静的模样，从不大悲、大喜、大惊、大怒。世事予她以欢乐，她报之以欢歌，世事予她以苦痛，她报之以梨涡。最终，她成为为数不多的，在荧幕与舞台上绽放过耀眼光华后，还能淡泊自甘地汇入平常人的生活洪流中，静静老去的人。

胡蝶飞过近百年中国历史，胡蝶的名字翩跹穿梭在她身前与后世数代人的追念里，若光凭着美貌与好运气，而无坚忍的品性，没有一颗能够体谅他人、看淡世间一切苦痛的心，是绝对做不到的。许是因此，人们才心甘情愿地，将“民国第一美女”的名号给予她吧。

# 阮玲玉：最悲伤的角色是她自己

一次老友聚会上，大家闲聊，不知谁问了这样一个问题：如果可以穿越时空回到过去，你最想去什么时候？有说《诗经》诞生时民风尚还淳朴的春秋时期的，有说文化包容心态开放的盛唐时期的，但得票最高的，竟是民国。

可见，时间果然是一层美颜滤镜，它熨平了因离乱、忧患而深锁上的额头，抹去了苦难与困厄刻写在脸上的褶痕。隔着滤镜，后来人看到的，便只有跌撞的追求、昂扬的自由、高蹈的热情，以及诗意的迷茫，进而对那个时代生出无限向往。

无端地，竟想起一位民国女人。在很多人看来，她有着漂亮的脸庞，她是红极一时的大明星，她从16岁起初进电影圈便挑起女主角大梁并一炮而红，她从影九年便出演了多达29部影片，她所到之处永远是众人目光的焦点。

可若我们拿掉那层时间的滤镜，再去看她：她有着清苦无着的童年，她谈了两场将她的天真与纯情盘剥殆尽的恋爱，她过了几乎可以说毫无幸福与快乐可言的一生，她不过25岁，便选择以最决绝的姿态与世界作别。

她短暂的一生演过很多悲剧，但她诠释得最悲伤的角色，却是自己。

她，便是民国最著名的电影女明星之一：阮玲玉。

## 悲剧序曲

1910年，阮玲玉出生在上海。父母给她取小名阿根，大名阮凤根。出生那年，父亲阮用荣已经快40岁了，算得上是中年得子。女儿的诞生，给了这位平凡的父亲莫大的安慰与动力，虽然只是浦东亚细亚油栈一名普通的工人，但每天记挂着女儿，想着给女儿好一点的生活，再苦再累的活，也干得特别带劲。

母亲，是标准的旧式女子，出身穷苦，没什么文化，更没有什么收入来源，女儿出生以前，专心照顾丈夫的生活起居，女儿出生后，她又将全副心思都扑在照料这个小小的人儿身上。

父亲是家里的顶梁柱，只要有他在，日子虽然过得清苦，但生活好歹是有指望的。一切改变，发生在阿根6岁那年，父亲因肺痨去世。自此，阮玲玉悲惨命运的序幕正式拉开。

母亲是大字不识几个的，失去了丈夫，便等于失去了一切的经济来源。母亲接下来的路，早已被规定好了，要么改嫁重新找一个男人依靠，要么去有钱人家做帮佣勉强糊口。显然，改嫁已是很难了，体弱多病的阿根是母亲的拖油瓶，很少有人愿意娶一位拖儿带女的寡妇。不过，母亲虽没有多少文化，心地却是异常坚贞的，她毫不犹豫地选了第二条路：去有钱人家做佣人。旧式女人的悲哀之处，就在于此。

阿根的母亲别的不会，但操持家务很是拿手，她被一个张姓大户人家相中，带着女儿阿根入了府，开始了当帮佣糊口的日子。家庭的变故，带给了小小年纪的阿根一个新的、并且无从选择的身份：帮佣的女儿。

那个张家，便是日后与阮玲玉有近十年感情纠葛、甚至亲手将阮玲玉推向死亡深渊的张达民的家。不过，初入张府时，阿根还是身体瘦弱、营养不良的黄毛丫头，并不引人注目。

转眼，入张府两年了，阿根8岁了。母亲每每在忙碌的帮佣生活中得到一点空闲，看着眼前这个小不点儿，心里都会涌起无限怜惜。她内向、安静、早早懂事，知道那个“家”里，她不能随心所欲；知道母亲的身不由己，所以绝不缠闹，只自己一个人打发时光。母亲咬牙坚持的一切动力，源于绝对不能让女儿重复自己的命运，她节衣缩食，把女儿送到了张府附近的一家私塾上学，并且给她取学名叫阮玉英。

先生大概是前清遗老，每天教授的是《诗经》《三字经》《孝经》等。阿根的母亲果断，她知道时代变了，如果每天的所学只是背诵一些古诗文，大概并不会对改变命运有任何的益处，于是，又决定送她去上海崇德女子中学。这是一所教会办的洋学校，母亲希望女儿可以接受到最好的教育，可高昂的学费又让她一筹莫展。

幸运的是，母亲帮佣的张家老爷，是崇德女子中学的校董。母亲苦苦哀求老爷，学校终于答应让阿根以半价入学。阿根正式开始了洋学校的求学生涯。

转眼，阿根16岁了，出落成了亭亭玉立的少女。

张家第四位公子，叫张达民。阿根16岁那年，张达民19岁，还是一个靠家里分发月钱供养的公子哥。

张达民见到阿根，心下惊动。这么多年，两人生活在同一个大院里，他常常见到她，怎么从未留意过她呢？不过为时不晚，16岁正是一个女孩子顶好的时候。他开始对阿根进行疯狂的追求。

正是情窦初开的年纪，也是容易被外表与浪漫迷惑的年纪。张达民长得白白净净的，又是大户人家的公子哥，行止中自然有令少女迷恋的气息。阿根答应了张达民的追求。

真像电影中的情节。他们交往的事情被张达民的母亲发现了，她暴跳如雷。自己的儿子，配也要配门当户对人家的小姐，断断不能跟没有家世、地位卑微的婢女在一起。依然像是电影中的情节，张家人设计赶走了这对母女，理由无非假装家里丢了贵重的东西，最后却在母女的住处发现了。

阿根与母亲，一如多年前父亲溘然长逝时一般，再次失去了经济来源。那是真实的窘迫，母亲当帮佣时所有的积蓄都用来支付阿根上学的费用了，母女俩到了上顿吃完没下顿的地步，甚至连个栖身之所都没有。这时候，张达民出现了，他拿着自己的月例，租了一个住处，将她们暂时安顿了下来。

学是没法上了，阿根选择了退学，张达民索性离家出走，与阿根同居了。

阿根是感恩念旧的人，相处时日渐多，她对张达民的感情渐深；而张达民，却是被荷尔蒙与新鲜感驱使着的，总是喜欢追求中的感觉，却从不知得到之后需要珍惜。面对着阿根，他失去了当初追求她时候的百般殷勤，也慢慢地又回到了与阿根在一起之前的生活圈子之中，复又成了放荡的公子哥。家里给的月例数额是固定的，张达民在外风流的花销多，能供给阿根母女的自然便少了。

待在家里无事可做的阿根，开始寻思一条生计好侍奉母亲。正巧看到明星电影公司招募演员的启示，阿根便以“阮玲玉”之名报考且被录取了。进得公司接拍的首部电影，是《挂名夫妻》，她担任女主角。“阮玲玉”这个名字，第一次通过荧幕，进入了人们的视野。

## 一片痴心错付人

阮玲玉在先后签约的明星电影公司、大中华百合影片公司里，出演了几部片子，片约不算密集，也还没有大红，但总算有了一份可以谋生的职业，也总算是解除了自己和母亲生活中的困境。不过，因为还没有大红，她常常迫于无奈接一些不伦不类的剧本，演一些不太可能有突破的角色。当初踏入影坛，原本也只是为了谋一份职业，赚得一份薪水好养活家里，不过，演了几部之后，生活中的困窘暂时解决了，她便不再将演电影当作谋生的工具，而是当作一份事业来对待了。她意识到，自己是真的热爱表演，而目前所表演的剧目，无法承载电影的艺术之美，无法让她的演技取得真正的突破，自然也无法为她带来更大的名气。

她一个猛子扎入演艺圈，却不过几年便遇到了事业上的瓶颈期。一如她一个猛子扎入与张达民的感情之中，却没过上几天被善待的日子。

16岁时，张达民在阮玲玉与母亲走投无路时的援手，是此后她宽待张达民的情感基石，即便这段关系开始不久，阮玲玉便一直处于被消耗的状态下。

起初，张达民纨绔，但还知道分寸，至多与一帮朋友好友去去舞厅，泡泡酒馆，去咖啡厅消磨消磨时光，都是些花费虽多但无伤大雅的爱好。可不知从什么时候起，他染上了赌博的恶习。赌场上从来没有什么赢家，从来只是听说因为赌博而家破人亡的故事。输了借，借了输，是一旦掉入便绝少有翻盘机会的恶性循环。

张爱玲曾说过一句话：因为懂得，所以慈悲。阮玲玉知道，张达民是金山银碗里长大、被一家子惯着、被佣人侍候出来的，她体谅他不学无术，无一技之长，但那时候，她对他是有爱的，她努力自立不再在经济上依附于他，同时，也期待着有朝一日，可以等到张达民的浪子回头。

父亲去世后，张达民分得了数目颇巨的遗产。阮玲玉是自立自爱的女人，彼时，她的片约虽然没有密集到需要赶场的程度，但收入也很可观，而她当初跟了张达民，喜欢与感恩的心态都有，却独独没有贪图富贵的念头。对于张达民的那笔遗产，她几乎不闻不问。

张达民平生头一次拥有那么多的钱财可以自由支配，他没有想着拿着这份别人求之不得的第一桶金去创一份家业，更没有动过为自己和阮玲玉买下一处宅院好安安稳稳地过自己的小日子的念头，甚至连为租来的家里添置点生活用品的想法都没有。

他连他自己今后何去何从都没有想过，更别提认真规划他与阮玲玉的未来了。张达民不仅把所有的钱都送给了赌场，还欠下了一屁股的赌债。这是张达民昔日那个显赫多金的家里给他的最后一笔钱了，荡空之后，一无所长的他只能把阮玲玉当成自己的摇钱树。

那时的电影明星，出入都是极有派头的，以洋车代步，雇了司机候在片场外接送上下班；家里有佣人专门照顾起居，三餐吃得精细；一身行头都是外国货，且天天不重样儿的。若是几位女明星闲时坐在一起，聊的也无非哪里有个百年裁缝老店，老手艺师傅定制的旗袍特别好看；哪里新开了一家馆子，掌厨的是个四川人，味道好得不得了，下次可以一起去尝尝；谁谁手上戴的宝石戒指是男朋友从国外带回来的价值连城……唯有阮玲玉，片约也有了，名气也有了，钱也有了，住的还是租来的老房子，吃的还是粗茶淡饭，母亲操劳了一辈子，女儿成为明星了，家里却仍然没有保姆。都是花儿一样的年纪，女明星们的光鲜生活，阮玲玉不是不想过，是过不起，因为，她在片场辛辛苦苦挣来的钱，全部拿去为张达民还赌债了，却依然填不满这个无底洞。

起初，张达民问阮玲玉要钱时，还会编造一些借口，比如与朋友约了饭局，饭局之所以这么重要，是有朋友会介绍他一些赚钱的路子；比如想做点小买卖需要一点点资金周转，阮玲玉不是不知道张达民的谎话，只是没有拆穿罢了。

后来，因了阮玲玉的拆穿，张达民非但继续伸手问阮玲玉要钱，甚至“抢”钱，连借口都不再找了。又一次，张达民在接二连三地要过钱之后，再一次问阮玲玉要钱时，阮玲玉问：“不是刚刚才给过你钱吗？”

张达民说：“我这不是拿去做生意了吗？”

阮玲玉问：“你既去做了生意，但你的收入在哪里呢？”

张达民说：“做生意哪有光赚不赔的道理？”

阮玲玉终于忍不住了：“你别以为我不知道，你把这些钱都拿去赌博了，包括我上次给你的几百块！”

张达民不由分说，就打了阮玲玉的母亲两巴掌。因为还赌债的事情只有阮玲玉的母亲知情。

每个月，阮玲玉还未到发工资的时候，家里便已经没有可以周转的钱了。这时候，张达民便开始当着阮玲玉的面，拿了她的首饰、衣服去当。

阮玲玉心里凄苦难当，但不得不直面这样一个现实：张达民，早已不是她16岁时就爱上的、当初为了她离家出走的、在她们母女走投无路之际挺身而出的那个张达民了。

她对他的爱，就这么一点点地被消磨殆尽了。

## “她有抒发不尽的悲伤”

苦闷失意的阮玲玉，唯有将从张达民那里得不到的安全感与希望，全部寄托在电影上。

1929年，阮玲玉应导演孙瑜的邀请，出演《故都春梦》。影片说是孙瑜从法国作家小仲马的名著《茶花女》中改编而来，在原著故事框架的基础上，加入了大量的中国元素，其实早已没有了茶花女的影子。1930年，《故都春梦》上映，取得了巨大的成功。

幕后老板罗明佑、黎民伟趁热打铁，在《故都春梦》掀起的影视热潮还未消退之际，组建了联华影片公司，并接连推出由阮玲玉担当主演的《野草闲花》《恋爱与义务》等影片。

这几部片子是对阮玲玉演艺生涯的一次彻底“拨乱反正”，将表演渐趋“妖魔化”的阮玲玉带回了电影表演的正途，也帮她赢来了电影表演生涯的第一个高峰。

联华影片公司几乎可以说是当时电影制造工业的托拉斯：英国籍贵族何东出任董事长，为联华带来了充沛的经济支持；许多政治要人担任董事，为联华提供了强硬的政治后台；联华还网罗了当时电影界最著名的一批人，包括导演孙瑜、卜万苍，演员阮玲玉、金焰，以及黎民伟的第二任妻子林楚楚。因为强大的制作班底、对于电影艺术的精进追求，联华公司在成立仅仅一两年的时间里，便一跃成为与“明星”“天一”等老牌大公司鼎足而立的影视公司。随着阮玲玉主演的几部影片的推出及极度卖座，她已然是联华的当家花旦，并成为地位仅次于影后胡蝶的大明星了。

阮玲玉每天在片场被前呼后拥，去参加各式各样的应酬，受尽了赞美与奉承，在外人看来，她如在云端，那么美好，那么高高在上，那么可望而不可即。而别人不知道的是，每天回到家，她不得不面对张达民端端伸向她的、索取钱财的双手。如此表里不一的生活，总让她想起自己的学生时代：穿着洋学校别致的校服，她是漂亮、成绩好、招人喜欢的女学生，而回到张府，她如被打回原形一般，做回了府里的下人。

阮玲玉的大红，让张达民充满了不安全感，她仿佛随时会逃掉，于是，他比以往更加无度地向她索取。

1931年，正当阮玲玉的好姐妹胡蝶深陷于“蝶雪解约案”的官司里心力交瘁之时，张达民将报道此事的小报拿给了她。为了吸引眼球，标题起得十分夸张，字号数倍于其它文章。阮玲玉端着报纸的手，渐渐地发起抖来，这才知道，胡蝶在这场官司里，经历了怎样的难堪，在法庭上对质的时候，连生活中的隐私也被扒了个底朝天。

这时，一旁端详着阮玲玉反应的张达民幽幽地说：“若是我也把你16岁就跟我上床的事情卖给小报记者，你猜我能不能卖个好价钱呢？”阮玲玉脸上已然没有了血色，一句话都说不出来。这样的事情张达民是干得出来的，而她竟然拿他毫无办法。

他太了解她了，她懦弱，爱惜名声，这是他的杀手锏。张达民吃定她了。

她已经不爱他了。可她不能像别人一样，不爱了就分手，只要她一天还是明星，只要她一天还有可观的收入，张达民便一定不会轻易放开她的。

接下来，阮玲玉几次托了熟人帮张达民找工作，在别人看来，她是在帮助爱人，事实上，她只是为了摆脱他的纠缠。

张达民游手好闲惯了，身无一技之长，张家没落后，一身公子哥的毛病却都还在。让他自己跌跌撞撞寻差事恐怕会很难，挣钱少的、需要体力的苦差事他不愿意干，挣钱多又清闲的工作，又怎么会愿意要他呢？阮玲玉帮她介绍了光华戏院经理的职位，将这个消息告诉张达民的时候，他是真的开心。也是这份工作，张达民干得最久。1932年“一·二八”事变后，阮玲玉带着他避走香港时，戏院的职位仍然替他留着。

三十年代的香港是什么地方？吃、喝、玩、乐、嫖、赌应有尽有，繁华声色比上海有过之而无不及。等阮玲玉决定要回上海去时，张达民流连其中早已乐不思蜀了，他不仅拒绝了回去，还让阮玲玉再托人帮他在香港找份工作。联华公司的大股东何东正好在香港，且认了阮玲玉做干女儿，阮玲玉于是拜托这位何老板帮张达民找了份买办的工作，自己回到了上海。

原本以为自己终于可以清净一下了，却不想张达民拿着自己买办职位中经手的钱去了赌场，不几个月，亏空的公款，窟窿已然大到无法填补的地步。东窗事发，张达民丢了工作，灰溜溜地回到了上海。

最后一次，阮玲玉托人在福建帮张达民找了一份工作，地处很远，但好歹是个税务所所长。张达民又高高兴兴地赴任去了，阮玲玉终于又过上了清净的日子。可眼下那短暂的清净，无法拔除牢牢盘踞在她心头的隐忧：张达民迟早是会回来的，所有过去要面对的问题未来依然要面对，她对生活的那一点点希望，几乎要在这循环不休的怪圈里被消磨殆尽了。

张家，张家四公子张达民，仿佛命中注定一般，必定一生纠缠。自她父亲去世后，生活便如一个无底深渊一般，任她如何努力攀爬，却总是无法摆脱。而这份刻画在她命运底子里的暗渊，给阮玲玉罩上了一层悲情的面纱。她自己不觉得，但别人看得见。一如当年，16岁的她投考明星电影公司时考官卜万苍评价的一般："你们看，她像有一种永远抒发不尽的悲伤，惹人怜爱。一定是个有希望的悲剧演员。"

她对身世绝口不提，她对爱人张达民的无赖行径绝口不提，她对她心底的痛楚绝口不提。那时候，谁会想到，她心里的绝望与悲伤已经积攒到了什么程度，以至于最终要以生命为代价，去与那份沉重相对抗。

## 唐季珊：始于殷勤，终于绝情

如果说，张达民在与阮玲玉长达七八年的同居生活中，如钝刀子割肉一般耗尽了阮玲玉对于生活的热情与对生命的希望，那么，唐季珊则是阮玲玉徘徊在悬崖边犹豫不决时，将她推下山崖的最后一股力量：生猛，决绝，狠戾无情。

这个男人，有个乡下的发妻，凭着妻子娘家的雄厚财力，开创了自己的事业，成为名噪一时的茶叶大王。许是虚荣心作祟，唐季珊身边相好不断，却偏偏爱在电影圈的女明星中猎艳。民国第一代电影皇后张织云的故事，阮玲玉听过的。她抛弃导演卜万苍，跟了唐季珊，不过两三年的时间，就落得个被抛弃的下场。

因为一次聚会，阮玲玉落入唐季珊眼里，成为他的下一个目标。

彼时，张达民远在福建税务所所长任上，阮玲玉以得闲偷欢一般的心情珍惜着没有张达民纠缠的日子。唐季珊，本是入不了阮玲玉的眼的，像他这样的“采花大盗”，阮玲玉出入社交、应酬场合倒是见得多了，大都是认识一下、客套一番、逢场作戏，几句过后，谁都不会再记起的那种。

可唐季珊是情场老手，且对阮玲玉是志在必得。他以比当初追张织云时有过之而无不及的体贴手段，追求着阮玲玉。

跑到片场送花是最基本的。彼时，唐季珊是联华公司的股东之一，想要得到阮玲玉的行程自然是易如反掌。几点入场，几点开拍，几点结束，掌握得清清楚楚。每每阮玲玉在片场的时候，唐先生的花就到了。对于唐先生的绯闻，她早就有所耳闻，再加上阮玲玉本身也不像别的明星那般虚荣，并不吃当众被人送花那一套。为了不当面驳唐季珊的面子，她都是有理有数地谢过，收下，并不曾动心。

跑到片场门外等她，接她下班也成了定例。唐季珊有的是钱，有的是闲，他每天亲自开着车，堂皇地停在片场门口，刮风下雨，每天必到。阮玲玉知道，一旦坐上了他的车，就等于给了小报记者无限的发挥空间，于是，她想方设法地溜出片场大门躲开他的车子自己回家。所以，唐季珊这一招又落空了。

而讨一个女人欢心的最高境界，就是讨好她的身边人。唐季珊借着本身与联华公司的关系，见缝插针地讨好阮玲玉，再加上在追求女人时练出来的厚脸皮，终于混进了阮玲玉的家，成为她们家的常客。彼时，家里除了阮玲玉的母亲而外，还有阮玲玉收养的女儿。小孩子太容易取悦了，尤其是小女孩，包着漂亮外衣的糖果，好看的小裙子，可爱的洋娃娃，都会让她心花怒放。唐季珊每次去阮玲玉家，都带着礼物。而对阮母呢，唐季珊则像半个儿子一样，一口一个姆妈地叫着，家里缺什么了，回头立马送过来。慢慢地，阮玲玉的妈妈和女儿，习惯了唐季珊来家里。唐季珊发现，去片场缠着阮玲玉，远不及讨好她的家人有效。妈妈和女儿的一句好话、一句念叨，都能让唐季珊在阮玲玉心里加分不少。

在唐季珊紧锣密鼓的攻势下，不过三个月，阮玲玉就缴械投降了。她带着母亲、女儿，搬离了张达民租来的“家”，搬去了唐季珊为她买下的三层小洋楼。

毕竟年长阮玲玉十多岁，还是情场老手，唐季珊的心又还在阮玲玉身上，刚搬家的那段时日，阮玲玉觉得，也许遇到唐季珊之前，与张达民纠缠不清的那段时光，是上天给她的考验，她是经受过了严苛的考验，才得到了唐季珊的百般温柔照料。

余生，有了唐季珊，应当会安稳地过下去吧。

谁曾想，时日一长，他用在她身上的心，与当初追求她时的用心相比，竟远不及其万一。他曾经多么地黏她啊，而现在不仅晚归，甚至彻夜不归。她知道，他在外面又养了别的女人。

他曾经多么由着她啊，只要她快乐怎么都好，如今，竟开始限制她的自由，恨不得将她的一应片约、应酬全推了，就只在家里当只金丝雀。而那时，她的电影事业正在上升期，演戏又已成为她真正喜欢做的事情，怎么忍心就这样放弃?

渐渐地有了争吵。唐季珊每每对晚归的阮玲玉表达不满时，便好走极端，他把她关在门外，任凭她在门外怎么哭喊、道歉都无济于事。邻居是一对姐妹，实在听不下去的时候，会把阮玲玉叫到她们家过上一夜。

那时候，唐季珊对阮玲玉还是精神层面的虐待，而张达民从福建回来之后，因为对张达民的纠缠不满，唐季珊开始殴打阮玲玉。

张达民是因公出差来的上海，自然要回家看看，却发现早已人去楼空，这才知道了阮玲玉与唐季珊在一起的事情。原本吃定了的摇钱树，跑到别人家里了，张达民如何咽得下这口气，于是，他把公差事务晾在一边，开始琢磨如何再从阮玲玉身上得到一笔钱。

阮玲玉，知道了张达民回来的消息，也做好了准备要与他彻底了断，她请了律师与张达民周旋，还算顺利，他们签了一份

《阮玲玉张达民脱离同居关系约据》，里面的条条款款写得明确，其中，最起效果的一条，便是阮玲玉按月支付张达民一百元，以两年为期。

女方向男方支付“分手费”，这是一份在今天看来亦滑天下之大稽的约据。不过好在张达民如愿还能得到一笔钱，他离开了上海，又回去他的税务所所长任上了。

可他最后连这份工作也丢了。同居关系解除了，阮玲玉也如约每月付他一百块钱，她断不可能再为他介绍工作了。张达民就靠着每月的分手费勉强过活，而两年的期限如此之短，两年期到了呢，他连这一百块钱也失去了呢？

于是，张达民威胁阮玲玉，要将她告上法庭。他原本以为阮玲玉是最怕与人对簿公堂的，所以他志在必得，谁知唐季珊非但不让阮玲玉息事宁人，反倒又反过来将张达民告上了法庭。阮玲玉一直以来避之唯恐不及的官司不仅找上了她，还是连环官司。她像她的好姐妹胡蝶一样，占了各大报纸的头条，标题以醒目大字，写着与当年“蝶雪解约案”如出一辙的内容。

她是什么时候动了赴死的念头呢？大抵是拍摄《新女性》最后一场的时候。女主人公韦明虽然另有原型，但阮玲玉却从中看到了自己的影子，善良、懦弱、遇人不淑，饱受折磨。不同的是，韦明在吞下安眠药后，在医院里还大喊着：“救救我！我要活！”而阮玲玉，吃完安眠药之后，却只是安静地写了两封遗书。

## 香消玉殒

拍了那么多部电影，诠释了那么多个角色，阮玲玉最后发现，自己的生活远比电影狗血跌宕：1935年，穷途末路的张达民，将她告上了法庭，罪名是重婚。拿到法院传票的时候，阮玲玉的脸都白了，仿佛全身的血液都停止了流动。她最怕的事情，果然还是来了。她的大脑一片空白，而她的心，已然连失望、心痛都觉不到了。

那个从她16岁情窦初开时便委身了的男人，那个她曾经深深爱着的男人，有朝一日，行事竟会下作至此，连黑白都颠倒了。他真的爱过她吗？如果真的爱过，怎么在分手时，连起码的体面都不要了？如果真的爱过，怎么舍得将她逼到这般田地？哪里有什么重婚啊，他张达民从未给过她一纸婚书，最后分开了，也是签的《阮玲玉张达民脱离同居关系约据》；而唐季珊，也明明还没有娶她。

她无力去埋怨或指责，就只是不停地问自己：该怎么办？4年前，好姐妹胡蝶因了与林雪怀解除婚约的官司，凋零消瘦憔悴不堪的样子，在她面前失声痛哭的样子，仿佛又回到了眼前。

即便是胸怀比她宽广、处于逆境比她坚强、遇事比她看得开的胡蝶，在法庭上为了对质而被迫回答种种隐私时，在面对着各路小报妄自的揣测与肆意渲染时，也屡屡精神崩溃。而她自己，能承受得了应对这样一场初恋与现任对簿公堂的风月官司吗？

不是没有想过息事宁人。张达民一定又是缺钱花了，告他们，也不过是想赚一笔而已。他太了解她了，她敏感多愁、心细如发，比谁都在意自己的名誉，一定会像以往任何一次一样，给他一笔钱，换来他的暂时不纠缠。

可唐季珊不会肯的。甩不掉的张达民像梦魇一样，为阮唐两个人的关系蒙上一层阴影。张达民一出现，便意味又要一笔钱打发他走。即便唐季珊有万贯家财，但他对阮玲玉的感情，慕色的成分远远大于爱，况且那时候又有了新欢，怎么愿意为了她去填这个无底洞呢？应诉显然是最经济的做法，他才不考虑阮玲玉的名誉会受到怎样的伤害呢！

没少为了这件事争吵。吵到最后，结果往往是唐季珊的大打出手。阮玲玉知道，他是铁了心了，要让张达民人财两空。

阮玲玉先是选择了逃避。第一次开庭，她借故没有出庭，但这并不妨碍报纸上对这一事件的大肆报道，一时间，“桃色新闻”“荡妇”“通奸”等种种鄙陋不堪的字眼出现在了报纸上，阮玲玉一夜之间成为万人唾骂的对象。

她多么爱惜自己的羽毛啊。可25年的洁身自好，却敌不过命运强加给她的遇人不淑。

她发现，她虽然逃得了出庭，但逃不了漫天流言，她终于选择了赴死。

彼时，她正在拍摄她的最后一部电影：《新女性》。

3月5日，阮玲玉拍完了《新女性》的最后几组镜头。

3月7日，阮玲玉与唐季珊双双出席了联华公司的聚会。

聚会那晚，她开心极了，也耀眼极了。她穿着一身得体的旗袍，头发精心卷了，眉毛仔细地画过，唇色鲜艳，像盛放的花朵。她端着酒杯，脚步轻盈穿梭在同事之间，挨个敬酒，与大家拥抱。都道是她醉了，事后想想，她是在与大家一一告别。参加聚会的同事们，都知道她陷在了那场官司之中，原本还小心翼翼地，怕触动她的伤心事，但见她在席间言笑晏晏，就都放下心来了。

她的生命，已然进入最后的倒数。

那晚聚会到很晚，阮玲玉与唐季珊双双离开，回的家，是唐季珊送她的别墅。

回家的车子上，连司机也没留意，到底是谁先提的话头，又是官司，必然又是争吵，最后的结果，又是唐季珊打了她。

生活不会好了。既然不会好了，就亲手结束吧。

阮玲玉就着母亲煮的一碗面条，吃下了三瓶安眠药，然后伏在桌前，写下了两封遗书。一封写给张达民：

> 我已被你迫死的，哪个人肯相信呢？你不想想我和你分离后，每月又贴你一百元吗？你真无良心，现在我死了，你大概心满意足啊！人们一定以为我畏罪，其实我何罪可畏，我不过很悔悟不应该做你们两人的争夺品，但是，太迟了！不必哭啊！我不会活了，也不用悔改，因为事情已经到了这种地步。

一封写给唐季珊：

没有你迷恋“XXX”，没有你那晚打我，今晚又打我，我大约不会这样吧！我死之后，将来一定会有人说你是玩弄女性的恶魔，更加要说我是没有灵魂的女性，但，那时，我不在人世了，你自己去受吧！过去的织云，今日的我，明日是谁，我想你自己知道了就是。我死了，我并不敢恨你，希望你好好待妈妈和小囡囡，还有联华欠我的人工二千零五十元，请作抚养她们的费用，还请你细心看顾她们，因为她们唯有你可以靠了！

没有我，你可以做你喜欢的事了，我很快乐。

玲玉绝笔

即便是在官司缠身之际，阮玲玉都几乎没怎么说过两个人的不是，而这一次，她再也不愿意忍受了，即便付出生命的代价，她也要控诉他们：“我不过很悔悟不应该做你们两人的争夺品。”是啊，两个男人，她都爱过，她都信过，而他们在乎钱，在乎面子，在乎输赢，独独从未在乎她。

若唐季珊发现阮玲玉服了安眠药之后，选择就近的医院，及时治疗，可能一切还有挽回的余地。可他偏偏选了较远的医院，且午夜都无医生值守，等换到第三家医院时，天已快大亮，最佳的救治时机已然延误。

3月8日下午6点，阮玲玉的心脏停止了跳动。3月8日，又是开庭的日子。她终于不用去出庭了。

葬礼的规模是史无前例的，20万民众夹道相送。阮玲玉用她的死，换得张达民在灵堂里痛哭、唐季珊为她的母亲养老送终，只是这些，她无法知道了。

爱着的时候，女人的眼和心，都是盲的。总以为那时的好便代表了一生一世，总以为自己对他来说是与众不同，总以为就该倾尽所有为他付出，可这样就一定会幸福吗？张达民年少时也曾无私接济过阮玲玉及其母亲，可后来呢？唐季珊追求她时，花费了多大的心思啊，可他对每一个新入眼的猎物都会花费同样的心思。阮玲玉对这两个男人，倾注了所有的温柔与真心，却是这两个男人把她推向了死亡的深渊……所以啊，女人不能像阮玲玉这样，在爱情里只一味地付出，还得有点林徽因的聪明，能够分辨哪个人只适合谈谈情说说爱，哪个人才是值得托付余生的；或者再有点吕碧城的气魄，从不因没有爱情而自怨自艾，即便孤独终老，也能活得精彩；即便深情如张幼仪或于凤至，也应当懂得，女人得先爱自己，才有爱别人的能力。并且，身为演员，还得有点胡蝶式的冷静与分明，分得清什么是戏，什么才是人生。

# 孟小冬：惊才绝艳女老生

她是民国女人中惊才绝艳的一位：长于梨园世家，7岁开蒙，12岁挂牌公演，16岁即已在上海滩一炮而红了；她长相出众，颜色、气质较之民国最当红的交际花也丝毫不逊色。她又是民国女人中别开生面的一位：唱老生，挂髯口，着厚底靴，眉梢吊起，扮相英武，嗓音宽亮，唱腔了无雌声，一出口往往惊艳四座；做功毫无女儿家之态，竟至得到“梨园冬皇”的美誉。

她就是“坤生”里前无古人、人称“京剧第一女须生”的孟小冬。

## 误打误撞进梨园

孟小冬原本不姓孟，小名也不叫小冬。她本名董若兰，1907年生在汉口，亲生父母包下满春茶园演员的伙食为生计。

孟小冬7岁那年，满春茶园来了孟家兄弟组成的京剧班子前来表演。演出期间，孟家班的伙食自然也是包给董家，兄弟几人分头寄宿在当地人家，其中，孟家五爷孟鸿群住在董家，开始了与董家女儿短暂的相处。

五爷特别喜欢乖巧、聪明、伶俐的若兰，称她为“小董”，常常带她去听戏。小董小小年纪，未曾经人提点，在听戏时却总是入迷，偶尔还能学上两句，也唱得有模有样。更重要的是，五爷与小董相处十分愉快，索性就认了小董做干女儿。

很快，孟家班结束表演即将离开汉口，而小丫头早已与五爷难舍难分了。董家包括小董在内共育有五个子女，再加上小董的父母二人即便将全部心力都花在维持生计上面，家境也依然捉襟见肘，见小董与孟家五爷相处那么好，便索性让女儿随了孟家班闯荡江湖去了。

后来，小董改随孟姓，名字则由“小董”改为了“小冬”。

孟小冬跟着孟家班回到上海后，接受了最早的戏剧启蒙教育，老师是孟家姑夫仇月祥，教的是老生。就这样，孟小冬进了所谓“坤生”行当。

京剧里有一种说法叫“乾旦坤生”，是指乾坤颠倒，阴阳互换，由男人演旦角，而由女人演生角。

“乾旦”有着悠久的传统，自京戏诞生以来，女人连去戏园听戏都几乎不可能，更别提抛头露面去演戏了。所以，一应的女性角色，便都由长相俊美、身段体态柔和、能够模仿女性尖细嗓音的男子来出演。被誉为“中国四大名旦”的梅兰芳、程砚秋、尚小云、荀慧生便是“乾旦”的代表性人物。

女子可以公开唱戏，始于光绪初年的京剧女班“髦儿戏”，自此以前，女性唱戏仅见于达官贵胄豢养的家伎戏班。女人被允许登台唱戏本来就晚，再加上女性同时从嗓音与体态上模仿男性，比男性模仿女性更加困难，因而，有勇气选择坤生的行当，并能够达到极高艺术造诣的女性少之又少。

孟小冬很早就登台演出，16岁因一次机缘巧合，在上海一炮而红。彼时，她拜了上海共舞台老板娘兼台柱子露兰春为师。露兰春的拿手好戏是《宏碧缘》里的骆宏勋，每每出演，必定叫好又叫座。但这位师傅却跟人私奔了，留下孟小冬救场。孟小冬打小就混戏园子，艺龄也有好多年了，又不怯场，几场《宏碧缘》演下来，“票房”号召力居然丝毫不逊于师傅露兰春。自此，孟小冬老生的名头，开始在上海滩走红了。

## 人生若只如初见

18岁，是孟小冬人生的转折点：她遇到了梅兰芳——她一生挚爱，也是她心底最触碰不得的伤口。

那是1925年。彼时，孟小冬已经在南方小有名气，也拥有了一大票戏迷，有她参演的剧目往往一票难求。若她能够安于既有的成就，或许，不管风云如何翻涌，世事如何变迁，她起码会拥有安稳平静的内心。但孟小冬知道，京剧的正统是在北方，京剧的根是在北平，若是不能得到北方观众的认可，只偏居南方一隅，即便名气再大成就再高，终究也不过是“野路子”而已。

许是骨子里就带着的倔强，许是多年唱生角的经验使她的性格愈发刚烈，孟小冬几乎是没有丝毫犹豫就选择了北上，先去天津，后来长驻北平。

所以，冥冥之中早已注定，她与梅兰芳是要相遇的。

孟小冬初到北平，一切都得重新开始，但她扎实的功底与过人的天赋，使她能够在名角遍地、观众品位极高的北平迅速站稳脚跟，成为最红的生角；而长她十三岁的梅兰芳，已是“伶界大王”，在旦角行当里拥有不可撼动的地位。

孟小冬来到北平的那年8月，在一次大腕云集的义演中，她和梅兰芳相遇了。当天的排戏，大轴是梅兰芳与杨小楼合演的《霸王别姬》，压轴是余叔岩与尚小云合演的《打渔杀家》，排序仅次于大轴戏与压轴戏的倒数第三场戏，便是孟小冬与裘桂仙合演的《上天台》。

这三场戏的阵容用“华丽”两个字来形容一点都不过分：

梅兰芳的名头自不必说。余叔岩何许人也？第三代“老生三杰”之一、“谭派”艺术的集大成者、“余派”艺术的开宗立派者。杨小楼，因为在武生行当里自成一格而开创了“杨派”，并享有“武生宗师”的盛誉。尚小云，与梅兰芳共同名列于“四大名旦”之一；裘桂仙主演净角，开创了“老裘派花脸”。

18岁的孟小冬，从年龄到资历，都差着辈份，但与这些在京剧表演中自成一家的大腕儿们同台，她非但没有丝毫怯场，简直就是大家风范！那场表演之后，孟小冬在京津的名头迅速打响了。

可终究还是女人。即便在舞台上的角色不是皇袍加身便是绿林英雄，卸了戏妆，换回女装，孟小冬依然是为了爱情会奋不顾身的那类人。

那天坐在剧院里看孟小冬表演的观众决然想不到吧，唱戏时气度非凡的孟小冬，在后台看到梅兰芳时是怎样一副娇羞情状，她柔声喊他一声“梅大爷”，就再不知从何说起。

面对孟小冬的那一声喊，梅兰芳在想什么呢？我们无从知晓。但可以肯定的是，面对她，他完全没有名角儿的架子：孟小冬当时的艺术成就虽未至化境，但也早已到了低估不得的程度；更重要的是，她的美，置诸梅兰芳见过的女人中间，恰似一盏定窑宋瓷，混在满目皆是的景泰蓝器物里，简静、珍贵，摄人心魄。

孟小冬与梅兰芳第二次相见，不过仅仅隔了十天，是在财政部长兼中央银行总裁王克敏生日堂会上。这一次，她已经摇身一变，从“梅大爷”压轴戏的陪衬，成为与其比肩搭戏的另外一位“角儿”了。曲目是《游龙戏凤》，只不过，这次的表演真真是“阴阳颠倒”：孟小冬演风流的正德皇帝朱厚照，梅兰芳演聪明伶俐品貌一流的凤姐；孟小冬唱念间尽显真龙天子的潇洒倜傥，梅兰芳吟哦颦笑里全是乡野女子的天真可人……总之，两个人生生是把一出先是皇帝调戏民女，后是布衣封妃变作枝头凤凰的平铺直叙戏演得高潮迭起。

那场《游龙戏凤》，本是孟梅二人第一次搭戏，在此之前，别说排演了，连台本都没对过。可在旁人看来，舞台上的那一对，一来一去，一进一退，一张一弛之间，明明就是默契十足的恩爱眷侣啊！要是脱去戏服过上寻常生活，他二人还是夫妻就好了！

当时，梅兰芳身边有一个小小的团体，所谓“梅党”，类似于现在的经纪团队，但比现在的经纪人拥有更多的“话语权”：他们不光安排梅兰芳的演出行程，连梅兰芳的生活起居、家室朋友统统都要过问。梅兰芳本人则跟孟小冬一样，也是小小年纪就学唱戏，什么劳什子的“人情练达”与“世事洞明”一窍不通。所以，梅兰芳的人生大半，基本上都是由梅党操控的。

在孟梅二人表演的当口，舞台下的两位梅党齐如山和冯耿光早已拿定主意，要撮合这一对璧人，让他们把戏本中的缘分，平移到生活中。虽然对于梅党中人来说，他们各自怀揣着不同的心思去撮合他们，但对于当事人梅兰芳与孟小冬来说，其实很简单不是吗？只要默契还在，他们只需要在台下交换性别即可啊。第一次邂逅，第二次同台，区区两次际遇之后，梅兰芳与孟小冬之间早已情愫暗生，有人从旁撺掇，也不过是将那层窗户纸捅破了而已。

很快，梅兰芳的媒人便去孟小冬家提亲了。

孟小冬不是没有犹豫，因为梅兰芳已有两房妻室，大房夫人王明华，二房夫人福芝芳，都算是上得厅堂下得厨房的体面人物。只是，那时的王明华不到中年接连丧子，倍受打击的她重疾缠身、卧床多年，早已去了天津避世休养；福芝芳倒是个既工于心计，关键时候又有魄力的女人，早年也是青衣行当里的呼风唤雨的角儿，嫁给梅兰芳之后，便退出舞台，专心照顾梅兰芳了。她持家有道，梅兰芳在事业上更多依赖“梅党”帮忙打理，但生活中，却是非常倚重这位太太的。当然，福芝芳对梅兰芳也看得很紧。

放弃梅兰芳，从而避免与二房夫人福芝芳周旋，还是选择他，并为自己的选择承担所有后果，孟小冬迟迟无法做出抉择。

“梅党”一席话，打消了孟家的顾虑：其一，大太太王明华病体沉吟，且远在天津疗养，基本不会干涉她与梅兰芳的事情。所以，名义上梅兰芳有两房太太，事实上与只拥有一房太太没什么区别；其二，梅兰芳自幼便被过继给了膝下无子的大伯，属于兼祧两头，按照旧礼可以娶两房正室，既然事实上他只有一房太太，那么孟小冬嫁过来，也属于另外一门正室，并不是妾。

最重要的是，梅党还说，只要孟小冬答应这门亲事，梅兰芳愿意在外另辟别院，与孟小冬单独过自己的小日子，便也省去了与二太太打交道的麻烦。

在梅党如此这般、这般如此的劝说下，孟家父女俩双双被说服。孟五爷高高兴兴地把养女孟小冬嫁给了梅兰芳。心高气傲的孟小冬也信了媒人们的言语，并不认为自己是妾，也欢天喜地地做了新媳妇。

他们的婚礼特别简单，没有大张旗鼓地摆筵席，没有排排场场地登报昭告天下，婚礼是在梅党魁首人称“冯六爷”冯耿光的公馆里，证婚人是冯六爷，参加婚礼的，除了小冬的家人之外，就是梅党了。

## 梦里不知身是客

民国女人，是跨出深墙大院走向社会的第一代女性。孟小冬却为了梅兰芳，再回到宅院里，做个大门不出二门不迈的贤惠媳妇，从此息声梨园。

为了梅兰芳的面子，她不再登台唱戏。因为他怕别人说他连老婆都养活不了。

为了梅兰芳的事业，她不能像王明华与福芝芳一样，堂堂正正地成亲，光明正大地出双入对。因为两个人都是京剧名角，要是在一起的消息传出去，不知会引起什么样的轩然大波，所以，梅兰芳租下别院，与孟小冬开始了说是夫妻，实则更像是“金屋藏娇”般的婚后生活。

孟小冬，变成了一只笼中丝雀。

初婚自然有百般甜蜜。梅兰芳除了演出与必要的应酬外，其余的时间都在孟小冬那里过。梅兰芳毕竟长孟小冬十三岁，才学、见识、阅历自然比较丰富，于是，平日里便手把手地教孟小冬临摹些花鸟山水，跟她讲些梨园掌故与名角逸事，孟小冬呢，在与亦师亦友亦爱人的梅兰芳的耳鬓厮磨中，暂时忘却了不能登台演出的空虚之感。

但最终，这段感情还是负了她。

梅兰芳与孟小冬之间第一次有了嫌隙，是当年在京城闹得沸沸扬扬的枪杀案。那时候，二人结合还不到两年。有一位孟小冬的戏迷，对孟小冬的迷恋已经达到了病态的地步。孟小冬秘密嫁给梅兰芳之后，突然之间就不再登台了。虽然他俩结合的消息一直是秘密，但天下没有不透风的墙，坊间总还是传着他们的故事。不知是嫉妒自己的女神被抢走了，还是气愤因为梅兰芳的羁绊自己再无法看到孟小冬唱戏，戏迷通过跟踪梅兰芳的行踪，知道了梅兰芳与孟小冬的别院所在地，持枪闯了进来。

当时，梅兰芳正好在午休，去梅家做客的张汉举替梅兰芳行待客之礼，却被来人拿抢指住，并口口声声说梅兰芳抢走了自己的未婚妻，今天来就要找他算账。

梅兰芳听见动静出得屋来。张汉举强作镇定，对梅兰芳说："这位先生想借10万块钱。"梅兰芳当下明白来者不善，便以去拿钱为由逃脱并报了警。不想，这位戏迷却看见了匆匆赶来的警察，情急之下，便对张汉举开了枪。一片混乱中，戏迷又被警察击毙。新婚不久的别院里，两个人当场身亡。

一时间，梅兰芳与孟小冬被推到了风口浪尖，各种八卦传闻登上报端，甚至说孟小冬其实与戏迷是有感情纠葛的。

在梅兰芳与孟小冬的婚事上一直颇沉住气的福芝芳，这一次终于有充足的理由不再坐视不理了：能有什么比梅兰芳的身家性命更加重要呢？跟孟小冬在一起，会威胁到梅兰芳的安全。光这一点，便足以说服"梅党"从此约束起梅兰芳去孟小冬那里的脚步。

因孟小冬粉丝的疯狂行径深深震惊，更因自己最好朋友的无辜丧命悲伤不已，总之，梅兰芳心里百般不是滋味，顿时失去了与孟小冬厮守的兴致，渐渐地往那边去得少了。

孟小冬嘴上不好说什么，但心里多多少少会有一些不舒服。

孟小冬第一次将对梅兰芳的不满摆到台面上，是由于看到了一份报道梅兰芳携福芝芳去天津演出的报纸。

那时候，枪击事件过去不久，梅兰芳几乎没怎么去看过孟小冬。他不来这边也就罢了，他去天津演出居然还带着福芝芳陪伴；福芝芳陪了也就罢了，居然还被报纸大肆报道，在孟小冬看来，这件事情格外刺眼，仿佛是他们二人合起来做戏给她看的。孟小冬一气之下也赶到了天津，进行了她婚后的首次表演，一演就是十天。暌违经年，孟小冬再次登台，不仅天津，连北京也震动了，报纸上又纷纷变成了孟小冬的头条。表演结束后，孟小冬也不回梅兰芳为她构筑的“笼子”，而是回到了自己的娘家。孟小冬以这种方式，表达了对梅兰芳的极度不满。梅兰芳呢，亲自上门赔罪。他耐着性子，听完岳父大人的训斥、受完孟家的冷眼之后，最后总算挽回了孟小冬的芳心。

如果说前两次的考验，尚没有摧毁孟小冬对梅兰芳的爱意，那么，当这份感情迎来第三次考验的时候，终于让孟小冬意识到，她爱着的男人，终究连一个名分都没有办法给她，于是她决定斩断这份感情。

1930年，梅兰芳的大伯母去世了。前面说过，因为梅兰芳是兼祧两头，他是被过继给大伯母了，所以，大伯母与梅兰芳的生母无异，在孟小冬看来，自然也就是自己的婆婆了。婆婆去世，当儿媳妇的前去戴孝送终是再自然不过的事情。孟小冬剪了头发，一身素服，前往梅宅奔丧，却被福芝芳事先安排好的下人拦在了门外。

梅兰芳、二太太福芝芳、梅兰芳偷偷娶进门的孟小冬，三个人终于因为这桩丧事而碰面了。但孟小冬却处于绝对的弱势：当时，福芝芳怀孕已快足月，她以孩子为要挟，坚决不让孟小冬进门。

梅兰芳性格柔和甚至带着几分懦弱，再加上福芝芳有孩子做杀手锏，劝福芝芳不成，自然只能劝孟小冬先回去。

自从嫁给梅兰芳，三年有余，以前不得进梅家的门，但心想好歹是明媒正娶的，但那日之事，让她终于意识到，原来连这名分也是竹篮打水一场空。孟小冬刚烈，她站在挂满白帐与挽联的梅宅门外，对梅兰芳的爱化成白茫茫一片雪后荒原，与他相守白头的心，死了。

孟小冬哭着跑回去，自此大病不起。虽然后来在梅兰芳的苦苦哀求下，在亲朋好友的苦劝下，孟小冬原谅了梅兰芳，但两个人的感情，已是如履薄冰了。

压死骆驼的最后一根稻草，是梅党帮梅兰芳在福孟二人之间做抉择的话，传到了孟小冬的耳朵里：福芝芳是可以服侍人的，孟小冬是需要人服侍的。为了梅兰芳的幸福计，还是建议“舍孟留福”。

孟小冬撂下一句“我今后要么不唱戏，再唱戏不会比你差；今后要么不嫁人，再嫁人也绝不会比你差！”之后，与梅兰芳分道扬镳。

一对梨园佳偶，便如此散了。

多年以后，梅兰芳与孟小冬，彼此连对方的名字都绝口不再提起。

于孟小冬来说，与梅兰芳爱情中最美的部分，大概还是那场乍见之欢。她在剧院里喊出“梅大爷”的那个瞬间，他们在演对手戏时你来我往你追我赶的那份默契，都太美好，以至于相遇之前的所有时间，练功夫、吊嗓子、跟着戏班走南闯北的日子，成为记忆中的黑洞，被打入了冷宫。那段日子存在的所有意义，都是为了等梅兰芳的出现。

毕竟深爱过，孟小冬晚年避居台北。她家里常年供着两个牌位，一个是恩师余叔岩的，另外一个，便是梅兰芳的。

## 余门立雪终出师

电影《梅兰芳》里有一句台词，是福芝芳说的：“梅兰芳不是你的，也不是我的，他是座儿的。”

梅兰芳是座儿的，孟小冬又何尝不是座儿的呢？

只是梅兰芳的出现，像个美丽的意外，让她几乎忘了自己当初执意北上的初衷，是为了唱得更好。

孟小冬耗去巨大的心力，收拾好感情的残局，然后茫茫四顾，自己唯一剩下的，只有孑然这一身，还有唱念做打的功夫。她终于下定决心，拜余叔岩为师，从此悉心钻研京戏尤其是余派老生的表演艺术。

余叔岩一直对孟小冬颇为欣赏。不知有多少京剧票友，以及入了梨园却未窥京戏堂奥的唱家子想拜余叔岩为师，均被一口回绝。余叔岩却独独表示孟小冬的戏路与自己最为接近，孟小冬本人，亦是可堪造就的人才。

但从孟小冬立志拜入余门下，到余叔岩终于肯正式收孟小冬为徒，这中间隔了漫长的五年时间。说来说去，余叔岩最大的两个顾虑，一个是避嫌，另外一个还是避嫌。他早年与梅兰芳渊源甚深，孟小冬与梅兰芳的爱恨纠葛他多多少少有所耳闻，收了这个徒弟，恐怕要夹在两个人中间不好做人；那时候余叔岩夫人新逝，孟小冬也不过是二十几岁的年纪，生得十分标志，收来为徒日日授课，难免惹起坊间的闲言碎语。

于是，余叔岩推说身体不适，几度拒绝了孟小冬拜师的请求。

既然认定了要拜余叔岩为师，精进研习余派老生的表演艺术，在被余叔岩拒绝后，孟小冬并未灰心，她开始学习谭派（余叔岩开创的余派，便是经过谭鑫培悉心培养之后，在谭派的基础上创立出来的），先是请教于著名琴师、人称“陈十二爷”的陈彦衡。陈彦衡与谭派创始人谭鑫培交往极深，常常担任谭鑫培的伴奏，并与之谈音论律，深得谭派精髓；孟小冬还得到了谭余派教师陈秀华的指点。陈秀华早年间也是谭派著名老生，后来由于嗓子出了问题退出舞台，开始专心教戏。除了这两位而外，孟小冬还请来了与余叔岩搭戏多年因而成为余叔岩最重要搭档之一的鲍吉祥为她排戏，拜了师出于陈彦衡的言菊朋为师……

孟小冬请教的这些著名老生，要么与余叔岩的老师谭鑫培过从甚密，要么与余叔岩有过多年的舞台合作经验，总之，他们都对谭派表演有很深的了解。也是在这个过程中，孟小冬深深体会到余派老生的精妙之所在：虽是老生唱腔，但在音域宽广、嗓音洪亮而外，更加追求声音的厚度与底蕴，更加强调声线边界处的细腻处理，更加注重音调转换之间的流畅婉转。如果说谭派的震撼力犹如遇上猛虎下山，那么，余派的感染力则犹如乍见猛虎细嗅蔷薇，于刚毅里又多了一丝恰到好处的柔情。

这也使得孟小冬学习余派的决心更加坚定。

转眼间，时间到了1938年10月，余叔岩经不住以“小达子”之名在梨园界颇有声望的老武生演员李桂春的再三请托，收了他的儿子李少春为徒。

当初余叔岩拒收孟小冬的理由是身体状况不允许，现在既然已经收了一个徒弟，自然再没有理由将孟小冬拒之门外。于是，与李少春的拜师仪式相隔一天，1938年10月21日，孟小冬“立雪余门”五载之后，终于正式拜入余叔岩门下，从此，直至她远走香港、余叔岩逝世，孟小冬每日前往余家，风雨无阻。

余叔岩性格乖僻，尤其是在调教徒弟这件事情上。白天他往往卧于病榻，久睡不起，于是，孟小冬也随着老师的作息表，黄昏时上门，等余叔岩起了，精心侍候在侧，待他吸完大烟，来了劲头，这才开始说戏。孟小冬每每待至午夜之后，方才能够回来。遇上余叔岩没有兴致，孟小冬也不恼，端茶倒水，尽了做学生的孝心再回去。

孟小冬对余叔岩如此，对余叔岩的续弦，对余叔岩的女儿，对余家的佣人们，个个待之以诚、以礼。余家上下，对孟小冬赞不绝口。

余叔岩看在眼里，时日久了，对这位徒弟也喜欢得不得了，在这种情况下，当老师的唯有将毕生所学倾囊相授了。

孟小冬在学戏时，不属于那种最机灵的学生，她学得慢，但稳；余叔岩对待艺术，属于较真的性子，一字一句，从唱腔、表演、架势上挨个指点，孟小冬有一点没学到位，教课便不往下进行，直到她的表演无可挑剔为止。于是，那几年里，凡经余叔岩指导过的戏，孟小冬都已经掌握得十分扎实了。

在余家求教的日子里，孟小冬基本上处于息演的状态。只有从余叔岩那里学成一出，公演一出，余叔岩往往亲自帮她把场。余叔岩教给孟小冬的第一出戏是《洪羊洞》，公演是在西长安街的新新大戏院，排的大轴。余叔岩帮她化的妆，余叔岩一帮老友、同样是些梨园的杠把子担当配角。

孟小冬演杨六郎杨延昭，情节大体是杨延昭因痛失焦赞与孟良二位爱将，三度呕血而亡的故事。

“为国家哪何曾半日闲空，我也曾征过了塞北西东。官封我节度使皇王恩重，霎时间身不爽瞌睡朦胧。”杨六郎杨延昭声起，如惊雷平地，观众中间炸开了锅，叫好声连连。及至唱到“老爹爹在阴曹慢慢相等，等候了你六郎儿一路同行”，余派特有的沙嗓唱腔把一代名将殒命前刹那的悲壮诠释得丝丝入扣，而听戏的人们心下竟都惊痛不已。

《洪羊洞》一出，震动京城。当观众们还没从孟小冬拜入余门后的首次表演中回过神来，未购得票而无法一睹孟小冬风采的人们还在拣拾那日盛事的道听途说时，孟小冬早已恢复了向余叔岩求教的日常。一晃五载，孟小冬在余叔岩那里重学了《御碑亭》《乌盆记》等几十出戏。经过余叔岩一句一句调教过来的这些戏，仿佛刻在了孟小冬的记忆里，每每登台表演，气势、声口，总让观众恍然以为那是余派宗师余叔岩亲自登台了。

1943年，余叔岩因病逝世，孟小冬远在香港，没能见上恩师最后一面。她奉上了挽联，字字惜痛：

清才承世业，上苑知名，自从艺术寝衰，耳食孰能传曲韵；

弱质感飘零，程门执辔，独惜薪传未了，心丧无以报恩师。

## 冬皇情归杜月笙

当年与梅兰芳分手时，孟小冬对梅兰芳说："我今后要么不唱戏，再唱戏不会比你差；今后要么不嫁人，再嫁人也绝不会比你差！"孟小冬嫁的第二个男人，比之梅兰芳谁优谁劣，每个人心中有不同的衡量标准，但那人是上海滩响当当的人物则是肯定的。他就是跺跺脚上海滩便要颤三颤的黑帮老大杜月笙。

虽然孟小冬是在与梅兰芳分手后跟的杜月笙，但其实，杜月笙对孟小冬的情愫，早在孟小冬刚刚成名时就有了，只不过一直以来仅仅停留在单相思的阶段。

不知是因为杜月笙本身就是戏迷，还是因了对孟小冬的爱屋及乌，1929年，杜月笙娶了孟小冬早年的师姐，同时也是她结拜姐妹的女须生姚玉兰，做了第四房太太。

最终，杜月笙能够抱得美人归，得到孟小冬的芳心，姚玉兰从中起了至关重要的作用。

在孟小冬已与梅兰芳分手、余叔岩尚未答应收孟小冬为徒的那几年，孟小冬悉心钻研谭派艺术的同时，也常常进行公开演出。1936年，上海黄金大戏院由电影院改而成为戏院之后，杜月笙邀请孟小冬进行揭幕剪彩，同时进行长达半个多月的开幕演出。

孟小冬与姚玉兰交好，在上海期间，自然就下榻于姚玉兰的住处。杜月笙这才有了与自己朝思暮想的女神近距离接触的机会。

既然好歹算是熟人了，杜月笙无论是在事业上，还是生活中，都竭尽所能给予了孟小冬极大的帮助。他动用了自己能够动用的一切关系，为孟小冬的表演与求艺之途铺路。尤其是1938年，余叔岩正式收孟小冬为徒，孟小冬基本停止了一切演出，失去收入来源之后，杜月笙更是出手阔绰，不仅保证孟小冬的一应起居用度，孟小冬隔三岔五给余家不分主仆都送去的昂贵礼物，以及余叔岩二位女儿出嫁时的全套嫁妆，均是来自于杜月笙的资助。

此后几年，世事离乱，杜月笙远走香港避祸，孟小冬则坚持留在北平，每日里不理红尘，专注于学艺，终于得余叔岩真传，成为执余派牛耳的人物。

1946年，杜月笙由香港回到上海的第一件事情，便是写信催孟小冬南下。孟小冬去了。

在上海，姚玉兰整日陪伴在侧，温言软语；杜月笙关怀备至，体恤非常。孟小冬恍惚间有了家的感觉，再加上这些年在北平，杜月笙对自己的确是情深义重，自己孤孑一身，心底也确实渴望爱人的陪伴与家的温暖。终于，这次，她下定决心对他以身相许了。

杜月笙爱上孟小冬的时候还是盛年，十多年后，终于得到孟小冬时，杜月笙已然是一个老头子了。孟小冬跟了杜月笙，自然也挑起了侍奉杜月笙的重担。

写到此处，想起当初“梅党”因“孟小冬是需要人伺候的”而替梅兰芳在两位太太里做取舍的时候，不胜唏嘘，孟小冬刚烈高傲，但也是会放下身段，去体恤与照顾身边人的女人。只是当初的梅党并未给她机会罢了。

1949年，杜月笙举家迁往香港。1950年，杜月笙又决定携眷远赴欧洲，一家人开始点数出国人数。数到孟小冬时，她幽幽地说了一句：“我跟着去，算丫头呢，还是算女朋友呀？”

一句话点醒了杜月笙。这些年，孟小冬一直守在身体每况愈下的自己身边，自己却一直没给她一个名分。虽然比之于爱，名分毕竟是太过虚无，但那是梅兰芳自始至终未能给孟小冬的，也是孟小冬此后耿介于心始终无法释怀的。杜月笙怜惜孟小冬，也知道她半生的心结，于是，他当即决定为孟小冬补办一场婚礼。

那天，杜月笙由人搀着下了病榻，以龙钟老态，做了最后一次新郎官，孟小冬呢，正式成为杜月笙的第五房太太，虽然不过是侧室，但她多年来淡淡的眉目间难得地有了笑容。

“名分”二字，于许多人而言是多么轻易的东西，于孟小冬而言，却是她耗去近二十年光阴，辗转流离于两个男人之后，才能得到的珍贵之物。

那一年，孟小冬42岁，杜月笙63岁。

杜月笙是一代枭雄，上海滩的传奇人物，但有人说，杜月笙天不怕地不怕，最怕的人是孟小冬。其实杜月笙怕孟小冬什么呢？说到底，还是源于一个“爱”字。

即便人们对像杜月笙这样的黑帮大佬向来褒贬不一，他得到女人的手段，也往往是强行据为己有，却几乎无人怀疑他对孟小冬的真心。孟小冬自己大概也知道，即便他没有梅兰芳儒雅，没有梅兰芳的才学，没有梅兰芳的品貌，没有梅兰芳的好名声，但他比梅兰芳多了一样至关重要的东西，那就是用在她身上的、因为深爱而起的慈悲心。她终于得偿所愿拜入余门下，即便息影也在所不惜时，他怜她清贫；她得余叔岩指点声名如日中天之时，所有人仰慕罩在她身上的大明星的光环时，他怜她孤苦。

如果说梅兰芳给了孟小冬爱，那么，杜月笙则给了孟小冬一个家。

所以，杜月笙的儿子杜维善在多年之后谈起孟小冬时，才能说出“她对我父亲是有感情的”这样的话。

张爱玲曾经在她的小说《红玫瑰与白玫瑰》里做了这样一个比喻：“也许每一个男子全都有过这样的两个女人，至少两个。娶了红玫瑰，久而久之，红的变了墙上的一抹蚊子血，白的还是‘床前明月光’；娶了白玫瑰，白的便是衣服上的一粒饭粘子，红的却是心口上的一颗朱砂痣。”

女人何尝不是？大多数女人的一生里，也都会如孟小冬一样，遇到一个梅兰芳，一个杜月笙。梅兰芳是要她来爱的，杜月笙是来爱她的。她爱的那个埋葬的是她的青春，爱她的那个承担的是她的命运。

与孟小冬结婚第二年，杜月笙就去世了。

晚年的孟小冬，遵守了杜月笙的遗言，不再唱戏。非但不在舞台上唱，连吊嗓都不吊了。她的性格愈发沉静孤僻，深居简出，每日里就只遛狗、拜佛、练太极、打麻将、看电视。那大概是她一生中最平静的时日了吧？不用谋生，不再谋爱，只是把日子当成普普通通的日子来过，把生活当成普通人的生活来过。这样，于京剧艺术而言，于京剧戏迷而言，是莫大的损失，但对于孟小冬自己而言，未尝不是一件好事。

1977年，孟小冬在台湾辞世，一代“冬皇”的传奇就此落幕。

# 唐瑛：桃之夭夭，灼灼其华

以花喻美人，大抵是世人都爱做的事。白居易写杨贵妃，说她“梨花一枝春带雨”；唐伯虎写闺怨，说“多少好花空落尽，不曾遇着赏花人”；李清照更是以花自况，道是“帘卷西风，人比黄花瘦”。

民国盛产美人——不是“养在深闺无人识”的那种，每天要么针线女红不离手，要么《女德》《孝经》不离口，在尚且懵懂的年纪，便奉父母之命、从媒妁之言，嫁给门当户对人家的公子，从此成为低眉顺眼的小媳妇儿，再不知世上除了“相夫教子”而外，还有什么样的活法。民国的美人，是骄傲的，自信的，抬头挺胸的，她们几千年来头一次走出深墙大院，与男人一样站在太阳底下、人群之间，开始主宰自己的命运，追逐自己的幸福，并最终谱写出了真正属于自己的传奇。

若是把民国的每个美人都比喻成一种花，那么，宋庆龄应当是牡丹，国色天香，雍容典雅；写了《倾城之恋》的张爱玲则是腊梅，面对冷冽世事时骨子里有凛然傲气，面对爱情时又能疏影横斜暗香浮动；林徽因是芙蓉，她的美是浑然天成的，未经修饰与雕琢的；陆小曼呢，则是杏花，不加掩饰的美好，不加克制的喧闹；一辈子深陷情感囹圄的萧红是凌霄花，美则是美，却始终摆脱不了、也不愿意摆脱依附于男人的命运；盛爱颐呢，娇俏、可爱的同时，又独立，有主见，应当是海棠花……那么，有民国“首席名媛”之称的唐瑛是什么花呢？我以为是桃花：桃之夭夭，灼灼其华。之子于归，宜其室家。

都说乱世出英雄，但在那个风谲云诡的时代，男人们却仿佛统统成为花间的绿叶，最能解得花语，还能心甘情愿地做一回陪衬，成就她们的美。也正因为如此，后世的我们才能做个赏花人，访幽，觅迹，寻芳，流连其间乐此不疲。那么，接下来，不妨随我一起，拨开历史的迷雾，欣赏“民国交际花第一人”唐瑛，如何从小小的花骨朵最终绽放出十里芳华吧！

## 沪上名门

时间退回到二十世纪初，彼时的中国正值风雨飘摇。在北平，大清皇廷已是名存实亡苟延残喘；在上海，人们自我放逐于十里洋场的纸醉金迷里，大概都想着逢于乱世，能多活一日便再偷欢一日吧！

上海租界一条寻常巷弄里，有一户家境颇为殷实的唐姓人家。

一家之主叫唐乃安，开着一个西医诊所，同时还经营着自己的药厂和药房。唐乃安出生于浙江金华，年幼时便随着北上做官的家人一起去了北平，亦是在北平接受了最初的启蒙教育。唐乃安于1894年毕业于北洋医学堂，后来“公费”去了德国深造（据说是获得清政府“庚子赔款”资助的第一批留洋学生），获得医学博士后归来，短暂效力于北洋海军，旋即南下正式开启了自己的“创业生涯”。

唐乃安医术高明，很快便在上海站稳了脚跟。虽然当时的国人对于西医还是抱着半信半疑的态度，但他的西医诊所里，前来问诊的病人也是络绎不绝；他还常常被上海的富商及高官邀至家中，帮他们诊治疾患，一来二去之间，与不少权贵建立了交情。

治病救人、创立家业、拓展交际圈的同时，唐乃安还积极地投入到社会活动之中：1915年，他与当时上海西医学界的杠鼎人物伍联德、颜福庆、刁信德、俞凤宾、丁福宝等共同发起成立了中华医学会，而医学会募集到的启动经费里，有三分之一（100美元）来自于唐乃安的捐赠。1917年，唐乃安出任中华医学会上海支会第一任会长。

如果说唐乃安是上海的新贵，那么，她的发妻徐箴则是不折不扣的大家闺秀。徐小姐出身于江苏昆山基督教大姓人家，毕业于上海圣玛利亚女中，人漂亮，家教好，学识高。世族大家十分注重子女传统文化的养成，家庭教师里甚至不乏清朝遗老，她因而熟读《诗经》，深解庄老哲学，对传统技艺诸如琴棋书画，样样精通；基督教家庭又十分西化，对她进行了西洋知识的系统培养，徐小姐不仅能够说一口流利的英文，还有着普通大户人家小姐不具备的开阔视野和人生格局。

唐乃安与徐箴的结合，算得上是郎才女貌，佳偶天成。二人也一定有过几年夫唱妇随、相敬如宾的日子，他们的儿子唐腴胪、女儿唐瑛都诞生在那时候。但好景不长，唐乃安既是海归，复又多金，还颇有社会地位，加上彼时的社会风气，男人流连于风月场所或背着发妻另立侧室太常见了，唐乃安自然不能免俗。

唐夫人虽然受的是中西合璧的教育，但骨子里仍然是传统的，尤其是面对着丈夫婚后不几年便风流成性这个事实时，表现出了一个女人最大限度的包容与隐忍。当年上海滩有一个流传很广的八卦，虽不知真伪，但大抵能够佐证唐乃安的倜傥。八卦说的是：某一年唐太太生日之时，唐先生说要送给太太一个礼物，于是带着她出门，车子一路七拐八拐，来到一个地方，唐先生故作神秘地说，你在这里等我，自己则不知飞奔去了哪里。等他再回来，手上居然抱着一个孩子！很显然，孩子是他与别个女人生的。面对这样一个“礼物”，不知唐太太当时作何反应，想来，正常的反应，应该是可笑可气又可悲的吧。

唐乃安多才、多金，可惜盛年早逝。据说，在他的葬礼上，有好几个女人带着孩子前来奔丧。而唐太太呢，对于这些并非己出的孩子，也尽了唐家“主母”抚养的职责，但有一个原则从未打破，那就是：坚决不让那些孩子的母亲们进唐家的门，她给了她们抚恤金，但有一个条件，从此与孩子再无任何瓜葛。

唐家长子唐腴胪也算是中国近代史上小有名气的人物。他毕业于哈佛大学，与宋子文同是留美同学，二人私交甚笃。南京国民政府成立后，宋子文出任财政部长。在选任机要秘书时，宋子文第一个想到的人就是唐腴胪，唐腴胪也没有推辞，顺利出任，与宋子文由同学变成了同事。

于公，两个人一起共事；于私，他们工作之余经常结伴由南京回上海，宋子文成了唐家的座中常客。这两层关系下来，唐腴胪与宋子文之间用“形影不离”来形容一点也不夸张。当然，也正是因了这形影不离，唐腴胪年纪轻轻便因为宋子文而死于非命。

1931年，宋唐二人一同乘火车回上海，刚下火车，便遭遇了“民国第一杀手”王亚樵的袭击。由于时局混乱，再加上身居高位，宋子文自知平日明里暗里的政敌颇多，自然比唐腴胪机警一些，听到第一声枪响立马伏地躺倒，算是躲过了一劫，唐腴胪呢，不明就里，枪响半晌还呆立在原地东张西望，再加上他当天的打扮与宋子文又颇为相像，杀手误以为他就是宋子文，把枪口对准了他一阵狂扫。唐腴胪身中数弹，不治身亡。虽然唐腴胪并非自愿替宋子文挡枪，但他的死却也与宋子文有很大关系，不管唐家因此事对宋子文抱持什么样的看法，宋子文心怀歉疚，从此对唐家关照有加。

在上海，唐家的确算不上根基深厚，但也算得上是有一定名望与地位了。唐瑛，就是出生在这样一个家庭里——父亲唐乃安视她如掌上明珠；生母徐箴看到女儿如同看到当年的自己；亲哥哥唐腴胪在世时，对她更是疼爱有加——无论如何，也算得上是含着金汤匙长大的。

唐瑛出生那一年，是1903年（也有1910年的说法）。

## 唐家有女初长成

唐瑛的确是幸运的，用一句俗话叫“会投胎”。

生在上海，长于名门。唐家父母本就都接受过西方教育，对于生活品质有颇高的要求，家庭物质条件又允许，一应的吃穿用度自然都十分讲究：他们请了专门的厨子料理全家人的一日三餐，厨子每天所要考虑的唯一一件事情，就是如何变着花样地满足一家人的口腹之欲；唐家还有专门的裁缝缝制衣服，唐家的女人们的衣柜里，最不缺的便是布料精细做工考究式样新潮的各类旗袍了。

在这样的环境下成长起来的唐瑛，终其一生都保持着极高的品位。甚至可以说，唐瑛用一生向我们诠释了什么叫“精致”的生活：她在饮食上十分注意色泽、口味、营养、荤素的搭配，什么时候吃早餐，什么时候喝下午茶，从来都坚持得一丝不苟；唐瑛的衣着考究而时尚，她喜欢上一件衣服，并不像其他的女人一样，马上买下它。而是记住衣服的式样，回家之后告诉裁缝，裁缝再根据她的体型、曲线，专门为她缝制出来。虽然颇费工夫，但经过这样一番周折，等衣服做出来，穿在唐瑛的身上，那种美，早已非她原本看中的那件衣服所能够带来的了。唐瑛本就生得十分标志，再加上卓越的审美，因而一度成为上海时尚潮流的风向标，那时候，只要唐瑛穿了一件新衣服出门，不出几天，全上海的女人们都会跟风般将那个式样穿在身上。

当然，唐瑛的幸运不仅仅在于她的家境优渥。唐瑛最大的幸运在于，与中国传统家庭的重男轻女恰恰相反，唐家是重女轻男的。开明而睿智的唐氏夫妇给了这个女儿十二分的关爱，在她的养成、教育上花的心思，也远远多于花在儿子唐腴胪身上的。

这个家庭教会唐瑛最重要的是两件事情，第一件事情是爱，那种爱，不是纵容无度的爱，不是你要天上的星星月亮我也摘给你的那种爱，而是不遗余力地去塑造与成就，让她以更好的姿态，与世界融洽地相处。在这种氛围里成长起来的孩子，更加自信，更加懂得爱的真谛，也能活得更加从容自在。第二件事情是礼，这主要得益于唐瑛母亲的言传身教。母亲出身名门，即便平日里大门不出二门不迈，孩子们也决然见不到她头发凌乱衣衫不整的样子，她永远那么得体、优雅、端方。是她教会了唐瑛，在饭桌上就该有在饭桌上的样子，接人待物就该有接人待物的样子。

到了适龄，唐瑛的父母送她去了中西女塾。中西女塾在当时算是名校了，宋氏三姐妹宋霭龄、宋庆龄、宋美龄均曾就读于这所学校；当时上海富庶一些且比较重视女子培养的家庭，都会将女儿送到这所学校。

中西女塾是教会创办的学校，教育理念更加开放，这里注重培养学生独立的人格，并能够鼓励女学生们最大限度地发掘和发挥自己的喜好与特长。把唐瑛送到这所学校，是再合适不过的选择了：她在这里学会了一口纯正、流利的英文；她的舞台表演天分便是在这所学校里展现出来的。在学校里，她抓住一切机会表演，哪怕刚开始的观众只是同学校的女同学们。唐瑛最早的公开演出之一，应当是参加学校的话剧社团，排演当时的名剧《少奶奶的扇子》。

唐瑛真正开始进行社交、体验到社交的乐趣、并且在社交的过程中大放异彩，也是从中西女塾开始的。那时候，哥哥唐腴胪与宋子文交好，宋子文自然是唐家的常客，唐瑛自然也与宋子文相熟了。那时候，女子进入社交圈子是要有契机的，要么已婚，与几位地位相当都有些家世背景的少妇们搭伴进入社交圈子，要么是有人引荐。唐瑛进入社交圈，便是宋子文的缘故。那时候宋子文已身居高位，日常出入的场合，汇聚的自然都是时下名流，唐瑛时常随同宋子文出入其中。别看初来乍到，唐瑛漂亮、自信、拥有远超于同龄女孩子的得体，走到哪里，都是众人目光的焦点。

几乎可以说，没有在中西女塾的时光，就没有后来的交际花唐瑛。

二十世纪初年，世事于大部分人来说是风暴欲来，是海啸将至，而唐瑛却如花蕾般，静静伏在枝头，受了充足阳光、水分的滋养后日益饱满，就等着绽放的那一天了。

## 歌尽桃花扇底风

中西女塾毕业后的唐瑛，没有像大部分的女孩子一样，糊里糊涂地听从父母的安排，立马嫁给一个自己连面都没见过的男人，从此生活中再也没有了自我。

唐瑛的选择是，走出学校，告别学生时代的“见习社交”与“业余表演”，用她独一无二的美，用她的才华征服更多的人，成为真正的“社交女王”。唐瑛有这个天分，唐瑛也知道自己有这个天分，她更加知道该如何运用自己的天分。没过多久，唐瑛就已经在社交圈大放异彩，甚至与身在北平的交际花陆小曼合称为“南唐北陆”。

一南一北两大社交名媛后来还成了好朋友。也正因为如此，1927年的上海，才有了那一场由唐陆联袂带来的、万人空巷的表演。

夏秋之交。

戏院外面提早几天就已经张贴好了大幅宣传画报。画面中央是两个美丽的女子画像，一位坐着，一位站着，均是美到不可方物。画报底部有这样两行字：

昆曲《牡丹亭》之《拾画叫画》

唐瑛乃柳梦梅，陆小曼乃杜丽娘

那几天，报童们背着帆布包走街串巷，嘴巴里念念有词：

“号外！号外！‘南唐北陆’即将联袂出演《牡丹亭》咯！号外！号外！……”

正式演出那天，上海中央大戏院外人潮汹涌。侥幸得到门票的人们，早早来到戏院门口。一对一对温柔相向的，是正在谈恋爱的小年轻；一堆一堆叽叽喳喳嬉笑打闹的，是慕名而来的女校后辈；三五成群一会儿议论时事一会儿家长里短的，是从各个地方赶来的市民们，而在演出即将开始时，被一群西装革履的人簇拥着进入剧院前排的，则是非富即贵的头面人物。

舞台上，唐瑛女扮男装，头戴书生帽，眉梢吊起，宽袍广袖，轻踱方步，仪态风流；陆小曼折扇掩面，穿着旗袍，身姿玲珑曼妙。二人生活中本就已经惺惺相惜，又都极有才华与灵气，在舞台上，一唱一和，一应一答，往来之间自然都是默契。

唐瑛另一次名动上海滩，是在1935年。那一年，唐瑛在上海卡尔登大戏院，用地地道道的英文，完整演绎了经典剧目《王宝钏》。在那一次演出里，与她搭戏的，不是名媛，也不是戏角儿，跑马厅秘书长、上海《文汇报》创始人之一的方伯奋先生扮演王允，后来成为沪江大学校长的凌宪扬先生扮演薛平贵。唐瑛未曾留过洋，但与两位均是留洋归来的男士同台，用英文献唱，竟至能够与那二人三分秋色。

旧上海的那些年，唐瑛的名头用“风光无两”来形容再适合不过了。民国期间海上名家陈定山写过一本时文随笔集《春申旧闻》，之中有道：“上海名媛以交际著称者，自陆小曼、唐瑛始。”后来唐瑛嫁给第二任丈夫，移民美国后，上海再没有出过能与唐瑛媲美的交际花了。

一个女人的美，是有保质期的，更何况那是在美女如云的上海，可唐瑛就是有本事，让“首席名媛”的名号，稳稳地随了她十几年，甚至几十年，即便她后来离开了上海，也能够让人生生挂念着她，再无法将目光移向别的女子身上。

仅仅是因为她的好出身吗？十里洋场，政、商、军三界随便一个扛把子的妻女，家世地位都远远超过唐瑛；还是因为她特别懂人心，知道该怎么样讨别人的喜欢？但唐瑛偏偏又是个爽朗、不做作、爱出风头因而也特别容易招致非议的性格。

而上海人对唐瑛，喜欢得那么持久，爱得那么浓烈，一定是因了她身上某些真正能够触动人心的东西，除了她在表演上过人的天赋以及对于唱戏近乎痴迷的热爱而外，我再也想不到别的原因。

唐瑛对于唱戏的爱，甚至早已超越了社交表现的单纯欲望。她唱昆曲，唱京剧；唱小生，唱花旦；未嫁时唱，结婚后唱；当交际花时在众人面前唱，退隐“江湖”后在自己家里唱……只是我们再也不知道，后来她离开上海离开中国，坐在异国的音乐厅里听着西洋音乐会时，有没有怀念百乐门舞厅和卡尔登大戏院，想起她与陆小曼合演的那出《牡丹亭》？后来她慢慢地老了，她为家人做她拿手的芹菜烧牛肉时，有没有再轻声哼起曾经唱了百遍千遍的唱段？她含饴弄孙的时候有没有突然被某句童真的戏言戳中了心事，有那么一刹那，也想回到自己最风光的前半生？

## 之子于归

美人的标配总是男人与爱情。褒姒得以烽火戏诸侯，缘于周幽王欲博美人一笑；赵飞燕能够跛扈后宫，因为有汉成帝万般宠爱。而与唐瑛同时代，就连与自己惺惺相惜着的陆小曼，也因为与徐志摩这个浪荡才子的情感纠葛而成了一代传奇。

与当交际花的劲健风头相比，唐瑛的爱情似乎有些平淡。

她的生命中，除了父亲和哥哥，出现过三个男人。

一个曾令她春心萌动，却也落得个无疾而终，这个男人是宋子文。

一个与她有过短暂姻缘，却最终分道扬镳，这个男人是李祖法。

一个是她最终的归宿，我们却无缘得知她对这个男人有没有过爱情，这个男人是容显麟。

唐瑛与宋子文的恋情，是什么时候开始的，是因为什么结束的，两个人之间是怎么样相处的，早已无人知晓了，或者知晓的人也早已不愿意再提起这段旧事了，以至于我们都开始怀疑这段感情是不是根本就不存在，只是人们为了成全自己心底对于爱情的那份期盼才无中生有了而已。幸好有唐瑛的妹妹唐薇红，她在接受采访时说过，宋子文“差一点就成了姐夫”。我们这才能够放心，这才能够确认，唐瑛与宋子文两个人之间确实有过一段情愫。至于那一点究竟差在哪里，也早已经没有了答案。是唐乃安不愿意女儿与政治沾边所以提出了反对？还是他们两个人之间的感情本身出了问题？

但唐瑛对宋子文，大概是爱过的。据说，她将宋子文写给自己的情书保存了很多年，大概每每夜深人静的时候，还会翻出来看看吧。

唐瑛嫁给第一任丈夫李祖法，算是标准的旧式“包办婚姻”：有父母之命与媒妁之言。李祖法的父亲是富商李云书，唐李两家算得上是门当户对；李祖法本人亦是从耶鲁留学归来，见识与学养方面，与唐瑛也算契合。二人应当有过一段琴瑟合鸣、相敬如宾的日子。

但毕竟，唐瑛性格外放开朗，酷爱社交，而李祖法性格沉静内敛，闷葫芦一个，久而久之，渐渐地生出了嫌隙。

男人大都是占有欲旺盛的，喜欢别的女人风情万种，但自己的女人最好藏在深闺无人知晓；与别人的女人逢场作戏百般调情，自己的女人最好只在家里相夫教子。而婚后的唐瑛，依然保持着社交名媛的排场，香水、包包、帽子、鞋子依然是名牌，去百乐门跳舞的次数并没有减少，走到哪里身边都蜂蝶环绕，还时不时登台演出，轻轻松松占据各大报纸头版头条。

在李祖法看来，自己并不是她婚后生活的唯一重心，而且，他极度反感自己妻子的巨幅照片登在报纸上。男人希望妻子的眼里只有自己不是很正常吗？可唐瑛这样“只应天上有”的尤物，又怎么可能甘于被锁在高墙深院里呢？

后来，他们的儿子李名觉出生了，两人的关系，却并没有因为儿子的降生而有丝毫的改善，反而又开始在儿子的教育问题上出现分歧。唐瑛注意到儿子似乎对画画有着不一般的热情。于是不仅鼓励儿子自己涂涂画画，还打算给儿子请一位国画老师，教他系统地学习绘画技法。对于李祖法来说，男人治国齐家平天下，走“科考”的路子才是正道，从事艺术，基本与邪门歪道没有两样。

当然，后来的事实证明，在儿子的教育问题上，唐瑛是正确的。他们的儿子李名觉最终成为首屈一指的舞台造型大师，与唐瑛的鼓励和教育是分不开的。

摊牌分手，是意料之中的事情。正因为在意料之中，夫妻二人都平静到就像是两个普通朋友见面后的分别。

与李祖法离婚后，唐瑛当然没有如弃妇一般幽怨自艾，仍然潇洒、快乐、理直气壮。迅速走出离婚的阴影，倒也并非因为唐瑛从来没有对李祖法动过真心，而是，在感情里，她本来就是一个拿得起放得下的人，而打小就拥有独立主见的她，更不会把自己的情绪交由另外一个人左右。

一个女人的自爱，并不是她在遇到爱情时畏首畏尾或者故作矜持，而是，爱情来了，能够勇敢地抓住那份美好，当爱情不在了，能够体面、坦然地放手。

然后，仿佛命中注定一般，她遇到了自己的第二任丈夫：容显麟。与呆板无趣的李祖法相比，唐瑛在容氏的身上，更多看到的是另一个自己：潇洒、不羁、有幽默感，并且会很多东西：骑马、钓鱼、跳舞、打球。和这样的男人谈恋爱，在一起不会腻，小别也不会过于紧张对方，这应当是唐瑛最想要的相处方式了。

唐瑛带着儿子李名觉，容显麟带着他自己的4个孩子，他们于1937年结合，并在新加坡举办了婚礼。唐瑛慢慢开始不再那么渴望登台、渴望表演，而是过上了相夫教子的生活。丈夫上班期间，她负责照顾5个孩子的生活起居，承担起他们学校教育而外的家庭教育部分。对于丈夫的4个孩子，唐瑛也如对待自己的亲生儿子李名觉一般，顺着他们的天性，让他们自由成长。

如果我们以为，不再是“交际花”的唐瑛，沦为了“家庭主妇”的唐瑛，再也与普通人没有两样的话，那就大错特错了。被孩子们围绕着的她依然是她，优雅、美丽，一如她的母亲曾经在他们面前一样；并且有意无意地，培养与塑造孩子们的审美与品味。周末，夫妻俩雷打不动地带孩子们去听戏、听音乐会、看电影、参观画展，不去看演出或展览的时候，也要去公园野餐，总之，一家人团聚，是大人和孩子们最惬意的时光了。

就是这样，两个在别人看来都有些“不靠谱”的人，却能够结合在一起，彼此成了对方最终的归宿，可见人世间一切际遇，冥冥之中，都是最好的安排。

有人说，唐瑛什么都有了，唯独有那么一点点的遗憾是，她没有浪漫的爱情，或者她曾经也感受到过浪漫，只是不为人道而已。

可反过来想想，正因为大部分女人的名气，都是来自于一个男人或者一段爱情，没有浪漫爱情故事加分的唐瑛，还能够为后世的我们念念不忘，难道不正是因为这个人本身拥有让人念念不忘的魅力吗？

我们总爱将女人比作花，但女人不能只做一朵花，开过了就开过了，花期一过凋落枝头，从此尘归尘土归土，世间再无半点曾经的痕迹，那是最悲哀的事情。

女人就该像唐瑛一样，在最好的年纪繁盛地开过，艳丽夺目；哪怕经历婚变，也不自怜，不自弃，所到之处，仍然是目光焦点；及至年华老去，即便自甘于儿孙绕膝的天伦之乐，也依然保持着优雅得体的形容举止。

唐瑛晚年回国探亲。老太太已过花甲之年，但在她身上却看不到丝毫龙钟老态，她仍像当年在上海时一样，穿着一袭合身的旗袍，那么自信，那么骄傲。岁月改变了她的样貌，却改变不了那颗名媛的心……

花开花谢有其期，而传奇没有。1986年，唐瑛在美国逝世。当《夜上海》的旋律只能响在老电影中，当百乐门里再也没有了穿旗袍的舞者，唐瑛的故事，却不会落幕，仅仅是因为，她倾尽一生为自己谱写的传奇足够精彩。

# 萧红：
# 苦难中开出的花朵

民国的女人中，萧红是最令人唏嘘的一位。

她生在地主之家，却没享受到富家小姐本该享有的半点呵护与宠爱。

她明明拥有咏絮之才，却偏偏半生飘零愁苦潦倒，饱尝饥馑贫困之虞。

她奉爱情为至上，终其一生都在苦苦寻觅知己，可爱情却终究是镜花水月一场空。

萧红一生都在与命运抗争，可命运于她，却是《呼兰河传》里，呼兰河城东二道街上的那个大泥坑，人畜鸟兽冷不丁陷入其中，越挣扎，沦陷越快。以至于她短短31年的人生，竟没有享受过多少真正的欢愉。

她是民国女人们用饱满的生命与传奇故事共同织就的光鲜旗袍上，一不小心被撕出的口子，或是被掉落烟灰烫出的洞孔，那么触目，那么凄怆，惹得很多人怜惜不已，也让不少人咬牙切齿。

可是，即便如此，也请你不要叹息，不要厌弃，权且让我们一起回到那个时代，沿着萧红的生命轨迹，拣拾起她的人生碎片，重新拼起一个全新的她——一个值得被怜惜、可以被原谅、应当被善待的萧红。

## 大花园里的童年

萧红的一生，大概唯有童年是真正地快乐过的。当然，就连这份快乐，也是建立在她不谙世事的基础之上，因为，打从降生的那一刻起，偌大的家庭里，真正因为这个小生命的到来而开心的，只有祖父张维祯。

那是1911年，农历五月初六，端午节的第二天，萧红降生了。从得知是女儿的那一刻起，父母便再也开心不起来了。父亲张廷举是个冷酷的官吏，多年混迹于官场，很是变通逢迎，但对家人却严苛到几乎不近情理的地步。母亲姜玉兰也是出生于士绅之家，“重男轻女”的老旧思想已经根深蒂固了。一心想生儿子的他们心里自然满是失望。

唯有张维祯，这个六十多岁、淡泊自甘的老人，对于萧红的出生，是打心底里升腾起的、结结实实的欢喜。自从十九世纪末，他扶老携幼举家从阿城迁到呼兰县定居下来，几十年里，他经历的，只有老人去世时的悲痛，只有女儿出嫁时的忧伤，却从未再迎接过新生命的诞生。

张维祯又正正是旁人口中“百无一用”的书生，空有满腹诗书，且只有满腹诗书，却无用武之地。他完全不懂得经营持家，更不懂得圆滑世故，一直是大家眼中的一个“闲人”，妻子范氏精明能干，把一家上下打理得妥妥当当井井有条。想来，儿子与儿媳对于母亲的敬重自然是远远多过父亲的。萧红是祖父莫大的心灵慰藉。

祖父也同样给了萧红十二分的爱。他陪伴着萧红玩耍，任由小小人儿对自己百般缠闹却从不恼怒；他对萧红有无限的疼惜，仿佛是想将萧红从父母那里得不到的爱，统统补偿给她；他教她读诗，给她讲诗背后的故事，他给了萧红最初的文学启蒙。因了这份爱的充盈与实在，年幼的萧红才可以对于祖母的漠视、父亲的冷酷与母亲的疏离不以为意。

萧红与祖父快乐时光的大半，是在他们家的园子里度过的。平日里，祖父在田间地头有一搭没一搭地忙活，萧红有样学样；她的注意力常常被园子里的蜜蜂、蝴蝶、蜻蜓吸引了，丢下祖父去追赶一圈，玩累了又回来缠着祖父；园子里的玫瑰花开了，她剪下花朵，一朵一朵别在祖父的帽子上，不明就里的祖父戴着帽子走进屋，她笑得在炕上打滚。我一边想象着萧红与祖父在园子里的快乐光景，脑子里一边不自觉地想起柳永笔下的这样一句词：嬉嬉钓叟莲娃。逢着下雨没法去园子了，或者是秋天里园子衰败了，冬天里园子休眠了，小小人儿便被困在无尽惆怅里。可即便是惆怅，那也是有盼头的，因为她知道，她还是可以入园子的，她的等待是有结果的，是可期盼的。

不在园子里的时光，祖父便教萧红读诗。爷爷一句一句字正腔圆地教，孙女不得其解但仍然摇头晃脑地学；教完“昔我往矣，杨柳依依”，不忘让孙女重温一下“采采卷耳，不盈顷筐”。萧红本来就聪颖灵动，血脉里带着些天赋的文学才华，再经过祖父有意无意的调教，她小小年纪，已经渐渐开始有点“小文青”的样子了。

孩子终有一天会长大，老人每天都在变得更老，时光毕竟无法定格，所有的美好都要成为记忆。许是萧红早慧，许是命运特意提点过她，许是人在快乐的时候记忆力本身就变得格外好，萧红记得特别特别多与祖父相处的细节，她把它们一一写进自己的自传体小说《呼兰河传》里，成为整部小说里为数不多落笔轻盈、心情明快的描写：“我家有一个大花园，这花园里蜂子、蝴蝶、蜻蜓、蚂蚱，样样都有。蝴蝶有白蝴蝶、黄蝴蝶。这种蝴蝶极小，不太好看。好看的是大红蝴蝶，满身带着金粉。”

祖父的花园里承载的，是萧红的整个童年。

## 私奔往事

民国有四大才女：吕碧城、萧红、张爱玲、石评梅。如果非要给她们的才气来个高下之分，恐怕结果是仁者见仁，智者见智。但若要问谁的命运最悲苦，答案无疑是萧红了。

萧红一生，除了童年时祖父带给过的精神上的安稳家园之外，其余半生，她都是生活在风雨飘摇之中。

1920年，九岁的萧红被送到呼兰县乙种农业学校女生部读书；1924年顺利升入县立第一初高两级小学。别看萧红在祖父的身边，淘气得像个男孩子，可她在学业上是极为用功的，再加上本来就聪慧，成绩自然很好，作文尤其好。

1926年，萧红小学毕业。她踌躇满志地等待升入中学的时候，家人却不再支持她上学了，别看萧红小小年纪，在同龄孩子的一切都由父母一手操办的时候，萧红已与自己出生的这个封建大家庭开始了公然抗争，也从此开始了与命运的抗争。

这是第一次，也是唯一一次，萧红在抗争中胜出了。之所以这么说，是因为不管今后她多么勇敢，她做了多少努力，她抗争的最终结果，受伤害的人终究只有她自己而已。

1927年秋天，萧红终于得偿所愿，进入哈尔滨东省特别区立第一女子中学。从这所学校的前身——“从德女中”的名字，我们不难看出这里的办学宗旨：培育谨遵“三从四德”的贤良淑女。

但学校刻板的教学，并未缚住萧红勇敢果决的天性，恰恰相反，正是在这所学校里，她第一次读到鲁迅，读到郭沫若，读到郁达夫，她的文学视野乃至人生格局得到了极大的拓宽；萧红的老师里，亦不乏拥有进步思想的青年，如王荫芬、楚图南等，前者教授国文，将白话文带进了课堂，后者讲授社会科学概论，将马克思主义思想带给萧红。在这些老师的影响下，萧红对文学的热爱之情被唤醒了，爱国热情被点燃了，她还参加过抗日爱国的学生游行。正当萧红在中学里尽情地沐浴在进步思想与先进思潮中时，父亲将她许配给了呼兰县驻军邦统汪廷兰的次子汪恩甲。

1930年夏天，即将中学毕业的萧红，又与家庭展开了第二次的反抗。

彼时的萧红，性格里叛逆的成分已然完全显现出来。如果说第一次为了念中学而与家庭对抗算是牛刀小试，那么，这一次萧红的做法，简直可以用“惊世骇俗”来形容：她提出与汪家退婚，被拒绝后，她随着即将前往北平求学的陆哲舜“私奔”了。

其实，在被许配给汪恩甲之初，萧红是默认了这份亲事的。汪恩甲仪表堂堂，也受过较好的教育，他本人对萧红也是一往情深；萧红当时的生活圈子也就那么大，平日里接触到的男生本就十分有限，汪恩甲本身的资质也的确不错。二人订婚后，像其他的情侣一样约会，写情书，都是再自然不过的。萧红还亲手为汪恩甲织过毛衣呢。

许是相处久了，汪恩甲身上纨绔的那一面渐渐显露出来了，他还有抽大烟的毛病，萧红对他渐渐地生了嫌隙。而这时候，陆哲舜的出现，加速了萧红对汪恩甲感情的幻灭过程。那时候陆哲舜已有家室，自然更加懂得怎么样讨女人欢心。他对萧红展开了猛烈的追求，并且力劝萧红跟着自己去北平。萧红答应了，她假装答应了与汪恩甲结婚，并以前去采购嫁妆为由，从家里带了一笔钱出来，随陆哲舜去了北平。

那边厢，在北平，萧陆二人在学校附近找了间小平房租住下来，正式进入同居生活。

这边厢，在呼兰县城，二人的大逆之举已引起轩然大波。父亲张廷举一方面因教女无方而被降职，一方面因女儿竟然做出如此伤风败俗之举而深觉家门被辱没，愤懑之心无以言表；汪家与张家本就有婚约在先，而且据说连订婚宴都正式办过了，这种时候，准儿媳妇逃婚、私奔，也让汪家丢尽了脸面；陆哲舜的家庭，在呼兰县也颇有些名望，二人的举动，也同样令陆家人惊怒不已。剩下的那些市民，则把这段故事当作闲话一般，翻来覆去地咀嚼透了。

那时候，陆哲舜在北平的一应吃穿用度，都是家里供养的。萧红身上那笔采购嫁妆的钱也所剩无几了。陆张两家对二人发出最后通牒：如果他们仍然一意孤行，两家人将中断对他们的所有经济支援。如果他们愿意回去，家人会为他们提供路费。陆哲舜与萧红无奈之下，于1931年1月返回了呼兰县。

## 初恋汪恩甲

有人说萧红的悲剧命运，是从汪恩甲抛下怀孕的萧红逃离旅馆从此不知所踪开始的，我以为不然。陆哲舜才是那个真正将萧红的命运带上悲剧轨道的人。当然，前提是萧红叛逆的个性使然。如果没有她的一意跟随，想必任谁也无法带走她。

陆哲舜和萧红回到呼兰县后，陆哲舜自此退出了萧红的生命，而萧红与“初恋”汪恩甲的情感纠葛，还在继续上演。

萧红的准婆家汪家，那时候大概也已经起了解除婚约的心思。汪恩甲却不计前嫌，与萧红重归于好了。张廷举满以为经历过这次，女儿应当已经被驯服了。

萧红自己也是这么想的。或许经历了这件事之后萧红才看到了汪恩甲的真心，总之，她回到了汪恩甲身边，她的心也才稍稍地定下来，开始与汪恩甲谈婚论嫁。

汪恩甲有一个哥哥，叫汪恩厚，当年订下这门亲事，还是这个当哥哥的从中牵的线，此时，大抵他开始觉得，正是因为自己一时不察，才将弟弟推到不幸的漩涡之中，同时也让汪家门楣蒙羞，于是，汪恩厚一力主张解除两家的婚约。

萧红十分恼怒，她甚至一反常态，为了维系与汪恩甲的婚约，一纸诉状将汪恩厚告上法庭。萧红深知汪恩甲对自己的感情，她以为汪恩甲一定会站在自己这边，不想，汪恩甲最终选择了维护一心为自己着想的哥哥、维护家族的声誉，当庭承认解除婚约并非哥哥逼迫，而是他自己的选择。

对于汪恩甲的临阵倒戈，萧红是怨的。但也一定会有人像我一样，因此事而对汪恩甲生出一些好感来：一个男人，在面临艰难抉择时，到底该怎么选?

是选择自己深爱着的女人，置家人于不顾；还是选择自己的家人，放弃自己的爱情?

选前者，更多是为了自己。他有多想和萧红在一起，只有他自己清楚。

选后者，则意味着牺牲一己的幸福。他爱萧红远远多过萧红爱他，所以，放弃萧红，需要承受最大痛苦的人，也还是他自己。

萧红败诉了，张汪两家的婚约也正式解除了。

先是自己逃婚，跟着有妇之夫私奔；接着又为了保住婚约，将未婚夫的哥哥告上法庭，这样两件事情下来，萧红早已成为呼兰县的最大笑柄。

萧红的父亲更是急怒攻心，索性一不做二不休，将她送到阿城福昌号村的旧宅里软禁了起来。

在老家阿城，失去人身自由、离群索居的那段日子，萧红过得极其困顿苦闷。那时候的萧红，还没有走上文学创作的道路，自然无法凭借写作寄托愤懑之情，并聊以打发时光。更没有志同道合的人与她谈论文学与理想。

想必，萧红对于狠心将她看管起来的父亲的恨，又添了一笔吧。半年之后，1931年秋天，萧红说服了一位看管她的亲戚，并在这位亲戚的协助下，逃离了阿城，回到了哈尔滨。至此，萧红与父亲、与那个家庭彻底决裂了。

萧红再度陷入孤立无援的境地，有家不能回，有亲友不能投靠，白天往往在街上游荡，晚上随便找个地方凑合睡一宿了事。走投无路之下，萧红能想到的人，唯有汪恩甲。

呼兰县的老家，再没有人关心萧红的去向与死活，除了汪恩甲。尽管这个男人承受了未婚妻坚决要与自己退婚的伤心，经历了深爱着的女人与别的男人私奔同居闹得世人皆知的屈辱，最终两人对簿公堂一拍两散，他仍然选择了原谅，并与萧红住进了一家叫“东兴顺”的旅馆，正式开始了同居的生活。

经历了起落波折的萧红与汪恩甲，在这家旅馆里，与世隔绝一般度过了寒冷的冬天，迎来了1932年的春天。这期间，他们忘了乡人们戳脊梁骨的指指点点，远离了亲朋好友嫌弃的眼神，过了一段神仙眷侣般的生活。然而，一味逃避现实的结果，是他们必须面对旅馆六百多大洋的负债，二人登时傻了眼。

不知是早已想好了逃离的借口，还是回到家后情非得已，汪恩甲说自己回家拿钱，从此一去不回。彼时，萧红已有孕在身，她甚至挺着肚子去汪家找他。非但没找到汪恩甲，还受到了汪家人的百般凌辱。

至此，这对有婚约在身，原本应该，也能够结婚、生子、白头偕老的恋人，以这样一种不体面的方式分开了。这真是莫大的讽刺。萧红对抗父亲的导火索是与汪恩甲的婚约，对抗的终局是她与汪恩甲最终分开。在漫长的拉锯里，所有人都偏离了初衷，所有人到最后都失去了最宝贵的东西：汪恩甲对萧红的爱已被消磨殆尽；萧红的父亲最终也没能让女儿嫁到汪家；而萧红，最后竟落得反过来被汪恩甲抛弃的结局。

汪恩甲的最后逃走，究竟是由于对这段关系终于彻底厌倦了，还是出于自己本身性格的懦弱与不负责任，已无从知晓。人们的评论，也大都是站在自己的立场，带着自己的偏见，表达着自己的价值观。汪恩甲本人，没有留下只言片语，连他这个人也从此消失无踪。后世的人们因了萧红的关系，多方打听与探究，他的去向仍然是个谜。

也许，只有萧红自己知道，汪恩甲与她几个月的相守，是仍然存着爱呢，还是一个爱而不得的男人的虚荣心与报复心使然。毕竟，她目送汪恩甲离开旅馆之前，他们有好几个月的时间朝夕相处、耳鬓厮磨。

只是，在她生命的最后时刻，她大概才真正懂得了汪恩甲，那个后来不知所踪的男人，曾经为了她承受了什么，为了爱她失去过什么。否则，她也不会在临终时，突然想起托付别人寻找她与汪恩甲的孩子。

可是，如果时间能够倒流，回到当年，萧红还是个中学女生，汪恩甲也还是个一心爱慕着她的富家子弟，萧红会依从了父亲的安排，顺顺利利地嫁给他吗?

## “小小红军”的爱恋

萧军，是萧红挺着大肚子被旅馆扣作人质时的又一根救命稻草。萧军也的确不负萧红所望，将她救出了旅馆，却也将她拖进了另一段感情的漩涡之中。

困居旅馆的那些日子，萧红唯一用来打发时光的事情，便是找来旧报纸读。但旅店的老板不会放任她欠着一大笔债务就这么闲居下去，甚至扬言道，再不想办法把欠账结了，就将萧红卖到妓院去。

萧红着了急，从报纸上找来了《国际协报》副刊编辑部的投稿信箱，给报社写了一封求救信，信的内容，无非是良家妇女有孕在身，因为欠下债务，即将被卖为娼云云。信是《国际协报》

副刊编辑部编辑裴馨园收的，那时候的报人，大都怀揣着一颗济世救国、爱民如子的佛心，收到这封信，立马派人前去萧红被困的旅馆。他们先是找到旅店老板，亮出报馆记者的身份，表示他们会对这件事情关注到底。这样一来，起码他们除了控制萧红的人身自由而外，不敢对她有什么别的举动。但报馆对于萧红欠下的六百块钱也着实没有办法，萧红就只能继续待在旅馆。

但好歹她的处境是改善了。接下来，报社的编辑记者们都常去探望萧红，有时候送点吃的，有时候应萧红的要求送点书过去。

尤以萧军去的次数最多。起初，他是带着一种报人的责任感去看萧红的。他对她的处境充满了无限的同情与怜惜。看着眼前这个刚刚二十出头的女孩子，本该是花一样的年纪，在她的眼睛里，却已然看不到任何光亮与神采。

为了让她重燃对生活的希望，萧军几乎每天都去旅馆，陪着她，听她讲她的家庭，她的经历。慢慢地，萧红的话匣子打开了，除了过去的悲惨遭遇而外，他们还聊起了他们共同的爱好：文学与写作。

再后来，萧军看萧红的眼神里，除了同情与怜惜而外，多了一层别样的内容。萧红聪明，她懂得，那多出来的东西叫作爱。

萧红接下了那份爱，带着对于爱情复苏的渴望，带着与过去彻底诀别的心，投入了萧军的怀抱。

这份爱情，是从萧红苦难生活里开出的花朵。

大概是连上天也感动了，那年8月，哈尔滨下了一场几十年未见的大雨，松花江全线决堤，整个城市被洪水淹没。萧军划着小船，来到旅馆窗下。那一刻，萧红推开窗户，看到小船里站着的、手执着船桨、仰头望着自己的萧军，心里无比笃定：他就是自己的盖世英雄。

也是那一年，萧红在医院里，诞下了她与汪恩甲的孩子。对于萧红来说，这个婴儿是一段孽缘的结果，是她被抛弃在旅馆屈辱时光的见证，是联系起她与过去那个狼狈不堪的自己的纽带。对于这个孩子，她心里有些别的情愫，或是憎，或是恨，或是悔，掩埋了一个母亲对于孩子那出于本能的、却也微弱的母爱。

当时她和萧军的经济状况，也无力负担起抚养一个新生儿的开销。产后6天了，她躺在病床上，任由饥饿中的孩子啼哭。孩子的哭声一天比一天微弱，萧红始终拒绝喂奶。直到第7天，孩子被护士抱走。此后，这个世界上再也没有人知道，那个孩子后来活下来了吗？最后被送到了哪里？乱世颠沛流离，那个孩子最终拥有的是怎么样的命运？

出院后的萧红，与萧军开始了贫穷却幸福的生活。那生活不是私奔，不是同居，而是实实在在的婚姻生活。萧红像一个普普通通的妻子一样，照顾萧军的饮食起居；萧军像大多数丈夫一样，外出工作挣钱养家。

1932年底，《国际协报》发起了一期有奖征文。没错，正是萧红被困旅馆时写信求救的那家报纸。在萧军的鼓励下，萧红提笔开始创作《王阿嫂的死》，并参加了这次征文。1933年，《王阿嫂的死》作为获奖作品顺利发表，萧红，开始在文坛上冒出了一个尖尖小角，同时，她也不再是那个困顿在旅馆，需要人搭救了无助女人了，而是一个才女了。萧红因此得到了一份记者的工作，她与萧军的家里，从此多了一份收入来源。

这是萧红第一次感受到，自己的文学造诣与成为一个作家的梦想，中间的路途原来并不遥远。

之后，夫妻二人合写了小说集《跋涉》，并在舒群的资助下得以出版，书上的署名为：三郎、悄吟合著。三郎是萧红深爱着的三郎，悄吟轻声吟唱，也只是为了三郎。光看当时这两个充满了爱意的署名，我们就能够知道他们有多么恩爱了。

后来，由于时局的变动，萧红与萧军不得已先后辗转青岛、上海。到了上海，在鲁迅先生的提携下，萧红与萧军，迅速成为上海新兴的文学明星，自此，他们捉襟见肘的窘迫生活，也终于有了改善。

能够共苦，无法同甘，大概是古今中外，大部分的夫妻都走不出去的魔咒。萧红与萧军亦然。在上海，随着生活的富裕与社交圈子的扩大，萧军渐渐迷失了。他一而再，再而三地陷入与别个女人的暧昧与纠缠中。不再记得当年那个被困在旅馆里的女人如何触动了他的心弦，不再记得曾经如何在心里暗暗发誓要给她最好的生活。

在哈尔滨与青岛的日子，虽然贫穷，但萧红在精神上是富足的。而到了上海，他们富裕了，萧红却陷入了极度的精神空虚之中。

他们也争吵，吵到最后，换来的却是萧军的暴力相向。

后来他们冷战，即便两个人去到鲁迅家里，也不和对方说上一句话。

“小小红军”的爱情，渐渐地变了质。

## 与鲁迅先生的忘年交

萧红与鲁迅先生的忘年交，曾是文坛的一段佳话。

他们相识的故事，本身就是一个传奇。认识的时候，萧红虽然发表和出版了几部作品，但在文学道路上，还只能说是初出茅庐；而那时的鲁迅早已是文学巨擘，地位原本与萧红就不可同日而语。

然而，他们却还是相识于纸上，相识于书信。

那时，萧红和萧军在青岛，萧红的《生死场》刚刚写完，萧军也写了《八月的乡村》。萧军在与荒岛书店的主人孙乐文闲谈时，得知鲁迅与上海内山书店的渊源颇深，孙乐文即在内山书店见过鲁迅。萧军于是抱着试一试的态度，给鲁迅先生写了一封信，寄到了内山书店。内容大抵是青年人的迷茫，自己和妻子均创作了一部作品希望得到先生的指点，诸如此类。

令萧军喜出望外的是，鲁迅先生迅速地给他复了信，并十分周到地建议萧军以挂号信的方式将书稿寄给他，以免遗失。于是，萧军将《生死场》与《八月的乡村》寄给了鲁迅。

1934年，青岛中共地下党组织遭到了破坏，萧红与萧军作为左翼作家，在青岛的处境堪忧，于是，在孙乐文的安排下，离开青岛，南下去了上海。

初到上海，在这个城市里，他们举目无亲，心情颓唐得像上海的梅雨天气。与鲁迅先生的通信，成了他们唯一的精神寄托与希望的曙光。

但彼时，鲁迅作为一个名人，尤其是以笔为刀的名人，行事自然要万分小心。于是，与二萧之间，一直以通信往来，却迟迟未能见面。

直到接近年底，鲁迅终于发出了见面的邀约，地点定在他们书信的通讯地：内山书店。第一次见到鲁迅，二人之前对这位大家的所有想象：高大的、严肃的、不苟言笑的……都被否定了，出现在他们面前的鲁迅先生，个头不高，面容和善，步态从容，没有丝毫的架子。他们的紧张情绪顿时一扫而光。

那天，他们聊天的气氛特别融洽，后来，鲁迅先生的夫人许广平带着海婴也来了。鲁迅深喜眼前这两个年轻人的无畏与纯朴，而萧红与萧军则被鲁迅先生的气质深深折服。许广平后来再回忆起这一次的见面，写道："阴霾的天空吹送着冷寂的歌调，在一个咖啡室里我们初次会着两个北方来的不甘做奴隶者。他们爽朗的话声把阴霾吹散了，生之执着，战斗，喜悦，时常写在脸面和音响中，是那么自然，随便，毫不费力，像用手轻轻拉开窗幔，接受可爱的阳光进来……"那一面，二萧与鲁迅一家结下了不解之缘，也让他们叩开了鲁迅家的大门：施高塔路大陆新村9号。从此，他们成了鲁迅家中的常客。

后来，萧军的名气越来越大，应酬越来越多，回家越来越晚，也渐渐地开始对萧红不忠，他去鲁迅家的次数也越来越少了。

萧红苦闷之极，去鲁迅家里的次数越来越多了。她常常去到鲁迅家里，一坐就是半天，也不说话，就独自发呆。

在上海，如果有一处地方，可以暂时让萧红忘记被深爱之人背叛的忧伤，这个地方一定是鲁迅先生的家里。

后来，萧红在朋友的建议下，东渡去了日本，想借游学的机会，治愈自己心灵的创伤。直到鲁迅去世才回国。

鲁迅先生三年祭上，萧红写了一篇《回忆鲁迅先生》，与这位恩师与朋友相处时的点滴愈快乐、愈美好，斯人已逝的悲怆就愈浓烈。

萧红生命的最后，是在战火纷飞的香港。她去世前，拿起笔，唯给这世间留下了两个字：鲁迅。

## 端木蕻良：爱情旅途的最后一站

与端木蕻良认识的时候，萧红与萧军的感情虽然已是千疮百孔，但夫妻的名分仍然勉强维持着。端木是二萧共同的朋友，深深敬佩夫妻二人的才华。起初，端木对萧红并未作他想，在与萧红的这段感情中，也完全是萧红处于主动与掌控的地位，所以，端木绝对不像后人评判的那样，插足了萧红与萧军的爱情。

二萧与端木相识于武汉。三个人都是东北老乡，在南国相识，自然有着无比的亲切感。再加上三个人都已经是步入文坛，且有一些文名的作家，除了回忆故乡的风物而外，还能聊聊文学。

与萧军的粗犷相比，端木生得秀气，高高瘦瘦、白白净净的，总是一副洋派打扮。说话也是温和的，从不见他对人生气。萧红对端木的印象不坏。

真正让萧红开始重视乃至重新审视她与端木的关系，并且思索二人结合的可能性的，是端木对萧红才华的由衷欣赏，他甚至直言不讳地说，萧红的小说比萧军写得好。

其实，虽然萧红与萧军之间始终没有直面这个问题，但两个人心里都明白，萧军对萧红的感情变化，除了用一句俗套到不能再俗套的话“男人有钱就变坏”解释而外，更深层次的心理原因，其实是忌妒。

是他将萧红带上文学道路的，可萧红作品的受欢迎程度，却远远超过了他；是他最先起意写信给鲁迅的，可鲁迅明显欣赏萧红的才华胜过欣赏自己的。

一向大男子主义惯了的萧军，对于妻子比自己有才华这件事情，是不服气的。

端木是唯一将这件事情大大方方地摆到台面上的人，即便这样说的时候，他也大半是真的那么想，而并不见得是因为对萧红存了男女之情而有意恭维。

萧红与萧军分分合合，牵牵绊绊，终于，1938年，他们在西安分手。这一次的分开，萧红再无留恋，头也不回地走向了端木蕻良。

端木从未有过婚史，萧红的感情经历却相当丰富。端木的母亲极力地反对，但那并不影响端木对萧红的珍重。大概是因为，他做梦也不会想到，自己有生之年，能够娶到萧红这样一位才华横溢的女人做妻子。

仿佛是历史重演一般，当年，萧红怀着汪恩甲的孩子跟了萧军，如今，她又怀着萧军的孩子嫁给了端木。

婚礼上，萧红简简单单地说了一番话，成为他们感情的最好注脚："掏肝剖肺地说，我和端木蕻良没有什么罗曼蒂克的恋爱历史。是我在决定同三郎永远分开的时候才发现了端木蕻良。我对端木蕻良没有什么过高的希求，我只想过正常的老百姓式的夫妻生活。没有争吵，没有打闹，没有不忠，没有讥笑，有的只是互相谅解、爱护、体贴。"

可端木并没有给萧红带去老百姓式的夫妻生活。端木也算是富家的公子哥出身，从小到大受惯的是家人的关怀与仆人的照顾，自然不懂得怎么样去照顾别人，尤其是萧红这种在感情上对别人拥有强烈依赖心理的人。萧红非但得不到照顾，还得为他操心。

那几年时局不稳，萧红拖着病体，与端木来回辗转，最后来到了香港。而就在这个过程中，端木有两次抛下萧红，使得萧红临终之际，终于有了所托非人的感慨，甚至将全部的感情与依赖，转移到十分仰慕萧红文才的骆宾基身上。

端木第一次抛下萧红，是在1938年，二人那时候结合不久。武汉遭遇大轰炸，他们想逃离武汉，无奈却只找到了一张船票。

不知是萧红一力主张，还是端木懦弱，不敢留在武汉，端木自己拿着那张船票先走了。那时的萧红，还挺着个大肚子。

另一次，是1941年，太平洋战争爆发后的第二天晚上，萧红由骆宾基护送至香港思濠大酒店，端木早已对骆宾基不辞而别了，倒是同萧红告过了别。至此，直至隔年（也就是1942年）1月21日萧红逝世，在一直陪在萧红身边直至她最终闭上眼睛的骆宾基看来：萧红并没有什么所谓的“终身伴侣”送她最后一程。

倒是萧红死后18年，端木才另行续娶。

而萧红，直到去世，都没有拥有过一段完满到足以让她安心闭上眼睛的爱情。

## 愿世间再无萧红

电影《黄金时代》上映后，除了电影的叙事手法遭到不少质疑而外，萧红这个人本身也被推到了风口浪尖。

有不少人又翻出萧红私奔、弃子、背夫的故事，指责她是个“婊子”，说心里话，如果完整了解过她一生的际遇，知道她不长的一辈子最缺的是什么，最想要的是什么，苦苦追寻的是什么，便再也无法说出这些“重话”了。

萧红从未得到过父母哪怕半分发自内心的爱，少年时代起便因叛逆而饱尝被世人甚至家人唾弃的滋味。

祖父张维祯给了萧红毫无保留的爱，这份爱支撑起了萧红的整个童年，乃至童年里的整个世界；可也恰恰是这份“唯一之爱”，对比着其他人之爱的缺失时，那份毫无保留与完整无私，才成为萧红生命中真正的“残缺”。

因了这份残缺，萧红以为，一个人的精神世界失去别人的支撑便无法成立；因了这份残缺，萧红从来不知道，精神世界的建构，就像盖房子一样。房子要平稳，要牢固，在打地基时，便决然不能孤注一掷。她愈是孤注一掷，她的世界愈加随时会崩坍，她愈是没有安全感，愈是变本加厉地去依赖别人——哪怕这个人仅仅是彼时、彼地恰巧出现在她身边，她愈是紧紧地抓住不放，别人只会想逃。这是一个死循环。

萧红终其一生都在寻找一个人，能够给她如祖父一般的爱。而她一旦认定这个人，便往往又对这个人怀抱着几近病态的依赖，对萧军如此，对鲁迅如此，对端木蕻良如此，对在她生命的最后一直陪着她、听她倾诉的骆宾基仍是如此。

而萧红自己，则把她在感情中的屡败屡战，归结为自己的性别使然。她曾说过：“女性的天空是低的，羽翼是稀薄的，而身边的累赘又是笨重的！而且多么讨厌呵，女性有着过多的自我牺牲精神。这不是勇敢，倒是怯懦，是在长期的无助的牺牲状态中养成的自甘牺牲的惰性。……不错，我要飞，但同时觉得……我会掉下来。”

在去世之前，她对陪伴在侧的骆宾基说：“只因为我是一个女人！”

萧红的悲剧命运，缘于她的家庭、她的际遇，更是缘于她的性格与处事方式。如果我们读了萧红的故事，了解到的不仅仅是一位伟大女作家的生平八卦，而是更加懂得了，一个女人应当如何以更好的方式爱自己、爱别人，并且最终收获一份甜蜜的爱情，过上幸福美满的生活，那么，这趟阅读之旅，才是不虚此行的。

而我，在追溯萧红疲惫不堪的、追寻爱情的一生之后，在这篇文章终于搁笔的深夜，最想说的一句话是：我仰慕萧红的才华，喜欢萧红的文字，可还是由衷地希望，愿世间再无萧红。

# 凌叔华：她的人生原本可以更好

在北京东城区东南部，闹市中隐着一条长半公里的胡同，整条胡同东起朝阳门南小街，西至东四南大街，北衔内务部街，南接东、西罗圈胡同，它就是北京胡同文化里标志性的存在：史家胡同。

史家胡同是北京城里尚存不多的既保留了明清时期就有的名称，也最大限度地保留着曾经一片盎然古意的胡同。漫步其中，许多老宅还在，灰灰的，旧旧的，都是时间侵蚀过的痕迹：灰色砖墙几经粉刷总还是掉皮掉得斑斑驳驳；旧四合院门口的成对石狮还残存着镇宅时的英武；大红门上隐约可见当年的祥云漆饰；铺地砖石几经修补勉勉强强处在一个水平线上；砌成台阶的长条石头碎了一半，仿佛见证了这个寂寞的旧宅子曾经的门庭热闹……

史家胡同的名气，可不仅仅是因为这里老北京的四合院保存得好，更重要的是，它之于北京，就像左岸之于巴黎，许多名人都与这里有着不解的渊源：章士钊、章士钊养女章含之、章含之女儿洪晃，祖孙三代都曾以史家胡同51号为家；32号院曾经的主人，是新中国成立前的北京城主、新中国成立后的首任水利部长傅作义……更重要的是，史家胡同24号院——现在已辟为“史家胡同博物馆”——早在十九世纪二三十年代，之中有一间书房，有“小姐的大书房”之称，日常往来的，都是其时文化界数一数二的人物：印度重量级诗人泰戈尔访华期间，曾在这间书房里挥毫作画；诗人徐志摩曾与书房的主人交好；胡适是书房的座中常客；在这里举行的画家沙龙中，齐白石、陈衡恪、陈半丁、王梦白等享誉世界的国画大家都是客人。“小姐的大书房”名震京城，甚至比林徽因的“太太的客厅”还要早上十年。

书房的主人、史家胡同24号院后花园的主人，便是民国才女凌叔华。

## 寻常巷陌，人道叔华曾住

凌叔华原名凌瑞棠，叔华是她的笔名。

1900年，凌叔华出生在一个妻妾成群的官宦人家，同时也是文化底蕴十分深厚的书香门第。

父亲凌福彭，原名凌福添，字仲桓，号润台，祖籍广东番禺。凌福彭于光绪十九年中举，光绪二十一年举进士，与康有为同榜，入翰林苑庶吉士（按：正式授官之前的短暂过渡衔位），后任清朝户部主事兼军机章京；光绪二十六年知天津府，以后辗转历任保定知府、天津道长芦盐运使、顺天府尹代理、直隶布政使。凌福彭是清朝旧臣里鲜有的，在清朝灭亡后不以遗老身份自怨自艾，而是审时度势、屈伸自如，坦然接受变化并在新政府里出任职位的官员。北洋政府成立后，凌福彭先后出任北洋政界约法会议议员、参政员参政。

凌福彭虽是取士制度濒于废除前几年科考出身，但文章瀚墨的功夫却没有丝毫含糊。他饱读诗书，一手好文章经天纬地、酣畅淋漓，读来直令人拍案叫好。他同时又工于词律，与友人小聚时，常常有诗词酬唱的风雅之举，小有赋闲时吟哦两首也完全不在话下。在诗书文章之外，凌福彭最大的喜好是画，因为交游甚广的关系，常常与当时的国画大师探讨绘画技法。

父亲在生活中，是不折不扣的封建旧人，一房一房地纳妾，母亲是第四房；一个一个地得子，凌叔华已是排行第十，因而被叫作“小十”。妻妾子女们的日常，无论单从人数上论，还是从钩心斗角的架势上论，都撑得起一部“宫斗”剧的阵容。

凌叔华在《古韵》里写：“自打爸当上直隶布政使，我家就搬进一所大宅院，说不清到底有多少个套院……我只记得独自溜出院子的小孩儿经常迷路。”文字里的大宅院，便是坐落于史家胡同的24号院。整座府邸包含了99间房，既有日常起居的地方，又有赋闲游赏的所在。亭榭楼台、雕梁画栋好不气派。多房太太，十几个少爷小姐，数不清的下人，不禁让人联想到《红楼梦》中的大观园。

## 不寻常的书画开蒙

凌叔华的母亲，原生的家庭不是名门。自从4岁被生父带出去走丢，颇有些传奇的际遇，简直就像是新派小说里的情节：她被辗转卖给了广州四大家族之一却无奈没有子嗣的潘家。虽然不是亲生，孀居的潘少奶奶待她却比亲生女儿更好。她十多岁便出落得亭亭玉立，不少高官富贾家的公子前来求亲，潘少奶奶却只尊重养女的意愿。凌福彭去潘家做客，对这个姑娘甚是心仪，情窦初开的姑娘呢，见眼前这位公子诗文、品貌皆好，也就芳心暗许了。凌福彭告别了潘家之后，很快就下了聘礼；潘家养女默许了这门亲事。可是，嫁过来之后，这个心高气傲的女人发现，凌福彭已经有了好几房太太，这个男人娶她之前许以她的两相厮守的美好未来，都是水中月镜中花而已。

反正都已经嫁过来了，那就好好过吧。“相夫”自有好多房太太，多她一个不多，少她一个不少，但还可以“教子”嘛，可一连生了四个女儿，在传统的观念里，没有为丈夫生下个男孩，就相当于没有帮他完成延续香火的任务，而对于她呢，最终连“教子”这点盼头也都打消了。

许是际遇所致，许是骨子里天生带着的，凌叔华的母亲虽是旧式女子，也是有度量与眼界的。在偌大的、喧闹的宅子里，凌叔华的母亲慢慢地失去了对丈夫的期许，也放弃了对自己的期待，变成了一个淡泊自甘的女人。凌叔华是四个女儿中的第三个，她的长相也并不像民国其他才女，如林徽因、陆小曼那样自小就是玲珑剔透，让人一眼看去就喜欢得不得了的那种类型。

这一对母女，一度深深地隐没在凌福彭的众多妻妾子女中，并没有多少存在感。

父亲真正对这个女儿青眼有加，缘于凌叔华幼时的一次涂鸦。

凌府有一座后花园，凌叔华常常跑到园子里玩。因为对绘画懵懵懂懂的喜欢，对色彩与线条强烈的敏感，凌叔华特别爱涂涂画画，甚至在园子里的白墙上拿黑炭涂画上一些，什么花啊、草啊、山啊、树啊、人啊……不一而足。

一日，父亲的一位朋友——这位朋友不是别人，正是工于山水画的大师王竹林。他路过后花园看到凌叔华在墙上的涂鸦，眼睛里突然放出光彩来。那时候凌叔华才6岁，但从她的“儿童戏作”里，已经能看出非凡的天分。

他问小丫头：“有老师教你吗？你几岁啦？排行第几呀？”

凌叔华一一作答之后，他带着她去找她的父亲。

起先，她默默地站在父亲的书房外，听得里面在说些什么。她忐忑不安，怕父亲责骂自己涂花了白墙，但旋即她的心又安了下来，因为她听到父亲在里面大笑起来。

然后她被叫了进去，父亲只是笑眯眯地说：“是你呀。”

大宅院里平凡小丫头的命运轨迹，从那时候起便彻底改写了。

当天，在父亲的书房里，父亲让“小十”对王竹林行了拜师礼。王竹林正式成为凌叔华在绘画上的启蒙老师。他对这个徒儿喜欢得不得了，在父亲身边，老师常常挂在嘴边的话便是："她绘画上很有天分……她以后会画得比你我都好……有朝一日必成大器。"

王竹林几乎将毕生对于绘画的体悟倾囊相授。后来，他要离开北平，生怕爱徒荒了专业，离开之前为她引荐了第二位绘画老师：当时著名的画家、慈禧太后极为宠爱的宫廷画师缪素筠。再后来，凌叔华还拜了郝漱玉为师，她的扇画尤其出名。凌叔华先后受教的这几位画家，均是有极高造诣的，经了他们的指点，凌叔华对构图、色彩、线条的驾驭能力已经融会贯通了。

民国的女人大都擅画，不过，她们的画，大都是出于爱好，或多为了风雅而自行习得的，即便拜过老师，也未成系统。像凌叔华这样，从启蒙阶段，就是奔着画家去的少之又少。因而，她的画，与仅凭一己爱好或一时头脑发热学来的画，功力与品格自然不可相提并论。

自古书画一家，且诗书与绘画往往可以相生相长。古今中外，举凡在绘画上取得较高成就的人，均有着极深厚的文学底子。没有文化底蕴的人，即便有一些画画的天赋，也会有着较低的成长天花板。凌父在帮女儿请了绘画老师的同时，也帮她请了教习诗文的老师。来头更加不小：一代文化大师辜鸿铭。辜老是清末民初博学的怪才，学贯中西：他精通九门外语，包括比较偏门的希腊语与早已式微的拉丁语，并致力于将中国传统文化经典如《论语》《中庸》《大学》等译作英文。经了辜老调教，凌叔华打下了坚实的国文和英语底子，同时又拥有了开阔的眼界。

从某种意义上说，凌叔华是幸运的，她的幸运源自于出身于衣食无忧的官宦家庭，而且作为大家长的父亲，并不是一个刚愎自用的守旧人物，日常往来相与的，也不像别的官场中人一样，都是唯官品与势力是举（比如萧红的父亲），他的朋友都是要么有思想要么有才华的人物。更重要的是，别人给的建议，只要有道理，他都会采纳。

凌叔华在她的书里写，父亲即便是在公堂上断案，也总是带着与平日里一样的温和文雅的笑，说话也是娓娓道来的，带着善意，“我希望你这次要从实招来”。罪犯往往就招了。正是有了如此通情达理的父亲的着力栽培，凌叔华小小年纪，便已经有了成为一个“名媛+才女”的所有条件。

## 小姐的大书房

6岁时候的涂鸦让凌叔华得到了父亲非同一般的用心栽培，也让她自此开始了“意外的受宠”：爸爸对“小十”比对其他的女儿都好。家里有重要人物来拜访时，原来能有资格与父亲一起陪客人吃饭的孩子只有凌福彭的长子——“小十”的大哥，后来，父亲也总是叫上她一起陪客人吃饭。当然，父亲最重要的目的，便是向来客“夸耀”自己的“画家”女儿。遇有父亲去拜访画家或者名画收藏家，也定会着人来叫上她。

家里的几房妈妈们，几家欢喜几家愁。愁的是自己生下的女儿怎么没有“小十”的才能，好得到老爷的垂怜，然后母以子贵，在父亲的众多女人里，多分得一点宠爱；欢喜的自然是“小十”的生母和特别喜欢“小十”的五妈了。

就这样，“小十”糊里糊涂地当上了“天才小画家”。

凌叔华的父亲将她的房间布置成了书房的样子，桌子面朝窗户，窗户外面是一株丁香。那张桌子，便是她常常作画的地方，而那间书房，便是后来名动京城的“小姐的大书房”。

1919年，凌叔华19岁，进入天津直隶第一女子师范学校，与邓颖超、许广平是校友。这时候，她文学创作方面的才华已经显露无遗了，经常在校报上发表文章。这两年里发表的文章总计有十几篇之多，已是学校里知名的才女了。在师范学校时，除了上课、读诗、习文之外，凌叔华花去最多时间与心力的，还是作画。彼时，她已经有十多年的画龄了。

1922年，凌叔华进入燕京大学。起初的大学生活，似乎与她在师范学校里没有什么两样，做着她自己喜欢的事情，画画、写作。并未曾希冀有朝一日，像6岁时那样的幸运际遇会再次砸中她。也对，老天已经眷顾她太多了。

转眼到了1924年，凌叔华的才气已在燕京大学传开了，那年1月，她在《晨报》副刊上，以笔名“瑞唐”发表了短篇小说处女作《女儿身世太凄凉》，随后，她的创作热情更加高涨，接连创作了很多脍炙人口的小说，如《资本家之圣诞》等。这本倒没有什么，重要的是，那一年的泰戈尔访华，成为她命运的又一个转折点：她的“小姐的大书房”名动京城，凌叔华由一个学校里负有才名的女学生，一跃成为北京文化界举足轻重的人物，跻身到胡适、徐志摩等一干名流组成的文化圈子中。同时，也将她与一个男人的命运紧紧地绑在了一起，这个男人就是后来成为她丈夫的北京大学外文系教授陈西滢。

泰戈尔访华，是1924年北平乃至整个中国文化界的盛事。有一张广为流传的照片，是林徽因、徐志摩与泰戈尔的合影，大家也都知道他俩担任泰戈尔访华期间的随行翻译，但凌叔华与泰戈尔的一段渊源，却鲜少有人过问。殊不知，泰戈尔与北京文化名流聚会时，却是在凌叔华的书房里。

那原本也是一场凌叔华见惯了的也经惯了的画家聚会，齐白石、陈衡恪本就是凌父的老友，因为着力培养女儿学画，凌叔华自然也与这些画家们颇为熟稔。那时，齐、陈等人牵头组了个北京画会，会员们偶尔小聚，内容无非是切磋画技、分享各人新近创作的得意作品、或新近认识了几位颇有才华的画家介绍给大家认识。

泰戈尔访华期间，随行人员中有一位印度画家，名叫兰达·波士。泰戈尔一行人访问燕京大学时，凌叔华向兰达·波士发出了参加北京画会会议的邀请，兰达·波士不仅欣然同意，还与泰戈尔、胡适、徐志摩、陈西滢、林徽因一同前来。

到底是底蕴深厚的书香世家，泰戈尔也参加的那场著名画会，凌家的招待十分周到且有格调。凌叔华的母亲在如何招待这件事情上，颇花了一些心思：紫藤花饼玲珑小巧，是在京城有名的糕点铺子里订做的；杏仁茶是自家小磨里一点一点精心磨制的，再配上匠心打造的茶具，众人以吃茶点代替吃饭，相谈甚欢……与画会的主题特别应景。几十年之后，那场画会中的当事人，提起那天凌家的点心依然赞不绝口。

凌叔华二十出头的年纪，多年来因了才女、画家之名，算是受尽了万千的宠爱。她鲁莽而天真地问泰戈尔："今天是画会，敢问你会画吗？"

众人心下思忖，如此鲁莽相问，大诗人不会恼吗？

果然是大家风范，泰戈尔也不辩解，当场就着凌叔华书房里的笔墨，在檀香木片上，画了亭亭莲叶与慈悲佛像。

对于凌叔华的那一问，泰戈尔非但不恼，反而对凌叔华的风采尤其赞赏，称她比林徽因有过之而无不及。经了这一场画会，再加上泰戈尔的称赏，凌叔华正式进入了京城文化界名流的圈子。凌叔华作为真正画家的人生还未开始，便要迎来一个同样让人艳羡的身份：作家。

## 初嫁

泰戈尔的中国行，不仅让凌叔华进入了文学界，更是让她走进了一个人的心里，那个人就是陈西滢。陈西滢本名陈源，西滢是他的笔名。16岁去英国留学，历经10年深造，归国后也才不过26岁，便应胡适之邀，在北京大学任教。

画会结束后，凌叔华的冰雪聪明深深地落在了两个人的眼里，一个是徐志摩，一个是陈西滢。之后，凌叔华便与两位风格不同的大才子分别以书信建立了往来。

徐志摩是热烈的性子，给凌叔华的信一封接着一封，凌叔华也回。但大都是徐志摩倾诉，凌叔华倾听。那时候，徐志摩还在苦苦追求林徽因，而林徽因早已与梁思成确立了恋爱关系，所以，徐志摩便毫无保留地将一腔苦闷倾诉给了凌叔华。而陈西滢呢，英国十年，内敛、含蓄、沉稳的绅士做派早已融汇到了他的骨血里。他也给凌叔华写信，信里多探讨的是文学、艺术与创作。

陈西滢虽然在后来与鲁迅的骂战中处于下风，而被普遍放置在文坛上一个有争议的位置上。但抛去他与鲁迅先生的那段恩怨不论，陈西滢本人事实上是十分有才华的：在北京大学任教期间，也与徐志摩共同主导着“新月派”的诗文创作，算是新文学的扛鼎人物；他同时还是《现代评论》的主笔，为文立意高远，风格潇洒。他的作品更多的是评论性的文字，比起一般作家直抒胸臆的散文与诗的创作，评论文字对作者的文化底蕴与欣赏能力要求更高。陈西滢本就是文化名人，平时相与的，也都是胡适、徐志摩等，要么是学者、要么是才子的人物，于是经常把大家约在一起小聚，举办个沙龙或者诗文会什么的。

自古文人不止相轻，还惺惺相惜。凌叔华与陈西滢相熟不久之后，便确立了恋爱关系。当然，起初，他们也约法三章，暂时不向外界公布两人的关系。毕竟，凌叔华还是学生，还是应当以学业为重。再者，师生之间谈恋爱传出去总归不好。自然，他们二人约会见面也往往是在朋友们都在的场合。

那时候唯一知道他们两人恋爱关系的，是胡适。读民国女人散落于各处的八卦故事，总是能看到胡适的身影，他是个有点可爱的“和事老”，比如张爱玲与胡适保持通信多年，探讨文学与写作。她流寓美国初期郁郁不得志时，曾和好朋友一起去拜访过胡适，胡适甚至多多少少给初期落魄的张爱玲一些帮衬。再比如，还有传闻说他和陆小曼亦有一段暧昧不明的关系，为了徐志摩与陆小曼能够顺利结婚，还充当中间人各处做工作：劝徐志摩的父亲接受陆小曼做儿媳妇，劝陆小曼的母亲不要再对徐志摩抱着敌意。所以，胡适在凌叔华与陈西滢的“地下恋情”还不想曝光之前，帮他们做些在中间传个话、捎个礼物之类的事情，也算是成人之美。

为此，凌叔华在写信告诉胡适他们两人婚讯时，还特意向胡适道谢：“在这麻木污恶的环境中，有一事还是告慰，想通伯（陈西滢，字通伯）已经向你说了吧？这是我们两年来第一桩心事现在已经结论，当然算是最值得告诉朋友的事，适之，我们该好好谢谢你才是。”

1926年6月，凌叔华自燕京大学毕业，一个月之后，就嫁给了陈西滢。婚礼办得十分简单，但却是让两位新人的亲人、朋友都十分开心的事情。凌叔华的父亲虽是科举出身，但思想极为开明，并未对这个留洋归来、年纪轻轻未免清贫的年轻人有过多的刁难，也看好他前途一片大好。出于高兴，也想帮衬着点爱女婚后的生活，便把凌府后花园——位于史家胡同的那一座院子，包含了28间屋子，也算是豪宅了——给女儿做了陪嫁。

如果说结婚前的凌叔华与陈西滢算是精神之交，那么，婚后就得结结实实地在一起过日子了。倒是没怎么为柴米油盐操过心，但夫妻之间的相处，有一点令人奇怪。

“琴瑟和谐”“红袖添香”这样的词，并没有发生在这对因为共同的兴趣与理想而结合的夫妻身上。甚至，凌叔华与丈夫之间在写作上，是相互保密的。凌叔华最大的顾虑，是每每写好一篇，总是被陈西滢泼冷水，可能陈西滢也负气，写好文章也不给妻子看。都是发表了，印成铅字了，板上钉钉了，才拿给对方看。

凌叔华是被夸赞着长大的，不管是绘画还是写作。她从小到大听到最多的话，是“我们的大画家”“画得真好”“才女”诸如此类，想来，心气儿是十分高的，不然不会到了后来，自己回忆起对泰戈尔的那次鲁莽之举时也自责太目中无人。

陈西滢呢，向来就是以写评论性的文字见长。评论家看艺术品，往往是立体的，全面的。“事物只有一样好处，那么它处处便是好的”这样的逻辑，一般是诗人的眼光，是徐志摩的眼光，而不是评论家的眼光，不是陈西滢的眼光。不但不会只见着它的好，也会明确指出哪里有欠缺，这是评论文章的指导意义所在。凌叔华的《花之寺》出版，陈西滢以编定者身份写了一篇前言，里面就说：“在《酒后》之前，作者也曾写过好几篇小说。我觉得它们的文字技术还没有怎样精练，作者也是这样的意思，所以没有收集进来。”凌叔华真的从心底接受陈西滢对她创作上的指摘吗？那倒未必。因而，夫妻两个人先是在创作上相互设防，慢慢地，这种设防便扩大到了感情生活中。

虽然婚后前几年，并没有传出两个人感情不和的传闻，但凌叔华与丈夫的感情，就在这文学创作上的相互防备中，慢慢地变了质。

## 珞珈山情变

1929年，陈西滢赴武汉大学，出任教授，同时兼任文学院院长、外国文学系主任。凌叔华自然也跟着丈夫一同去了武汉大学。夫妻的新巢，在武汉大学所在的珞珈山。

陈西滢一身兼任多职，凌叔华做起了全职院长太太。她的全职太太，可并非现代意义上的每天除了做家务、照顾丈夫生活起居而外，对其余事情一概不闻不问的那种。凌叔华的日常，还有三个更加重要的事情，那就是：读书、写作、绘画。

南国的武汉对于生长在北平的凌叔华来说，算是完全陌生的。即便是有自己的爱好可以自娱，但没有工作、没有朋友的日子，也着实冷清了些。好在袁昌英与苏雪林来了，她们都是接受了新式的教育，也都颇有些才华，凌叔华与她们几乎可以说是一见如故，常常在一起谈诗论文说画，好不惬意。三个人的交往传开了后，还被安上了个雅号："珞珈三杰"。

如果说袁昌英与苏雪林的到来，对于凌叔华的寂寞算是小有纾解，那么，年轻的诗人朱利安·贝尔的到来，则完全将凌叔华寂寞的心填满了。

朱利安·贝尔受陈西滢之邀来到武汉大学任教的时候，才27

岁，那时候，凌叔华35岁，她与陈西滢的女儿也已经出生了。凌叔华年长他八岁。

朱利安虽然年轻，但自己本身就是出身于文化名门：他的母亲是画家瓦奈萨·贝尔，姨妈则是大名鼎鼎的女作家：弗吉尼亚·伍尔芙，他自己本人同时也很有才华，不然陈西滢也不会力邀他漂洋过海来到中国，来到武大教授西方文学。

陈西滢做梦也没有想到，自己本意是邀请一位老师，却为自己邀来了一位情敌。

说起来，这位二十多岁的小伙子，与徐志摩还有点像。

一直以来，他都保持着与身在英国的母亲通信的习惯，起初，他谈中国的文化，谈武汉的风土人情，谈武大的见闻，慢慢地，信的内容开始变了，谈他如何遇到了一位美若天仙的女子，他对她如何迷恋。后来，他信的内容更进了一步，他们终于冲破了舆论、伦理的束缚，跨越了最后一道界线……

朱利安的家庭十分开放，对伍尔芙的感情经历有所了解了，就大概能想见，这个家族也许对性本就持着非常开放的态度的。所以，朱利安坦诚地将自己与凌叔华的恋爱过程都告诉了母亲。也是因此，在朱利安看来，爱、性、婚姻并非完全画等号的。他并未有将与凌叔华的关系再推进一步的打算。

这段婚外情，凌叔华陷得更深。她对那个才华横溢却捉摸不定的年轻人，可不是逢场作戏，单纯让他来填补精神的空虚，而是希望他能给她一段稳定的关系与可期的未来。

凌叔华带着朱利安远赴北京，想着过几天没有人打扰的二人世界。明明是想遮人耳目，但到了北京，他们却并不避见熟人，相反，为了取悦这位年轻的情人，凌叔华带着朱利安拜访了好多知己旧交，这些人也都是当时的文化名人。他们的地下恋情也因此无可避免地曝了光。

陈西滢几乎是最后一个知道这件事情的。他给妻子的选择是：他俩要么离婚；要么分居；要么，她就得与朱利安一刀两断。凌叔华选择与朱利安一刀两断。

但这个异域的小伙子对凌叔华有着致命的吸引力，他们几番幽会，几番被陈西滢得知。

丈夫心力交瘁，却说不出“离婚”二字；妻子舍不下情人，却也愿意对丈夫撒谎，去维系着这段婚姻。

而这段不伦之恋，最终以朱利安远赴西班牙参加内战死于战场告终。

时过境迁之后，朱利安的母亲在儿子去世后，想将儿子曾经写给自己的那些信发表，信里，自然包括了他与凌叔华从相遇、相知到相恋的全部细节。凌叔华不好阻止，但要求将书中的自己以“K”代替。

陈西滢晚年，他的女儿才从一本书里得知母亲与朱利安的一段情事，她问父亲：“那当年为什么不与妈妈离婚？”陈西滢先是说：“那时候的女子离婚是一件很难堪的事情。”后来又说，“你母亲啊，是有才华的……”只说到这里，便再也说不下去了。

在与朱利安相恋时，凌叔华总说，嫁给陈西滢，不是出于爱。在爱情中，凌叔华到底也是有一些自私的，大抵是那时候不爱了，所以连最初的爱也不愿意承认了吧？不然，当初写给胡适的信，为什么会有那段情真意切的感谢的话呢？

## 蓝颜知己徐志摩的百宝箱

徐志摩是个诗人，表面上文质彬彬，内心却狂野难驯。那时候，他因了林徽因的一句话而与原配张幼仪离了婚。待他逸兴遄飞地来到北京，想开始正式向林徽因表达追求她的决心时，才知道她已与梁思成订下了婚约。

虽然在接待泰戈尔时，林徽因与徐志摩双双在侧，但两人的心境早已不是不久前同在英国康桥时的了。林徽因的心早已放在自己的“未婚夫”梁思成的身上了，徐志摩却迟迟无法放下林徽因，自然十分苦闷。

谁能理解一个大男人为情所困时的情状呢？尤其是在风翻云涌的时局里，与徐志摩一般年纪的男人，都要么想着经世致用，要么想着救国醒民，唯有徐志摩，眼里就只有林徽因一个。在无数次锥心之痛无法排遣的时候，凌叔华成了他的救命稻草。

当然，徐志摩确实也是打心底里欣赏凌叔华。何以见得呢？

徐志摩有一位非常喜欢的外国女作家叫曼殊菲尔，他喜欢曼殊菲尔的样貌。看徐志摩对曼殊菲尔的描摹刻度，直直让人想到曹植的《洛神赋》：“眉目口鼻子清之秀之明净，我其实不能传神于万一；……我看了曼殊菲尔像印度最纯彻的碧玉似的容貌，受着她充满了电流的凝视，感着她最和软的春风似的神态，所得的总量我只能称之为一整个的美感。她仿佛是个透明体。……”

他更喜欢她的品格，说她“像夏夜榆林中的鹃鸟，呕出缕缕的心血制成无双的情曲，即便唱到血枯音嘶，也不忘她的责任是牺牲自己有限的精力，替自然界多增几分的美，给苦闷的人间几分艺术化精神的安慰。”

若要在中国找一位在徐志摩心目中堪与曼殊菲尔齐肩的女子，那无疑就是凌叔华了。徐志摩称凌叔华是“中国的曼殊菲尔”。

于是，他十分频繁地向她写信，向她吐露心声，向她讲述他在每段感情里的心路历程……

在凌叔华嫁给陈西滢之前，那段密集通信的日子，徐志摩写给她的信大约有七八十封。我们无法尽数得知这些信的内容都有什么，但依了诗人热情、奔放的性子，即便没到情书的程度，信里的内容也会让一个情窦初开的女孩子脸红心跳吧？

凌叔华对徐志摩大概是动过心的，不然，何以后来她的那位外国情人朱利安身上，总是有徐志摩的影子？何以他的性格、行径，总是让人联想到徐志摩？只是，这个拥有满腹诗华、高蹈才气、儒雅样貌的男人，唯独缺少了一样东西，那就是作为男人的责任感。

他为了林徽因而对张幼仪的种种无情之举凌叔华也有耳闻：张幼仪大着肚子在英国陪伴他时，他却提出与她离婚。张幼仪问那孩子怎么办？他回答说打掉。张幼仪说堕胎有可能会有生命危险。徐志摩说坐火车还会死人呢，难道就不坐火车了？他回国后，在找林徽因之前，为了向爱人表忠心，在报纸上公开发表离婚申明，全然不顾那样的行为会对张幼仪造成怎样的伤害。

在凌叔华看来，徐志摩对待爱情的那种飞蛾扑火般的热情，只适合热恋一场，却无法相守一生。果然，后来徐志摩又与陆小曼打得火热。于是，她选择了陈西滢。

凌叔华嫁做人妇后不久，徐志摩也冒天下之大不韪，娶了陆小曼。

凌叔华与徐志摩二人，从此成了真正的知己。徐志摩有记日记的习惯，访欧之前，将一个装了日记、手稿的箱子交给凌叔华保管。此后，两人际遇不同，始终没有遇上，箱子里面锁的还有“不宜给小曼看”的内容，大抵是他在康桥与林徽因相恋时的日记，徐志摩一直没有拿回箱子。

徐志摩飞机失事后，他的朋友们悲痛不已，想通过为他写作传记来表达思念之情，就想起凌叔华那里保存着的箱子，都是徐志摩亲笔写的，是研究他最好的资料。林徽因呢，作为徐志摩曾经热烈牵挂着的恋人，特别想要他在英国期间关于他们二人相恋时的日记。

在这件事情上，不知凌叔华是站在怎样的立场上的，迟迟不愿意把百宝箱交出来。林徽因几番去她家索要，胡适之几番写信催要，最后，她终于分几次将箱子里的内容拿出来了，在康桥时的日记，却依然缺了四页。

这就是民国文化史上有名的“百宝箱”事件。

凌叔华因这件事情，与林徽因甚是不和。原本她与胡适也是多年的交情了，但见到胡适在百宝箱的事情上偏向于林徽因，也与他生了嫌隙。

“文革”期间，散落各处的百宝箱中的手稿大部分被毁，百宝箱事件中的谁是谁非也成了一段无头公案。

这之后，凌叔华慢慢地淡出了原来与徐志摩、胡适、林徽因一同在的那个圈子。

## 世间了无春痕

1947年，凌叔华远赴欧洲，与先她一年去了欧洲的陈西滢团聚，从此定居国外。为了缓解丈夫养家的压力，她在照顾家庭之余开始卖文鬻画，但再也没有创作出让人惊艳的作品了。

有人说，因了王赓娶走陆小曼，民国少了一位外交家，而多了一位“茶花女”；对于凌叔华来说何尝不是如此？几次三番陷于情感纠葛，民国少了一位顶级画家与小说巨匠，而多了一些名媛的情感花边。

许是由于年轻时在感情上未循规蹈矩，待心境转平之后，尤其是晚年，她把自己封闭起来，极少参与社交，也不怎么与旧友联络。只是1989年，去世前，远在国外、已近九十高龄的她，央求晚辈们将她送回了北平，送回了史家胡同24号院，送回了她的后花园。在那里，凌叔华安详地闭上了眼睛。

“生于豪门，才气夺人，早负盛名；情无定性，才未尽用，庸常晚景。”大概是凌叔华一生最好的写照了。

凌叔华去世后，家人在整理她的房间时，发现她所有带有个人印记的遗物，包括书信、日记，都已被处理掉了。离世前，凌叔华几乎抹掉了她所有留在世上的痕迹。也许对她自己来说，她这一生，不愿意回首的时刻，远远多于想要被记住的时刻吧。也许是，晚年居于国外的她，发觉自己其实原本可以将一生经营得更好。

# 张充和：人间装点自由他

记得当年看《金陵十三钗》，有一个场景我觉得很美：十三位丽人一字儿排开，冲着荧幕款款走来。那场戏，导演用的是慢镜头，配了背景音乐。

多年以后，我在以一枝拙笔写民国女人。记忆里早已沉了底的那幅画面，慢慢地浮了上来，觉得与她们很配：头戴孔雀翎簪花、身穿系纱洋裙的，是吕碧城；穿织锦缎丝旗袍、耳间结缀两粒黑色珍珠的，是张爱玲；盘起的发间结黑色缎带的，是陆小曼；剪着齐耳短发、戴圆顶礼帽、颊上时有时无会出现一对酒窝的，是林徽因……她们穿过旧时月色走来，莫名让人惊动。

却唯独缺了一个人，因她只固执地活在自己的世界里，像是从画轴上走下来的古代仕女，与其他追赶着时代前来的女子总是格格不入。她是古寺里青灯下参出的禅意，是踏雪寻芳人虽已杳远却留下的一串分明足印，是山水画里饱满墨色之外恰到好处的留白。

她就是被誉为“民国最后一位才女”的张充和。

## 合肥四姐妹

要讲张充和，必得先自合肥张家说起，先自“合肥四姐妹”说起。

二十世纪初，在合肥肥西县周公山下，有一处山环水绕的庄园，园主姓张，叫张武龄。张武龄因祖上门庭显赫而居守良田万顷，他本人却从不醉心于功名，只愿意做一介布衣文人。

张武龄生于1889年，正当大清危亡前最后的回光返照；卒于1938年，已是“中华民国”二十七年，是横跨了新旧两个时代的人。少幼时代的私塾开蒙、一生不弃读书不辍为文，成就了张武龄的大才：他是闻名乡里的饱学之士，文章作得好，诗词格调高古，书法绘画一流，尤其喜欢昆曲。而在近现代思潮的感召之下，张武龄把自己那个带着古气的名字改成了冀牖（也叫张吉友），并且动了兴办教育的念头。于是，他于1918年携全家由合肥辗转经上海迁居到了苏州，并在那里先后创办了乐益女子中学与平林中学。

张冀牖兴办女子教育，同时广结名流，一时成为苏州的佳话。但要说起他一生最大的成就，还是培养了四位才华横溢、品貌一流的女儿。

本篇的主角，张充和，是张冀牖的第四个女儿。张充和还有三位姐姐：大姐张元和，二姐张允和，三姐张兆和。四位姐妹的名字里，都带“儿”字，像两条腿，因为女儿终究都会嫁人。有意思的是，张冀牖还有六个儿子：宗和、寅和、定和、宇和、寰和、宁和，名字里都带了“宀”，取“宗”或“家”之意，因为儿子最后都会在家里延续宗祠。当然，这些寓意，仅仅是张冀牖作为一个文化人，在取名字时的巧思，他对女儿们的爱却是丝毫不打折扣的。

大女儿张元和，于1907年出生于安徽合肥，十多岁的年纪，随着父亲迁居到了苏州。母亲爱听戏，常常带她去戏园子。父亲更甚，专门请来当时著名的职业昆班全福班里的乾旦（按：在戏剧表演中以男性出演女性角色）尤彩云，指点女儿们水磨声腔与表演身段。从此，昆曲成为张元和在学习之余最大的爱好。

不仅如此，昆曲还成了张元和姻缘的牵线人。那是1929年，张元和还在上大学，听了一堂童伯章教授讲的《拾画叫画》，那出戏出自昆曲名剧《牡丹亭》，讲的是书生柳梦梅在梅花庵太湖石底，拣到杜丽娘生前为自己画的一幅小像，惊为天人。于是，他对着画像时而拜，时而唤，仿佛眼前的不是一幅画，而是一位活生生的美人。是整整一出小生的独角戏，要呆，要痴，还要深情。《拾画叫画》是《牡丹亭》里除了《游园惊梦》而外最著名的一场戏了，早在两年前，也就是1927年，有交际圈“南唐北陆”之称的唐瑛与陆小曼，便在上海中央大戏院合演了一出《拾画叫画》，成为当年上海滩的娱乐头条之一。

张元和与妹妹，以及其他一同听了章教授讲的《拾画叫画》

的昆曲迷们，特别想看看这一出戏本搬演到舞台上是什么样的。

恰逢上海大戏院里在演《牡丹亭》，演柳梦梅的叫顾传玠。可惜那天没演足本，更可惜的是，那场表演止于《冥判》，《拾画叫画》正是它的下一出。于是，张元和与妹妹，还有同学们，便给顾传玠写了一封信，请求他表演一场《拾画叫画》。那时候的顾传玠，已经是昆剧传习所最著名的小生之一了，女学生们莽撞写信，并未指望会有回复。可顾传玠竟然同意了她们的请求，并真的专门为她们唱了《拾画叫画》。自那以后，张元和与顾传玠慢慢熟稔，最后，张元和嫁给了他，并一生相守。

二女儿张允和。比之姐姐对于昆曲的热爱，她更喜欢历史，在语言文字上的造诣也更深。张允和自上海光华大学历史系毕业后，曾经当过历史教师、人民教育出版社历史教材编辑，后来赋闲在家，晚年专心著述，出版了《最后的闺秀》与《昆曲日记》。她的丈夫周有光，是我国著名的语言学家，因为主持制定《汉语拼音正词法基本规则》而在汉语现代化里做出杰出贡献，被誉为“汉语拼音之父”。

张允和的为人，远没有她的简历来得那么枯燥。相反，她十分灵动跳脱，是个急性子。她最为人津津乐道的两件事情：一个是在大姐张元和的感情故事中，一个是在三妹张兆和的感情故事中。大姐与小生顾传玠恋爱后，对他们感情的未来十分迷茫，因为当时的伶人即便再红、再受欢迎，社会地位毕竟不高，而张元和身出名门，两个人之间的地位相差太过悬殊。张元和对这段感情何去何从毫无把握。张允和知道后，便告诉姐姐：“此人是不是一介之玉？如是，嫁他！”张元和这才义无反顾地嫁给了顾传玠。三妹张兆和未与沈从文订下婚约的时候，沈从文写一封信给张允和，请她代他向她们的父亲求亲。信的最后，沈从文说：“如爸爸同意，就早点让我知道，让我这个乡下人喝杯甜酒吧。”张允和在得到了她父亲的允诺时，要向未来的妹夫报喜，急性子的她就打了一个字：允。张兆和生怕沈从文看不懂，又去了一封电报道：“乡下人喝杯甜酒吧。”所以，张允和以一“允”字定沈从文与张兆和终身的美谈，就这么传开来了。

三女儿张兆和，便是著名作家沈从文的妻子。那时候，沈从文是吴淞中国公学的老师，张兆和是他的学生。沈从文对张兆和开展的是死缠烂打式的追求，给张兆和写了一封又一封的情书，从未间断。对于文人来说，爱情从来都是最好的灵感，我们耳熟能详的那一句：“我一辈子走过许多地方的路，行过许多地方的桥，看过许多次数的云，喝过许多种类的酒，却只爱过一个正当最好年龄的人”，便出自沈从文给张兆和的情书。张兆和那时候是校花级别的人物，身边的追求者实在是太多了，并没有相中沈从文。为此，沈从文还到时任中国公学校长的胡适那里，一把鼻涕一把眼泪地诉说自己追不到心爱女子的大不幸。深谙民国故事的人一定知道，胡适是屡屡出现在民国女人故事里的和事老与月老，他边安慰沈从文，边说要帮他一把。

后来，终于忍受不了沈从文骚扰的张兆和，又去校长胡适那里告沈从文的状了，谁想到，堂堂一校之长竟然不帮一个被情书困扰的女学生，还对她说：“我知道沈从文顽固地爱你！”当然，最终，沈从文还是凭着他不到黄河心不死的毅力，击败了许多的“竞争者”，追到了张兆和。沈从文苦恋张兆和的那段故事，便也由悲情而变成逸事一桩了。

张家四姐妹，个个兰心蕙质，也个个觅得佳偶，以“合肥四姐妹”而为世人所称道。

重要的是，她们都与年少时择定的伴侣携手终老，一生再无其他情事与绯闻。这在思想空前开放、恋爱主张空前通达的那个时代，简直是不可思议的。是她们有才吗？与丈夫陈西滢纠葛半生的凌叔华才气并不差。是她们美貌吗？与郁达夫夫妻反目相互视为寇仇的王映霞，美貌比之任何一位民国女人都不逊色。想来想去，也许，女人要寻得相携终老相伴一生的幸福，其实是需要大智慧的。四姐妹的大智慧在哪里呢？大抵如下：有识人之明，有慈悲之心，有容人雅量，有格物精神。

## 她活在自己的时代

张充和生于1914年，是四姐妹中唯一没有跟随父亲搬去苏州，而留在合肥的。因为她被过继给了二房的奶奶（也就是她的叔祖母）当孙女，所以，他们全家搬离的时候，年仅4岁的张充和没有同行。

那一次的搬迁，将张充和与三位姐姐们隔在了两个时代。姐姐们去的时代，是全新的、摩登的、扑面而来的；张充和留下的那个时代，则是慢悠悠的、古色古香的。多年以后，张充和走出了合肥，去了苏州、去了北平、去了西南，甚至去了国外，但终其一生，她的心都还停留在那个时代里，并且甘之如饴。

张充和的父母，先是生了四个女儿，然后才生了六个儿子，张充和之前，母亲已经接连生了三个女儿。在那个年代，没有生下一个儿子，妻子就算是没有为丈夫及婆家尽责。所以，当张充和出生的时候，母亲是极为失望的。当时，母亲的奶水又不足，张充和常常饿得哇哇大哭，叔祖母来家做客，听到小孩子的哭声，十分怜惜，便提出了收养张充和。

养祖母对张充和的疼爱、在她的教育上所付出的心力，丝毫不比她远在苏州的父母给姐姐们的少。她是清末重臣李鸿章的侄女，学养与见识都好，不仅亲自为张充和开蒙，还请来了书画艺术大家吴昌硕的得意门生——考古学家朱谟钦担任她的私塾老师。

朱先生教她古文，是从断句开始。第一次断的是《史记》“十二本纪”之六：《项羽本纪》。他教她书法，是从临《颜勤礼碑》开始。《颜勤礼碑》是我国古代书法大家颜真卿晚年书法技艺臻于纯熟时期的上乘之作，张充和自少年时临起，直到晚年仍时时练习。远承自颜体，几经书法老师提点，张充和的小楷结体端肃疏阔，骨力秀劲蕴藉，被誉为“当代小楷第一人”。

宋代学者严羽在《沧浪诗话》里“辨诗”，主张“入门须正，立志须高”，祖母与朱先生有意地，让张充和在做学问的初始便入了正门。

养祖母家里有丰富的藏书，张充和凭着兴趣取阅，小小年纪，《诗经》《左传》《史记》《汉书》她早已看熟了，昆曲名剧《西厢记》《牡丹亭》《桃花扇》《长生殿》等的戏文，也早已深深地印在了她的脑海里。淮南之地，戏曲文化底蕴不比苏杭，张充和基本没有与昆曲接触的机会，并不知道昆曲台本被搬演到了舞台上，到底是怎样一幅唯美的光景。她也并不知道，她翻看的那些戏文竟是可以唱的，只是单纯觉得，那些句子好美啊："如花美眷，似水流年，似这般都付与了断井颓垣""莫过乌衣巷，是别姓人家新画梁""砧声又报一年秋。江水去悠悠。"她常常会不自觉地在心底吟诵起来。

多年以后，她回到苏州父亲身边，在父亲与三位姐姐的带领下，第一次看到真正的昆曲表演，却觉得似曾相识。每一句唱词，每一句念白，都是她曾经在祖母的书房里翻看过、反复吟咏过，且因为实在太喜欢而早已熟记于心的。也是因此，张充和接触到昆曲表演，比几位姐姐都要晚上十几年，但她日后在昆曲方面的造诣却比三位姐姐都高。

开蒙教育而外，祖孙两代的天伦之乐，让她有着丰盛的情感与健康的人格。养祖母疼她，以自己的手杖替她量身高，发现她喜欢拣拾院子里掉落的梧桐籽，便让佣人拾来炒熟了给她吃，都是些琐细平常的、但却以"爱"贯穿起来的温暖细节，以至于张充和年幼的时候，总以为自己是祖母生的，也以为天下的孩子都和她一样，是祖母生的。

张充和与养祖母，一老一少，一个是饱历人间沧桑后的返璞归真，一个是因为不谙世事自然天成的懵懂天真。祖孙二人相互陪伴，十余年的光阴一闪而过。

1930年，养祖母去世了，张充和又回到了父亲与姐姐们中间。但十几年来，在合肥旧宅里，接受的那些最纯然的传统文化教育，牢牢地铸就了张充和的精神框架。

她极喜静。与三位在苏州城里长大，活泼、新潮、浑身上下充满灵气的姐姐相比，她随时都是安静的。她不爱扎堆，在学校里，不像别的女学生总要有几个要好的女生，下课、放学总粘在一起；在苏州家里的时候，常常一个人看书、练字。在戏曲文化氛围十分浓厚的苏州，在个个都是昆曲迷的张家，张充和也深深地迷恋上了昆曲，便常常一个人吊嗓，一个人练习。当时，女学校里学习昆曲的风气特别浓烈，女孩子们组成社团，常常一起排演剧目，张充和从不入社，也不与大家排演，但偶尔登台一回，唱腔之婉转、身段之柔美、表演之确当，每每让大家惊叹。

张充和恋旧，从来不喜欢赶时髦。她想做个古代人，喜欢穿旗袍，喜欢画国画，喜欢收集古墨、印章、文物，常常怀念少时在合肥旧宅里与祖母相处的时光。晚年的时候，更加珍惜与旧友有关的物件，她结婚时演奏家查阜西送她的一把名为“寒泉”的古琴，一直挂于她的房中；她画的一幅《仕女图》，上面有众多老友的题字，不幸失落后竟又重新出现在了拍卖会上，张充和的家人高价将画作拍回。

虽然比之姐姐们的活泼灵动，张充和稍显沉默寡言，但她沉静的外表下，却有一个十分坚持原则、甚至毫不相让的心。二姐张允和是姐妹里最调皮，因而常常有一些霸道，她曾经给张充和取了个外号叫“王觉悟”，并且把这个外号绣到了张充和的书包上。张充和就说：“哪有人改名字，把姓也改了的？”二姐机灵霸道惯了，面对妹妹的诘问，竟然一句话都说不出来。她自知理亏，便默默地把绣上张充和书包的外号又拆掉了。诗人卞之琳一生苦恋张充和，张充和知道自己并不心动，便从来没有给过他半分希望。

张充和的老友，著名画家张大千曾为她画过一幅小像。画里的张充和只是一抹淡淡的背影。张大千画过太多仕女图，她们丰腴、明艳，掩在丛花深处，人面花容交相映衬，毫无保留地展现着自己的美。而张充和的那一幅，清影、疏叶，仿佛时事离乱、世间纷扰都打扰不到画中人的宁静。一如真实的张充和，永远活在自己清平的时代里。

## 十分冷淡存知己，一曲微茫度此生

回到苏州那一年，张充和16岁了。刚到苏州，张充和的打扮都是乡间女孩子的打扮，不入时流，她的几位姐姐常常笑话她，但相处久了，几位姐姐发现，这位妹妹的国文功底之深，是她们几个根本无法相比的，也因此深深知道，与小妹不容小觑的才学相比，她打扮上的“过时”，实在是细枝末节了。

张充和进了父亲创办的乐益女校读书。苏州城里的女孩子，都是蕴藉秀丽的山水和浓厚的人文气息里浸染出来的，漂亮、生机勃勃。但张充和完全不以为意。

张充和第一次回到苏州，待的时日并不长。但那段日子对她来说极为重要，在家庭氛围和地域文化的双重影响下，她发现了她真正的兴趣所在——昆曲，并终其一生都为这个爱好所牵系。父亲常常请来昆剧里的行家亲手教几位女儿习昆曲，她们还成立了个幔亭曲社，四姐妹常常对戏。张充和深爱《牡丹亭》里《游园惊梦》一出，常常和大姐张元和对戏，大姐演柳梦梅，张充和演杜丽娘。

苏州昆山是昆曲的发源地，昆剧历来殊盛，戏园子里常常有各大昆剧班子表演。张充和跟着姐姐们，成为戏园子里的常客。演员们勾画了精致的妆，云衫水袖在舞台上、光影下肆意飞扬，水磨声腔清丽婉转，弦管配乐的曲调悠远蕴藉……那番如梦如画的光景，与她们姐妹几个自己素服清唱的表演又不可同日而语。张充和深深沉迷其中。

自那时起，昆曲成为张充和素淡的生命底色里，最饱满的着墨之处。

后来，三姐张兆和嫁给了沈从文。张充和在出嫁之前的大部分时间，都追随着三姐和三姐夫，先是北上到北平，后来，又跟着他们夫妻俩去了西南。

三姐张兆和与沈从文的婚礼是在北京举办的，她自苏州北上参加姐姐的婚礼，索性留在了北京，住在姐姐与姐夫家。在北大当旁听生，并想考进北大继续读书。那是1933年。

北大的入学考试要考四科：国文、史地、数学、英文。但她在合肥，受的是私塾式的传统教育，几何、代数是新时期的学校才有的科目，于她而言便成了天方夜谭。张充和的国文试卷，笔迹劲秀，满纸都闪烁着才思，尤其是作文《我的中学时代》，洋洋洒洒，文采飞扬，阅卷老师看完大为欣赏。她的数学科目却交了白卷，只在卷头填了考生的姓名。当然，她报考北大用的名字，是自己随便取的假名字，叫张旋。一是怕考不上给家里人丢脸，二是不想沾姐夫沈从文的光。分数一出，她国文满分，数学零分。时任国文系主任的胡适十分爱才，在他的一力坚持下，最终，北大将张充和破格录取了。

自此，她开始了北大求学的生涯。那时的北大国文系，教师阵容堪称豪华：一代儒宗钱穆教授思想史、哲学大家冯友兰讲授哲学，此外，还有闻一多讲古代文学，刘文典教古诗。张充和沉浸其中，受益良多。但她偶尔也会“身在曹营心在汉”，跑到清华大学去听课，因为那里新开了一门昆曲的课程。可惜的是，张充和还未毕业，便因病休学了，最终也没有拿到北大的毕业证书。

1937年，战争爆发，北京大学、清华大学、南开大学先南迁至湖南长沙，合为“国立长沙临时大学”，不久，又由长沙西迁至云南昆明，组成“国立西南联合大学”，即著名的西南联大。知识分子大部分南下，沈从文也携了夫人张兆和开始了流寓西南的生活。张充和跟着姐姐与姐夫一同南下，辗转于昆明、重庆与成都之间。

彼时的西南，名流云集。张充和深处其中，与许多名士结下了极深的渊源，其中最著名的要数章士钊、沈尹默与郑肇经了。

名人之间交往，常常有逸事发生。张充和与章士钊的逸事，便是“蔡文姬”的比喻。那时，张充和在重庆教育部下属的礼乐馆工作，负责整理礼乐，也算是她的专长。张充和深爱昆曲，但与她的几位姐姐喜欢登台表演不同，张充和总是拣了没人的时候自己练习，所以，很少有人见过她登台表演。但她在重庆登了一回台，唱的依然是她的最爱：《牡丹亭》里的《游园惊梦》。那场表演，是以戏园子专业昆曲班子的规格与水准演的。舞台精心布置了，请了专业的配乐班底。张充和梳了大头、贴了片子、吊起眉毛、挂着水袖，款款地走进舞台，唱道：“原来姹紫嫣红开遍，似这般都付与断井颓垣。良辰美景奈何天，赏心乐事谁家院？朝飞暮卷，云霞翠轩，雨丝风片，烟波画船。锦屏人忒看的这韶光贱！”台下已然掌声雷动。

看完张充和那场演出后，章士钊久久难忘，并作了一首诗赠给张充和，称她是：“文姬流落于谁氏，十八胡笳只自怜。”章士钊本意是赞她戏唱得好，堪比东汉才艺俱佳的蔡文姬，张充和却十分不悦，认为将她比作陷于匈奴、流落胡人之手的蔡文姬“拟于不伦”。但多年以后，她嫁给了德裔美籍的汉学家傅汉思，再想起章士钊的这句赞语，才自嘲地说：他说对了，我是嫁给了胡人。

《游园惊梦》那惊鸿一瞥，不止落在了章士钊的眼里，也落在了书法名家沈尹默眼里。他对张充和的表演尤其称赏。张充和原本就钦慕沈尹默的书法，便因为这次的际遇，拜了沈尹默做老师。沈尹默成为继幼年时的私塾先生朱谟钦之后，张充和的第二位书法老师。沈尹默为人温柔敦厚，他见得张充和的字，知道她写字时有哪些还需要纠正的地方，往往不会说：你这样不行，你那样不行。只会根据她的症结，给她相应的字帖子要她临。这一对师生之间，老师对学生的爱护，学生对老师的体恤，常常让人心向往之。张充和那时候常常去拜访老师，有一回走的时候，沈尹默非得效仿外国人的绅士风度，坚持送张充和去车站。沈尹默是一千七百多度的近视，张充和怕他回去的时候走丢，便在他从车站折返回家的时候，再偷偷地跟在他身后。沈尹默果然不识路，他边走边向人问路，最终“找”回自己家里，张充和这才重新去车站。

郑肇经（字权伯）是著名的水利学家，张充和流寓西南期间，他亦在四川，负责战时水利工程实验处。张充和去拜访郑肇经，坐着等他时，见有笔墨，正好当时心下思忖着沈尹默的一首诗：“曲弦拨尽情难尽，意足无声胜有声。今古悲欢终了了，为谁合眼想平生。”当下来了灵感，便借着办公室里的笔墨，画了一幅仕女图。张充和此前多画山水，极少画人物，并无自信。但郑肇经鼓励她把那幅画画完，并题上沈尹默的诗。张充和原本是戏作，谁知郑肇经却十分珍惜友人的作品，他不仅让沈尹默、章士钊等多位名人题了词，还精心地装裱了，无论家搬到哪里，都会将这幅画挂在自己的书房。后来，那幅画不幸在一场浩劫中遗失了，郑肇经心痛不已。直到多年以后，画上题了字的老友们都已先后离世，郑肇经也已不在人世，《仕女图》出现在了一次拍卖会上，张家人花费不菲拍回了那张画。多年前的一张戏作，几经流转，最终又回到了张充和手上。

联大期间，西南地区的环境清苦，但只要能唱昆曲，只要还能与知己故交谈诗论画，张充和便能把日子过得有声有色。一如她曾经以章草写就的一联书法写的：十分冷淡存知己，一曲微茫度此生。

## 一生爱好是天然

有才华的女人大都爱浪漫，这一点对张充和并不适用。恰恰相反，她对待感情时，是一片朴素诚笃。这份朴素诚笃，用在倾己半生苦恋她的诗人卞之琳身上是丝毫不为所动，用在她的丈夫傅汉思身上，则是从一而终。

张充和早在北大求学时，就认识卞之琳了。那时候，张充和住在三姐家，而三姐夫沈从文和卞之琳是好友，他常常去家里做客。

第一次见面，生性好静的张充和，对眼前这个戴着眼镜、看起来文质彬彬的男子微微一笑，算是一个礼节性的招呼。她最不惯于社交与客套的。姐夫当时有名气，有慕名前来拜访的，有旧友故交过来寒暄的，家里来的客人很多，张充和对卞之琳并没有什么印象。

但卞之琳，却因为那一面，牵念了张充和大半辈子。

同样是诗人，同样陷于一段举世皆知的苦恋，卞之琳却与徐志摩不同。徐志摩几乎可以将世上所有美好的词句连缀成情书，献给自己心爱的女人，对林徽因如此，对陆小曼亦然。而卞之琳却从来没有对张充和表达过自己的心意。

同样是朋友，爱上的是同一家的姐妹，卞之琳与自己的好朋友沈从文也不同。沈从文为了追到张兆和差不多使尽了浑身解数，甚至到了死缠烂打的地步，卞之琳却只是远远站在一旁，静静地欣赏着张充和的美。

张充和因病休学，回到苏州休养时，他会去看她；张充和写文章，每每只当作游戏，别人随手拿去发表了她也并不介意，更没有想过要出版，所以连她自己也不晓得自己写的那些文章都到哪里去了，而卞之琳一篇一篇地帮她收集着、整理好，甚至还帮她结集出版；卞之琳那首著名的诗《断章》，很多人都将它视为一首哲理诗，事实上，那短短几句里，却道尽了他对于张充和的情思：你站在桥上看风景，看风景的人在楼上看你。明月装饰了你的窗子，你装饰了别人的梦。

卞之琳把爱一个人能够做的事情都做了，唯独那个“爱”字，如骨鲠在喉，却无论如何都吐不出口。反倒是诗人的朋友们实在看不过眼，出头帮他追求张充和。在西南的时候，卞之琳的好朋友们定期举办宴会，总是邀请张充和赴宴，好为卞之琳创造机会，宴席间也总帮诗人说上几句话。

这件事情让张充和头疼不已。为了躲避那些尴尬的饭局，她竟离家出走，一个人去山寺里躲起来了。后来，张充和的弟弟出去寻找姐姐，遇到张充和坐在黄包车上，弟弟于是追着张充和的车子。张充和以为是诗人或者他的朋友，竟让黄包车师傅加快速度。弟弟眼见着要追不上姐姐了，拦下一位骑着自行车的路人，拜托他赶上张充和的黄包车，说后面追赶着她的是弟弟，张充和这才叫黄包车师傅停下了。

对于卞之琳的感情，张充和十二分地确信，细腻、敏感如他，并不是自己喜欢的类型。张充和又喜欢有才华的男人，但卞之琳新诗里闪现的才华，在国学底子深厚的张充和看来毕竟还是太过纤弱。当时的文化圈子，人人都知道卞之琳苦恋张充和，即便过去了很多年，仍然被时时提起。又一次，被她的朋友问起，张充和说："这完全是一个无中生有的故事，说苦恋都有点勉强。我完全没有和他恋过，所以谈不上苦与不苦。"再被问到为什么不跟他说清楚的时候，张充和说："他从来没有说请客，我怎么能说不来。"这听起来颇有点无情的话，却是张充和的爱情哲学：对待不爱的人，一时的慈悲与心软才是真正的残忍。

对于卞之琳的感情，她不是不知道，但对于他的不表达，她又别无他法。张充和因而从来都避免与他单独在一起，从不与他一起吃饭，不与他一起看戏。

直到1955年，卞之琳45岁的时候，才结婚了。

张充和是沉静的性子，她喜欢爽利的男人，就像她的丈夫傅汉思。但他们的爱情，却有着平淡的开场白。在晚年的张充和看来，那时候傅汉思并没有追求过她，他们好像也没有谈恋爱，她只是觉得傅汉思人好。

傅汉思是德裔美籍的犹太人，是被胡适力邀来做北京大学西班牙语系主任的。他原本叫傅汉斯，与"汉思"这个名字同音不同字。“汉思”是张充和替他取的。

那时，张充和的感情一直不见着落，身边每每有追求者，张充和都不动心。这时候，傅汉思出现了。

彼时，张充和已经随着姐姐张兆和与姐夫沈从文回到了北平，仍然住在姐姐北平的家里。傅汉思与沈从文相熟，常常来找沈从文。起初，傅汉思是奔着沈从文来学习中文的，可自从见到沈从文家里住着才貌双全的小姨子后，傅汉思来找沈从文，便都成了借口。沈从文自然看出来了，以后，傅汉思每每来到家里，沈从文都会高喊一声“充和，找你的”便走了，留下傅汉思和张充和单独相处。

傅汉思外形俊朗、性格开朗，对汉学极为精通，连张充和都自叹弗如。后来还出版过《孟浩然传》《唐代文人：一部综合传记》《梅花与宫闱佳丽》等中国传统文化的研究著作。与苦恋张充和的卞之琳完全是相反的类型。

张充和与傅汉思迅速相恋，隔年结婚。婚后不久，张充和便随傅汉思出国了。行李一切从简，张充和只带了她的古琴、几方古墨。

后来，在傅汉思进入耶鲁大学执教以前，家里生活极度困窘之时，她忍痛卖掉了自己收藏多年的十方古墨，用来贴补家用。

再后来，傅汉思进入耶鲁大学教中国诗词，张充和在耶鲁大学教昆曲、书法，夫妻二人做的都是弘扬中国传统文化的事业。

张充和与当时许多名人的交往，多多少少都留下了一些逸事美谈，包括那位单恋她半生的诗人卞之琳。而与她的爱人汉思相伴半个世纪，却鲜少浪漫的故事留下来，唯一能勉强算得上浪漫的事情，大抵是她的代表作《桃花鱼》的英文版，是由丈夫亲自帮她翻译的。

张充和与傅汉思之间，想必从未将“爱”字挂在嘴边，但他们彼此却是对方的唯一。情到深处深转淡，一生爱好是天然。说的，大概就是他们的爱情。

## 愿为波底蝶，随意到天涯

记取武陵溪畔路，春风何限根芽，人间装点自由他，愿为波底蝶，随意到天涯。

描就春痕无著处，最怜泡影身家。试将飞盖约残花，轻绡都是泪，和雾落平沙。

这阙《临江仙》，出自张充和的《桃花鱼》。

就像这首词里写的，“人间装点自由他，愿为波底蝶，随意到天涯”，张充和一生淡泊，从不为名利纷扰、从不因情爱困扰。她一生唯独对两样东西执着过，一个是昆曲，一个是书法，它们承托起张充和整个的精神世界。

离乡去国半个世纪，张充和不遗余力地教洋学生们昆曲和书法。2001年，联合国教科文组织评选出第一批“人类口头和非物质遗产代表作”，昆曲名列其中，与张充和多年来的努力是分不开的。

教授学生之余，张充和每天仍要练习书法，下笔运腕，力道惊人地好；她还不时与曲友们雅集、拍曲，一开口，腔调仍像年轻时一样婉转流丽。1986年，《牡丹亭》戏本的作者、明代戏剧家汤显祖逝世370周年纪念演出上，年逾古稀的张充和与80高龄的大姐张元和应邀，又合演了一出《游园惊梦》，风范不输于当年。热爱，让人永远年轻。

张充和一生宁静平和，连她的去世也是。2015年，已是102岁高龄的张充和，在酣然睡梦中离世。虽然“民国最后一位闺秀”的舞台落下帷幕，疏花素立的旧时仕女图掩卷闭轴，最后一位才女的传奇弦断响绝，但她骨子里的浑然天真，她精神世界的丰盛自足，却是留给女人们的一道意味深长的人生命题。

# 吕碧城：民国女权第一人

1883年，是清德宗光绪九年。

山西太原新任学政大人府上，学政大人吕凤歧听到妻子顺利生产的消息。已是第三胎了，他并未像前两次那样紧张地等在夫人的产房外，而是在书房里练字。

家丁来报，说：“恭喜老爷，夫人顺利生产，是位千金。夫人着小的问您，给三小姐取什么名字好呢？”

吕凤歧听得，一手搁了毛笔在端砚上，背在身后，一手捻着胡须，沉吟半晌，缓缓道：“碧城，吕碧城。”

家丁答应一声，退了出去。

吕凤歧铺开一张新的宣纸，捋平，左右两端拿镇纸镇了，蘸饱了墨，写下十一个字：元始居紫云之阙，碧霞为城。

这两句，出自《太平御览》。

## 少年历劫，处变不惊

文章开篇那幅景象，其实是来自于我的虚构。多年以前，第一次听到吕碧城的名字、知道这个名字的出处，并大致读到一些关于她的八卦传奇时，脑子里便有了那样一幅画面。

事实上，碧城这个名字，并不是乃父所取。父亲给她取的名字叫贤锡，大抵是希望这个女儿能够像一个标准的淑女一般，将来嫁个好人家，为人妻母时也能贤惠有德。而她却并未像她父亲当年所期许的一般，成为闺中秀女，而是以“碧城”自许、自期。

吕碧城的气性、品格、作为，与《太平御览》里那句话——紫云之阙，碧霞为城——里的景象实在相配，高蹈云天，慷慨豪迈，几乎不让于须眉：她是中国近代女权运动的首倡者之一，是中国女子学校教育的开创者，中国近代教育史上第一位执掌校政（即校长）的女性，中国第一位动物保护主义者，中国新闻史上第一位女编辑，中国第一位女性撰稿人。此外，她还是与萧红、石评梅、张爱玲同被称为“民国四大才女”的传奇人物。

吕碧城祖籍安徽旌德，出生在山西太原，童年在安徽六安度过。

父亲吕凤歧是光绪三年二甲进士，曾任国史馆协修、玉牒馆纂修、山西学政。国史馆协修任上，他参与的是清史编纂；玉牒馆纂修任上，编修的是清朝皇族族谱；学政任上，主管的是山西一省的科举与教育。这些职位，如果没有满腹经纶，如果不对文章翰墨极为精通，如果没有过人的胸襟与识见，是绝对无法胜任的。吕凤岐的家底十分殷实，但最为人津津乐道的，他自己最引以为傲的，还是自己的三万卷藏书。他闲来翻阅，即便政务繁忙，也要仆人好生打理。

从山西学政职上卸任归乡后，父亲几经寻觅，在安徽六安乡下购置了一块土地，自建了一所宅院，开始了闲云野鹤的生活。

二十世纪初年，有三户人家因为培养出的女儿个个品、貌、才、学俱佳而举世闻名。宋氏家族出了“宋氏三姐妹”，宋霭龄嫁给了其时政商两届呼风唤雨、富甲一方的孔祥熙，宋庆龄嫁给了孙中山，宋美龄嫁给了蒋介石；祖籍安徽合肥的苏州教育家张冀牖培养了“合肥四姐妹”：张元和、张允和、张兆和、张充和，四个女儿不仅在文学、昆曲方面各有建树，最终的婚姻生活也都十分美满，张元和嫁给了当年风靡上海滩的昆曲名伶顾传玠，张允和嫁给了我国著名的语言学家周有光，张兆和嫁的更是现当代著名作家沈从文，才气与成就最高的张充和嫁给了著名的汉学家、德裔美国籍犹太人傅汉思。

除了宋氏与合肥张家而外，还有一家，便是培养出了吕碧城的淮南吕家了。吕碧城有两个姐姐，一个妹妹。大姐吕惠如，二姐吕美荪，都是中国近代史上著名的女学人与教育家，吕碧城和两位姐姐被时人称为“淮南三吕”，极为出名；唯有妹妹算是寂寂无闻，想来是父亲英年早逝，妹妹年纪太小，还没来得及受到饱学的父亲指点与调教的缘故。

父亲有大才，但才未尽用。闲居清修的时候，索性就担任了女儿们的“私塾先生”。当然，父亲担当的私塾先生，可不是《牡丹亭》里那位顽固陈腐的私塾先生陈最良式的，而是将自己半生所学、所长，系统、得法地教给女儿们，写诗、作文、画画无一偏废。

原本骨子里就聪明灵秀，经过父亲的栽培与调教，吕碧城与两位姐姐，个个都是少年便负才名：四五岁便能熟诵《三字经》《千字文》；八九岁便已能写诗填词，且能很好地遵守格律、平仄、韵脚；十一二岁上，便已能写出令人拍案叫绝的好文章了。那时候，吕碧城每每写了新作，便在乡邻间传开了。

绿蚁浮春，玉龙回雪，谁识隐娘微旨？夜雨谈兵，春风说剑，冲天美人虹起。

把无限时恨，都消樽里。君未知？是天生粉荆脂聂，试凌波微步寒生易水。

浸把木兰花，谈认作等闲红紫。辽海功名，恨不到青闺儿女，剩一腔豪兴，写入丹青闲寄。

曾经有人拿了这首词，给吕凤岐的同年进士、同样极负才名，其时在渭南当知县的樊增祥看。樊增祥读罢连连叫好，这时，拿给他词的人方才说，这首词的作者才不过12岁而已。樊增祥大为惊讶。

吕碧城少年成名大约是在12岁，她家中的变故，也是发生在12岁。父亲因病去世了。

一朝身死，身后万般世态炎凉。

吕碧城想起父亲在世的时候。他常常带着她们回到老家，父亲主导重修族谱、修葺祖茔、祭祀先人。那时候的亲戚，对于父亲这个大才子的尊敬、对于她们姐妹几人的疼爱与照料，让她对老家充满了无限的眷恋。

父亲去世，尸骨未寒，她甚至连悲伤痛哭都还来不及，却眼睁睁见着父亲的同族兄弟、子侄们昔日的亲蔼面目全非，恶言恶语恶行，全部指向寡母孤女身上，为的是争夺父亲留下的遗产。

吕凤歧膝下曾有两个儿子，无奈年幼便夭折了，只剩下四个女儿。亲族们以女儿无权继承遗产为由，不仅瓜分遗产，甚至还将母女几个人囚禁了起来。年幼的吕碧城，平日里赋诗作画，完全是闺阁小姐的做派，头一次面临如此不堪的局面，她却表现得出奇镇定。

这场纠纷的解决，流传最广的说法，是吕碧城给父亲昔年的同窗写信求援，而解救她们母女的，是“时任江宁布政史的樊增祥”。吕碧城的做法让恶戚们知道这个姑娘不可小视，也让与她有婚约的同乡汪家深深忌惮。这一说法未必可信。父亲去世那一年，是1895年，樊增祥在陕西渭南任知县，并不是江宁布政史。陕西与安徽，以当时的交通状况，书信抵达、派兵驰援，一来一往之间所耗费的时日很久，恐怕不能及时援救。

因而，关于吕碧城母女的脱困，不过是她们万般无奈之下，答应了放弃遗产。亲族们贪财，倒不至于害命。既然她们母女表示了分文不取，自然也就平安了。

父亲去世，亲族欺凌还不够，吕碧城还遭遇了一个重大的打击，便是被取消了婚约。

吕碧城9岁那年，由父亲做主，与一山之隔的汪家订了儿女亲家。父亲死后，汪家眼见着吕家没落，遗产纠纷案尘埃落定后，母女五人既无家可归，还完全没有生计可以糊口，看当时的情况，若是娶了吕家的女儿，势必要受到她们的拖累，于是，汪家决定解除婚约。一纸退婚的书信送来，吕碧城万念俱灰。那个年代，女子还没过门便被退婚，或嫁过去了再被休掉，都是同等的奇耻大辱，恐怕一辈子都无法再抬起头来做人了。

她们无意再争执，同意退婚。万般无奈之下，母亲带着四个女儿回到安徽来安娘家。母亲知道，虽然回到娘家能够逃离吕氏亲族们的欺凌，但女儿仍然不仅要背着被退了婚的名声，她的才华也会被埋没掉。当时，吕碧城的舅舅严凤笙在塘沽任盐课司大使，于是，母亲便带着女儿们去天津塘沽投靠舅舅了。

那时，吕碧城还没有从一连串的打击中恢复过来，也还不知道，她的命运将会彻底改写。

## 主笔《大公报》，宣扬女学

去塘沽之后，舅舅将她送到了一所学堂里读书。吕碧城天资聪颖，且有父亲帮她打下的坚实国学底子，成绩自然不在话下。

二十世纪初年出生的民国才女名媛们，到了上学的年纪，恰好赶上基督教会在中国兴办女学的风潮，家境殷实的人家送女儿去教会学校上学一时蔚成风气，因此，她们也大都是在洋学校里接受的教育。但吕碧城还在学龄的时候，人们的观念中，仍然认为女孩子只要学好女红、谨守妇德、嫁个门当户对的好人家、生个一男半女、专心相夫教子就好，学习大抵是无用之事，更没有专门的女学校供女孩子们接受教育。

自小师从于父亲，父亲去世后能够去学校读书，对吕碧城来说，是不幸中的万幸。上学之余，她最乐在其中的事情，便是读书、作词。

8年时光转瞬即逝，吕碧城已经出落成漂亮的大姑娘了。与她同龄的女孩子们，大都已经奉了父母之命嫁做人妇了。舅舅或许也是托了相熟的人，帮自己的外甥女留意着，找个合适的人家，把终身大事给托付了。

8年前家中变故留给她的创伤渐渐平复了，但她却没有忘记，仅仅因为家中无男丁，那年她们母女五人被逼到了怎样的绝望境地。族人的势利与贪念固然是一方面，但给他们的“恶”撑腰的，却是女性地位低下的社会现实。当时，她们母女手无寸铁，只能认命。但现在，隐隐约约中，她似乎找到了武器：教育。

接受教育，获得独立的人格，是改变妇女地位与命运的唯一途径。

终于，20岁的吕碧城对舅舅提出了自己的想法，并告诉舅舅，自己要去天津上女学。那时候，即便舅舅同意，吕碧城能去的女学，也不过是仅有的几所专为女子开设的私塾学堂而已。

舅舅是旧官僚，观念还是陈腐的那一套，认为“女子无才便是德”。支持外甥女上学，已然是他能够做出的最大限度的让步，到了可以谈婚论嫁的年纪，还要继续上什么女学，就超出了舅舅能够支持与理解的范围了。听到吕碧城的想法，舅舅勃然大怒：“女孩子不好好在家里待着，整日抛头露面成何体统？什么劳什子的探寻女学，简直就是不守妇道！”

舅舅说出这样一番激烈言语的时候，绝对想不到，眼前站着的这位女孩子，3年后已经成功创办了一所女学校，并成为中国近代史上最年轻的女校长了。当然，这是后话。

吕碧城也是烈性子，见与舅舅争执不下，索性离家出走了。她独自买了一张去天津的火车票，没有行李，身无分文，前路茫茫。在火车上，对于舅舅的愤怒情绪渐渐平息了，这才有工夫仔细想想，天津并没有她可投奔之人，到了那里之后，没有一文钱，她吃什么？住哪里？接下来要怎么办？这个养尊处优惯了的富家小姐，心头隐隐地有了慌张与迷茫的感觉。

也是冥冥之中自有安排，不知是谁先起的话头，她与同车里的一位夫人攀谈起来。这位夫人与丈夫在天津经营着一家旅馆，名字叫佛照楼。夫人十分喜欢这个女孩子，又怜惜她在天津举目无亲，索性邀请吕碧城在找到落脚处之前，就住在她家。吕碧城一听，大喜过望，旋即就答应了老板娘的邀请。

总算是暂时有个住处了，接下来，便是谋求生计了。仅凭自己在大街上晃荡，恐怕连在饭店里刷碗的活计都找不到，她唯一能想到的，是在《大公报》馆里的方夫人。方夫人的丈夫在舅舅的署里担任秘书。

起初，对于向方夫人求援，吕碧城还有些犹豫。自己与舅舅闹翻时，曾豪言壮语，要追求女学，仿佛没有自己做不成的事情。眼下不过初到天津，自己求援的对象，却仍然是舅舅的关系。

信寄到了，躺在大公报馆里。不知方夫人有没有看到信，《大公报》的总经理英敛之却看见了。虽是求救于人，但那封信文采斐然、胆识过人，区区几百字，竟能让英敛之动了爱才之心。于是，他按着信中的地址，找到了吕碧城。

论年纪，英敛之长吕碧城十几岁；论阅历，英敛之弃武从文，早年间深受康有为、梁启超变法新思潮的影响，发表过很多拥护变法的作品。通过一番对谈，英敛之深深为这个只有20岁的女孩子的才华、胸次、见识所折服，并邀请她担任《大公报》的见习编辑。

吕碧城就这样，得到了人生中的第一份职业。也是因此，她算是误打误撞地成了中国近代史上第一位女编辑。同是民国四大才女的萧红，有一段被人们熟知的经历。她挺着大肚子被初恋汪恩甲抛弃在旅馆，那时，她写信给《国际协报》求助，在萧军的帮助下脱困后，也成了《国际协报》的女记者。二人的经历何其相似，但吕碧城写信求援那一年，是1903年，比萧红早了将近30年。

《大公报》是吕碧城人生中全新的起点，她在这里谋到的不仅仅是一份维持生计的职业，更是一个展示才华与施展抱负的舞台。

进入《大公报》工作之后，吕碧城一篇又一篇地发表诗文作品。早在12岁时，吕碧城的词便已经受到父亲昔年同窗的击节赞赏。到了20岁，随着阅历的丰富，思想的成熟，调度情绪与驱遣文字的能力已进入化境。《大公报》上刊发的词作，笔法纯熟、格律谨严、气象恢宏，成为人们争相传阅的上品。一时间，洛阳为之纸贵。

这阙《满江红》，便是吕碧城发表在《大公报》上的第一首词作：

> 晦暗神州，欣曙光一线遥射。问何人，女权高唱，若安达克？雪浪千寻悲业海，风潮廿纪看东亚。听青闺挥涕发狂言，君休讶。幽与闭，长如夜。羁与绊，无休歇。叩帝阍不见，愤怀难泻。遍地离魂招未得，一腔热血无从洒。叹蛙居井底愿频违，情空惹。

诗词而外，她写作的文章，基本都是为争取女权、兴办女学而服务的。诸如《论提倡女学之宗旨》《敬告中国女同胞》《兴女权贵有坚忍之志》等。

“女学之倡，其宗旨总不外普助国家之公益，激发个人之权利二端。国家之公益者，合群也；个人之权利者，独立也。然非具独立之气，无以收合群之效；非藉合群之力，无以保独立之权。其意似离而实合也，因分别详言以解明之。有世界必有竞争，而智慧之机发焉，优劣之种判焉，强弱之国别焉。”这是《论提倡女学之宗旨》的开篇，大有拔剑四顾、横刀立马的气概。

吕碧城在她的这些文章里，把女性权利上升到关乎国家兴亡的高度、把女学上升为牵涉国家公益与天赋人权的高度来论述，希望借助自己的笔，并以之为刀，在当时陈旧的社会风气里划开一条口子，让被阴霾笼罩太久的中国妇女照到文明与进步的曙光。

那是一个进步思想将将冒头的年代，戊戌六君子的慷慨就义，使得追求社会变革的风气又喑哑下来。津京一带主张顺应时代潮流、打破固步自封、力主革除旧弊的名士屈指可数，如梁启超、严复、严范孙、傅增湘等，基本都是男人。

他们主张革新，着眼点往往是内政、外交、军事、实业，很少有人真正地去关心女人。比如说严复，他半生推举新政，却坚持主张结婚是为了“承祭祀，事二亲，延嗣续”，对自己的子女严格执行包办婚姻。既然结婚都是为了“延嗣续”，自然，女人的任务，便是生孩子了。

在这种情况下，吕碧城出现了，她争取女权、兴办女学主张的发表，说是“平地一声惊雷”并不为过。

吕碧城来天津还未满一年，却已凭着自己的才华与思想，从《大公报》的“见习编辑”，摇身一变成为主笔。她的文名，她的女学思想，也在京津两地传开了。

英敛之爱才。

他看着自己破格“提拔”来的编辑，每天起早贪黑伏案写作时，或者她的某篇文章又掀起了坊间争相传阅的小热潮时，都会为自己当初的眼光骄傲一阵子。他也知道，吕碧城的志向，绝不仅仅限于在报纸上发表一些鼓吹女学的文章。

于是，他几乎将自己认识的所有名流，都向吕碧城引荐了，想着说不定对她的理想能够有所帮助。吕碧城并没有辜负英敛之的厚望，凭着自己的才华与见识，获得许多名士的认可，其中，就包括了严复与傅增湘。

严复是中国近代史上著名的思想家、新法家以及翻译家。他通过翻译外文著作，系统地将西方政治学、经济学、社会学、哲学、自然科学引入到中国。翻译需以“信、达、雅”作为标准，即是严复的首倡。

这样一位享有崇高声誉的名流，对吕碧城的称赏，比英敛之有过之而无不及，他收吕碧城为弟子，亲自教授她逻辑学。师傅与弟子，还常常以诗词酬唱往来。严复曾在为吕碧城写的和诗里称赞她为：五陵尘土倾城春，知非空谷无佳人。

傅增湘亦是清末民初的名流，他最为时人称道的，是多达二十万卷的藏书。数量之富、涵盖之广，是连吕碧城的父亲也要自叹弗如的。傅增湘经英敛之的引见，第一次见到吕碧城，便十分欣赏她的才华与胆识，直夸她“才胆学博，高轶事辈”。那时候，吕碧城的一系列倡导女学的文章，傅增湘一定是看过的，他本人也有投身教育事业，尤其是推动女学的心愿。于是，他和吕碧城一拍即合，并联络了许多名流，一起创办女学。

机会来了。袁世凯第二次担任直隶总督期间，推行了一系列新政，包括编练北洋军、创办多所武备学堂，着实做出了一些功绩。后来，不知是袁世凯本就有兴女学的打算，还是由于当时那些致力于兴办女学的名人志士的游说，总之，袁世凯同意创办一所女学校了。

以前，吕碧城以《大公报》为阵地，倡导兴办女学的时候，还只是理念的倡导阶段，而如今，眼见着自己的理想要实现了，摊在她、她的老师、与她有着同样理想的几位好友面前的，却是一个全然陌生的局面以及接踵而至的一连串难题：校址选在哪里？校舍要建成什么样子的？经费从哪儿来？采用什么样的教育模式？学制与课程要怎样安排？学堂老师从哪里招募？招生采用什么样的标准？……

但光这"全中国第一所女学校"的名字，就足以让他们铆足了劲地应对一个个难题。英敛之、傅增湘、吕碧城等，各自分工，有人选校址，有人筹措经费，有人规划学校的建制，有人制定具体的章程，经过差不多一年艰苦卓绝的准备，女校的筹备工作渐渐有眉目了。

1904年7月14日，傅增湘带来了好消息：袁世凯总督同意拨款1000元作为学堂的启动经费、唐绍仪道尹同意每月拨款100元作为学堂日常的运转费用。至此，吕碧城创办女校的愿望不仅实现了，而且，这第一所女校在获得了袁、唐两位高官的拨款后，便成为名副其实的官办女学了。

10月3日，《天津女学堂创办章程》署以吕碧城的名字，发表于《大公报》。

10月23日，北洋女子公学开学。校址位于天津三马路。

至此，中国历史上第一所公立、官立的女学堂：北洋女子公学正式创办。傅增湘任监督，相当于校长，吕碧城任总教习，掌管教学，大约相当于教导主任。

学校刚刚开办。虽然是头一遭，但由于大家筹备有方，章程得法，学校秩序井然。

1906年，在袁世凯的授意下，“北洋女子公学”改名为“北洋女师范学堂”，吕碧城升任为监督。

讽刺的是，也是在那一年，吕碧城的舅舅严凤笙遭到弹劾被革了职，一时没个去处，袁世凯便让他协助外甥女筹办师范学堂升级改制的事宜。后来，吕碧城常常拿当年舅舅骂自己“不守妇道”的事情调侃，说：“我能做到今天，多亏了舅舅当年那一骂呀！”

那一年，吕碧城23岁，成为中国近代史上第一位、也是最年轻的女校长。这个记录，至今无人打破。

## 民国最美女秘书，沪上最美女富豪

因为兴办女学之事，袁世凯在英敛之、严复的引荐下认识了吕碧城。

那时候的袁世凯，因为推行新政、兴兵强国、大办实业，而得到了许多在朝、在野的有志之士的拥戴，再加上由他一手组建并操练的北洋军实力雄厚，一度成为朝中重臣。

而这位国之重器，对吕碧城却是既恨得咬牙切齿，又欣赏得欲罢不能。恨她恃才傲物、目空一切、下笔全无遮拦，欣赏她才华横溢，怀抱胸襟往往胜过男儿。

袁世凯最恼吕碧城的时候，几乎要下令将她抓来受刑了。

那是1908年，光绪皇帝驾崩不久，慈禧太后又薨没了。老佛爷把持朝政多年，功过是非从未有人敢指摘一句。国丧期间，举国上下人心如漂萍一般没有着落，《大公报》上却发表了吕碧城写作的一首《百字令》：

> 排云深处，写婵娟一幅，翠衣轻羽。禁得兴亡千古恨，剑样英英眉妩。屏蔽边疆，京垓金币，纤手轻输去。游魂地下，羞逢汉雉唐鹉。
>
> 为问此地湖山，珠庭启处，犹是尘寰否？玉树歌残萤火黯，天子无愁有女。避暑庄荒，采香径冷，芳艳空尘土。西风残照，游人还赋禾黍。

词旁配着慈禧太后的一幅漫画小像。句句都是犀利指责，完全不留任何余地，甚至说：到了九泉之下，她慈禧太后怎么有脸见汉朝吕后与唐朝武则天呢?

拿到报纸，袁世凯读罢的反应，我们都可以想见。他定是拍案而起，怒吼一声："一介女流，竟如此不知天高地厚！"他甚至都下令着人前往女学校，要将吕碧城捉拿归案了。却被人从旁劝阻，而这位劝阻的人，便是袁世凯的儿子——十分欣赏吕碧城才华的袁克文。再加上，袁世凯也着实十分欣赏吕碧城的才华，而事实上，吕碧城写的也并非全然没有道理，便压住满腔怒火，让这个事件的影响自然消退了。

转眼到了1912年，辛亥革命爆发、清帝溥仪逊位第二年，袁世凯出任中华民国临时大总统后，邀请吕碧城担任总统秘书。

起初，吕碧城和许多人一样，相信袁世凯是有能力巩固国祚，引导中国走向共和的。但担任起大总统的机要秘书，必然要跟总统重用的辅政官员打交道，吕碧城发现，原本以为袁世凯识人之明、用人有方，其实并不尽然。他身边更多的是杨度之流，国家振兴的道路究竟是恢复帝制还是走向共和，他们丝毫不关心。他们抓紧大权在握的时机，肆无忌惮地谋一己私利。甚至，他们还怂恿袁世凯称帝，因为一旦称帝成功，那么他们便是开国功臣，到了那个时候，权力、钱财自然都不在话下。

袁世凯，这位昔日名臣，一朝大权在握，渐渐迷失了双眼，开始筹备登基，恢复帝制。

这一切，吕碧城看在眼里，忧心如焚。终于，1915年8月，眼见着袁世凯公然支持筹安会，她向袁世凯提出了辞职。在这一点上，吕碧城比她的老师严复有气节许多，也聪明许多。当年，严复与吕碧城一同受到初任临时大总统的袁世凯的邀请，严复担任京师大学堂监督，吕碧城任机要秘书。

如今，吕碧城依然保持着清醒，严复却已然跑偏了，他与杨度等人组建了筹安会，打着“筹一国之治安”的旗号，为袁世凯的复辟帝制鸣锣开道。

吕碧城愤而辞职，带着母亲南下去了上海，严复却继续留在袁世凯身边，成了他的谋士，帮助袁世凯复辟帝制。袁世凯功败垂成，严复的名誉也遭遇了极大的损毁。

到了上海，吕碧城竟投身商界，从事贸易活动，从此对政治，甚至对她曾经十分热心的女学都不闻不问了。而她在文化界、教育界、政界的广泛交游，却成为她经商最好的资本。很快，吕碧城便拥有了巨额的财富。

吕碧城下海经商，原本就是对时局绝望用以逃避现实的选择，既然已经不缺钱了，她索性决定出国云游一番。1918年，吕碧城去了美国哥伦比亚大学，以旁听生的身份，兼修美术与文学两科。同时，她以上海《时报》主笔的身份，撰写她在美国漫游的经历，向国人宣扬美国的进步思潮与精神风貌。

1922年归国后，她更是开始炒作股票，她眼光准、出手狠，几乎每出手一次，便大赚一笔，不过四年，她就成了上海滩的富豪。

1926年，吕碧城再度出国云游，这一次，她将欧洲之行的见闻，写成了《欧美漫游录》。

从文，她是才气一流名满天下的女作家；开展教育，她创办的女学堂发展得有声有色；从政，在担任袁世凯总统机要秘书的几年里，简直到了可以呼风唤雨的地步；经商，毫不费力就成了家财万贯的女富豪。而在她这几个转换自如的身份里，不变的，是她出众的美貌。因而，当作家时，她是才貌双全的女作家；从事教育时，她是最美的女校长；从政时，她是袁世凯的最美女秘书；下海经商时，她又是沪上最美的女富豪。几乎可以说，吕碧城堪当民国女人中的一朵最美奇葩。

## 一人终老，却不孤独

许是12岁的变故，令她将命运中的所有劫难打包都受了，吕碧城以后大半生，自打逃离塘沽舅舅家独自入津起，几乎是享受到了一个女人所能享受到的所有好运气。

她出落成了数一数二的美人，连父亲的故交樊增祥都赠诗称赞她：天然眉目含英气，到处湖山养性灵。她与两位同样才华横溢的姐姐，经过英敛之在《大公报》上的一番称赞，得了个广为流传的称号，叫“淮南三吕，天下闻名”。她写诗作文，正好遇到可以施展才华的英敛之与《大公报》；她提倡女学，又碰到志同道合的朋友们，一起促成了筹办女校的志业；她一踏入政界，起点便是大总统的机要秘书；她一个猛子扎入商界，不出几年便又成为女富豪……吕碧城横跨文教、政、商三界，日常往来相与的，不是学界泰斗，便是政府要员，再要么就是富商巨贾，成为民国社交圈里，不是交际花，风头却盖过交际花的第一人。

这样一个女人，仿佛做什么成什么，几乎没有失败过，却独独在爱情上，从未开花结果，以至成了民国的极品剩女：有才、有貌、有名、有钱、有地位，什么都有了，却终身未嫁，独身终老。

她一辈子离婚姻最近的一回，便是12岁遭到变故后，被迫退掉的那个婚约。这件事情曾对吕碧城造成了巨大的心理创伤。她投奔舅舅之后，小小年纪便那么坚定地投身于女学；当她倡导女权、兴办女学的理想得到越来越多人支持的时候，与她志同道合的人，至多是理想与家庭兼顾着的，唯有她一门心思地扑在自己的理想上，从未考虑过自己的终身大事，也很少对某一个男人动心。这几近于偏执的追求，很大程度上是受了当年那场变故的影响。

后来，当她以《大公报》的主笔、中国女权第一人、中国创办女学之先驱，乃至于袁大总统的机要秘书，而成为二十世纪一二十年代炙手可热的人物时，再去环顾四周，发现能跟得上她的脚步、能与她的层次相匹配的男人，已经没有几个了。直到她最后下海经商赚得盆满钵满之后，生活更加自由随性，就更不想找个男人束缚住自己的脚步了。

那时候，还没有林徽因与凌叔华的才名，没有交际花唐瑛与陆小曼的风光无两，没有孟小冬的惊才绝艳，吕碧城以才学、美貌为时人称赏，而环伺在她身边的，不是学界泰斗，便是商界富豪，其中还不乏掌国政要。那些年的吕碧城，几乎可以说是风光独揽，甚至有“绛帷独拥人争羡，到处咸推吕碧城”的说法。

吕碧城倒是有过中意的男人，一个是梁启超，才学、见识、地位都好，可惜梁启超早已使君有妇，且十分敬重他的妻子；一个是汪精卫，可惜汪精卫与吕碧城同岁，按照她的择偶标准，汪精卫还是略嫌年轻了些。

其他男人，大都是暗暗属意于她，真正敢放开胆子追求她的男人，倒是不多见。唯有两三段暗中情愫，被传说了百年，也不过是人们凭着“男主人公”们的日记或文章，连缀猜测得来的。他们，一个是当年因为吕碧城的一封求救信，便亲自找到她，并破格录用她成为《大公报》见习编辑的英敛之；一个是吕碧城拜于门下学习逻辑学、对她称赏有加的严复。

英敛之对吕碧城百般提携与照拂，一方面是出于爱才，但最大的原因，还是对吕碧城的别样情愫。吕碧城心气高，对于虽然年长于她，但才学在她之下的英敛之并不动心。1908年，英敛之在《大公报》上刊发了一篇文章，批评几位教习打扮娇艳，于师德有损，于师表有亏。吕碧城读罢，气愤异常，认为那篇文章分明就是在影射她，于是，愤怒的她当即写了一篇反驳的文章，发表在《津报》上，从此以后，与英敛之绝交。英敛之对她的爱慕，便因为两人的交恶而不了了之了。

严复是在英敛之的介绍下认识吕碧城的。严复年长吕碧城二十九岁，自吕碧城拜入严复门下之后，严复便对她青眼有加。此后几年，严复的日记中经常提到吕碧城，他还会在写给亲戚的信中，谈起自己的女学生：“此女实是高雅率真，明达可爱，外间谣诼，皆因此女过于孤高，不放一人于眼里之故。据我看来，甚是柔婉服善，说话间除自己剖析之外，亦不肯言人短处。”严复一直对吕碧城的终身大事极为操心，他在写给别人的信中提及：“碧城心高意傲，举所见男女，无一当其意者。……吾常劝其不必用功，早觅佳对，渠意深不谓然，大有立志不嫁以终其身之意，其可叹也。”

继英敛之、严复之后，吕碧城连绯闻和花边都不再有了。她似乎已经下定了决心，不再考虑婚嫁之事了。

1928年，吕碧城借着加入世界动物保护委员会之机，断荤食素。

1930年，吕碧城皈依佛门，以居士之身在家修行，法号“曼智”。

1943年，吕碧城在香港逝世，享年61岁，终身未嫁。

民国女人中，身世传奇者不乏其人，被人津津乐道的更不乏其人，但真正能像吕碧城那样，不靠着与男人的情感花边吸引人们关注的目光，便能把每一段人生经历都演绎得精彩绝伦，并成就了一段佳话的，却是寥寥无几。回顾吕碧城的一生，美貌是天赋的，这是运气的成分，但她精彩一生的最大助力，却不是风花雪月、百转柔肠，而是缘于她不输于男子的果敢、魄力、敢爱敢恨，以及敢为天下之先。

后世的我们何其有幸，生在一个女性受教育、被尊重、拥有独立人格早已成为理所当然之事的时代。或者，在钦佩吕碧城的性格，感慨她的际遇，惊叹她的才气与见识的同时，更应当感谢，自她起始为女性的地位、权力而奔走呼号的人们。

# 盛爱颐：
# 永不落幕的豪门传奇

旧上海十里洋场，是个盛产传奇的地方。

首席名媛唐瑛是传奇。20世纪20年代，百乐门里翩然起舞的身姿、卡尔登大戏院里不落窠臼的表演、社交场上蜂蝶环绕的中心，成就的，是青花瓷上游刃有余的浓淡转笔，山水画里恰到好处的墨色点染。

一代才女张爱玲是传奇。她用一枝天才的笔与一颗出离世外的心写尽浮世悲欢，她用她孤傲一生、孤独半世祭奠卑微到尘埃里的爱情，留给世人的，是心头永远无法抹去的苍凉手势。

黑帮老大杜月笙的英雄气短儿女情长也是传奇。他嗜血成性杀人如麻，他刀下的尸体筑就了上海滩一代枭雄的荣耀宫殿，他又温柔万端儿女情长，收敛起乱世里锻造出来的粗暴狠戾，如一个寻常男人一般，余生只为孟小冬衷情所系，为的，只是初见她时那次不可扼止的心动。

此外还有，虽然早逝，一抹香魂却被人们永远惦念着的影星阮玲玉；生自上海曾叱咤于外交界的卓越外交家顾维钧。

在这些流传了大半个世纪仍不止息的故事里，还包括了一位曾在上海滩家喻户晓的“七小姐”——盛爱颐的传奇。

## 实业大亨盛宣怀

故事要从上海滩的实业大亨盛宣怀讲起。

十九世纪末期的上海，一方面因为远离政治权力中心思想禁锢较少，一方面背靠江南鱼米之乡民生富庶，再加上它是西方政治势力与文化思潮进入中国的门户之一。所以以上海为中心，辐射江浙一带，一度成为比京城的民风更为开化、经济更加发达的地区。

祖籍江阴，出生于江苏常州的盛宣怀，便是在这样的环境中成长起来的。虽然家人为他规定的人生正途仍然是通过科举考试求取功名，但他并没有因为十年寒窗苦读、熟习儒家经典、熟谙八股文章，而变成一个只会“之乎者也”坐而论道的迂腐夫子。相反，他头脑聪明、思维活络，把所受的教育活学活用在日后的为官生涯中，变成了经世致用的学问。

一朝中举，名列官籍，盛宣怀开始将他脑子里那一个一个在当时算是新奇的设想，一一变成了现实。

盛宣怀的为官之路，不像大多数举人一样，从翰林院“庶吉士”待诏苦熬经年，才得到一个九品芝麻小官，然后一点一点做起，熬到头须一点一点变白，才换来官阶一级一级地上升。他为官初始，便做了清末重臣李鸿章的幕僚，协助李鸿章以“官督商办”的名义大兴实业，成为“洋务运动”的先驱之一。当然，为官之初的这份幸运，也是因为他的父亲盛康与李鸿章是多年的旧交。他先是以“会办”的身份加入大名鼎鼎的轮船招商局，再凭着自己敏锐的嗅觉，敦请李鸿章发展电报业，于是，在清政府的准许下，他又以“督办大臣”的身份，创立并主导电报局多年；之后，他又再次奏请督办纺织业，开办华盛纺织总厂。

盛宣怀以自己的胆识和魄力，在巨变的时代下，创下了许多个第一：他奏请光绪皇帝钦准设立的天津北洋西学学堂，是中国近代史上第一个官办大学；北洋西学学堂之后，他又在上海创办南洋公学，并在其中首设师范班，成为中国第一所高等师范学堂；他奏请在上海外滩设立的中国通商银行，是中国的第一家银行。此外，他在天津关道任上，以督办的身份，主持、统筹修建了京汉铁路；他还私人出资在上海建立了公共图书馆，这在大儒巨匠私人藏书盛行的年代，不啻为开风气之先的创举。

李鸿章一直都特别倚重盛宣怀，曾称赞他：“一手官印，一手算盘，亦官亦商，左右逢源。”在晚清时世巨变的年代，不知家国前路何去何从的人们，有的还在追忆昔日天朝上国的峥嵘岁月，有的感叹生不逢时一腔抱负无处施展，盛宣怀却以少有人能及的见识、敢为天下先的气魄，成为清政府挽救危局时的中流砥柱，当然，在这个过程中，他自己也挣下了庞大的家业，成了上海滩名噪一时的大资本家。

盛宣怀家资丰厚，除了一部分股票而外，大都是土地与房产。而他最著名的一处家产，便是苏州的留园。园子，是盛宣怀的父亲，也就是盛爱颐的祖父尚还在世的时候置办下的。前主人姓刘，因而原本叫“刘园”，盛家父子从前主人手里买下园子后，将名字改为了“留园”。留园自从成为盛家的私园之后，一直为盛宣怀所钟爱：他用园里三座峰石的名字，用作自己三个孙女的乳名；盛宣怀去世后，家人曾在留园停灵长达一年之久，为的，只是让忙于公务的老人在自己喜爱的园子里多停留些时日。

盛宣怀的第三位夫人姓庄，叫庄德华。庄夫人是他的常州同乡。娘家是常州大姓，祖上先人创立了著名的“常州学派”。常州庄家家学渊源，但此家学并非枯守儒教经典，行事必须合于规矩、落于窠臼，而是主张学问必须经世致用。庄夫人是位有见识、有胸襟的奇女子。虽然不能抛头露面，但也成了治家的好手。嫁过来的时候，盛宣怀枕侧无人，原配董夫人与第二位夫人刁夫人都已去世。盛宣怀在外创家业，偌大一个盛府，就由庄夫人一手打理，秩序井然。

虽然不知盛府之“盛”，比之《红楼梦》里败落之前的荣宁二府如何，但庄夫人的精明能干，比之王熙凤却有过之而无不及。即便后来盛宣怀去世，盛家却没有败落，依然能够维持着昔日的声势与荣耀，全凭着庄夫人这支主心骨。

盛爱颐，便是赫赫有名的盛宣怀与庄夫人的女儿。

1900年，盛爱颐出生了，因为在盛宣怀的女儿中排行第七，所以家人唤她老七，仆人们称她为七小姐，旁人则叫她盛七小姐。

盛宣怀一生有七位妻妾，膝下子女成群，但唯有这一个女儿，打小就有的那股聪明伶俐、富有主见的劲头，与盛宣怀最像，因而最得父亲的疼爱。

盛爱颐在豪门盛府里的童年，比大多数富家小姐都幸福。母亲虽然不是原配妻子，父亲却敬重她，所以，盛七不像林徽因，父母无爱的婚姻给她的童年蒙上一层阴影；盛家家世虽然显赫，人情却不凉薄，因此，盛七又不像张爱玲，小小年纪便已勘破世间冷暖。她有父亲宠着，有母亲爱着，有哥哥姊姊们惯着，即便是府上的下人，也由衷地喜欢她。在这样的环境里长起来的七小姐，热情、开朗，跳跳脱脱得像个小猴子，走到哪里，引来的都是一片欢喜赞叹。

七小姐的启蒙教育，虽然很少有人去探究，也基本没有留下什么记载，但大约也是中学与西学并重的。为她进行国学开蒙的，定然是饱学的才士；学校教育，自然也免不了教会创办的洋学校。七小姐豆蔻之年，书法和绘画都好，想来，家里也一定为几位少爷与小姐请过专门的老师调教过的。

但比之其他的才女名媛，盛七小姐最大的不同，还是小小年纪便跟着母亲开始闯荡于生意场上。学以致用，是盛家一门的家风。庄夫人爱女，也知道自己的女儿将来一定是要嫁入与盛家门当户对的人家当媳妇的，所以，与父亲一味地宠爱女儿不同，庄夫人有意无意地，让女儿跟着自己做一些治家、打理钱财的事情。这其中，自然也包括了夫人用自己的私房钱做的一些不方便为外人道的生意，往往都是由七小姐出面。

盛七小姐小小年纪，她的博学多才、见多识广，在上海滩已是家喻户晓了。

## 宋子文：刻骨铭心的初恋

以现代人的审美来看，盛七小姐的样貌，大抵算不得倾国倾城，却绝对是典型的东方美人，端妍、温婉、清丽，十分可人。难怪宋子文会对她一见钟情。

盛爱颐是在蜜罐里长大的，受尽了百般的呵护与宠爱，虽然也受了诗文的启蒙教育，但天性就不是伤春悲秋多愁善感的类型，因而，她从来都不知道忧是何物。

然而生之八苦，却并不会因为她生在豪门、受尽娇宠便不降临到她头上。父亲的死，让她知道生老病死苦；与宋子文没有开始便已结束的初恋，让她知道爱别离苦，求不得更苦。

1916年，父亲去世时，已过了古稀之年，算是高寿了。在世人的眼里，盛宣怀一生，福禄寿兼得，子孙满堂，门楣光耀，也算不枉来人世走一遭。寿终正寝，是喜丧。盛家子孙扶灵去苏州留园时，苏州政府甚至为扶灵队伍顺利通行而专门限行开道。其时哀荣可以想见。

那时候，盛爱颐才不过16岁，她头一次那么切近地逼视死亡，头一次感受到失去亲人的切肤之痛，尤其是，她还是父亲生前最疼爱的孩子。好在母亲庄夫人治家有方，父亲去世后，盛家门庭并未因此萧条。盛公馆依然保持着父亲在世时的一片井然模样，没有今非昔比的落差感，让盛七小姐能更快地从失去父亲的这一重天命之苦里解脱出来。

隔年，盛爱颐遇见了宋子文。那时候，宋子文还是一无所有、寂寂无闻却踌躇满志的海归青年。宋子文出任国民政府高官、叱咤政商两界，还是后来的事情。他一头扎进上海滩的繁华声色里，企图一有机会就大展拳脚，却一眼看见了盛爱颐，她是如此不同：虽是豪门千金，却有着无比干净清澈的眼神，虽然生长在繁华之地，却总无端地让人觉得她是如画的江南水乡一隅的邻家小妹妹，虽然身上有万千宠爱，却一点也不骄纵，对待下人也没有颐指气使的样子。

那时候，盛爱颐的四哥盛恩颐算是盛宣怀儿子里比较聪明的一位，早早做了父亲盛宣怀实业上的帮手，盛宣怀去世后，他仍然经理父亲奉旨一手操办起来的汉冶萍公司在上海的办事处。宋子文从哥伦比亚大学读完博士，回国来的第一份工作，便是应聘到了盛爱颐四哥的手下，成了他的英文秘书。因了工作的关系，宋子文常常出入于盛公馆。

除此而外，宋子文与盛七小姐还有另外的渊源：他的大姐宋霭龄曾经担任过盛爱颐姐姐的家庭教师，与盛家也十分熟稔。

这样两层关系下来，宋子文日常出入盛家，得到馆里上上下下的照拂，自然也比平常的客人多一些。去的次数多了，便与盛爱颐相熟了起来。

盛老四是公子哥，爱玩、无度，所以日常作息往往黑白颠倒，大多数情况下都是过午才慢悠悠地起床。而宋子文留洋刚刚归来，身上还保留着洋人那一套好习惯，又是打算一展抱负的人，自然十分节制、守时。他每天雷打不动地来盛公馆点卯，却很少遇上他的老板早起。于是，等着盛恩颐起床的那段时间，便成了盛爱颐与宋子文的相处时间。

盛爱颐对于四哥的这位英文秘书的谈吐、见识、气质以及幽默感都十分欣赏。宋子文喜欢这位聪明的邻家妹妹，常常跟她讲自己留洋时的经历，讲一些西方的风土人情，盛爱颐从未留过洋，因而对西方的世界与那里的生活充满无限的向往，对他讲的那些事情自然格外喜欢。既然向往西洋生活，那么，对于那里的语言，便也比从前上学时多了一份热情与耐心。宋子文干脆主动请缨，帮盛爱颐辅导英文。

彼时，宋子文是二十出头的小伙子，在经受官场上的锤炼前，他的性格大胆而热烈，既然喜欢，绝没有深深埋在心底苦苦单恋的道理，他对盛爱颐开始了猛烈的追求。盛爱颐呢，正是情窦初开的年纪，虽然长相十分恬静，心里却住着一只勇敢难驯的小兽，她默许了宋子文的追求，接住了他投向她的炽热的眼神。

盛爱颐与宋子文，彼此都是对方的初恋。

很快，他们的恋情被庄夫人知道了。原本庄夫人对宋子文也并不排斥，觉得这个小伙子一表人才，风度、见识、能力都好，于是，打发人打听了一下宋子文的家庭。宋子文家原本是教会家庭，也颇有一些家底，但庄夫人派去打听的人，回来却对庄夫人汇报道：宋父不过是在教堂里拉二胡的。庄夫人是何等的魄力啊，要不是生就了个女儿身，以她在治家、经商时的广博见识与雷霆手段，绝对是治国平天下的一把好手。她早就替女儿规划好了将来嫁入豪门后的一应生活，怎么能容忍女儿与一个一文不名的穷小子在一起呢？

为了拆散这对恋人，庄夫人与盛爱颐的四哥联合上演了棒打鸳鸯的戏码，一边好说歹说劝盛爱颐尽早放弃这段完全不对等的恋爱，一边将宋子文调离上海发配到了别的城市。

宋子文并不放弃，几乎是失心疯一般地追求着盛爱颐：七小姐上街，他会拦下她的车子与她见面；七小姐出城，他打听到行踪，必然也是跟了去找她。而那时候，他命运的转轮已悄悄地启动了：在姐姐宋庆龄的推荐下，孙中山将他引入了政坛。当时，正值孙中山要在广州建立新政权，用人之际，孙中山催促宋子文尽快南下。眼见着自己在上海难有出头之日，宋子文便决定南下投奔孙中山，离开上海之前，宋子文找到了盛爱颐，他想带她私奔。

盛爱颐犹豫了。她既深深地迷恋着宋子文，又不愿意伤了母亲的心，天平两端，几乎是她生命中最重要的两个人，却都逼着她做非此即彼的选择。舍弃宋子文吗？那时候，她已与他相恋多年，对他的爱已然深深植进她的骨血里。背叛母亲吗？母亲半生刚硬坚强，行事果断，唯有在她身上，母亲才难得一见地展示出女人温柔的一面，她是母亲的精神依托。

经过一番挣扎，盛爱颐还是选择了母亲，但当时的她，仍天真地以为，他们之间还是有可能的，有朝一日若他功成名就，盛家一定会接受他的。她下定决心，等待那一天的到来。

她知道宋子文经济上困窘，又不想直接给他钱驳了他面子，便送给他金叶子当作盘缠。分别前，盛爱颐对宋子文说等着他回来，她也真的等了。

后来，她等到那一天了，宋子文何止是功成名就，简直成为上海滩翻手为云覆手为雨的政要级人物了，而那时的他，却已不愿意再到她身边了。

宋子文才学、见识都好，再加上得到姐夫孙中山的赏识，进入政坛后迅速崭露头角，未几便已是南京国民政府财政部长。在南京的时候，宋子文邀请了他昔日留学美国时的同窗唐腴胪担任自己的机要秘书，两个人形影不离，经常结伴由南京到上海。宋子文便成了唐家座上常客。唐腴胪有位妹妹，即后来名动上海滩的首席交际花唐瑛，正是花信年华。宋子文与唐瑛熟了后，常常带着她出入于名流社交的场合，他们之间，也有过一段明明灭灭的情愫，当然，最终以不了了之告终。宋子文再回到上海，已是中央银行的总裁，很快，他便娶了富甲一方的大老板张谋之的女儿，张乐怡。

昔日的无名小子，成了政府新贵。几年间，有关宋子文的消息常常传到她的耳朵里，他又出任某个职位了，他出席了某个名人为太太举办的生日舞会，身边挽着的是一位漂亮的小姐云云，宋子文却再没找过她。

盛爱颐或许知道，那时候，当宋子文仅仅因为贫穷而不被母亲与兄长承认的时候，他心里也有过莫大的屈辱。现在，他早已是人中龙凤，走到哪里，身边围绕的个个都是上海滩的头面人物，他大概不愿意再回想起盛家曾带给他的伤害，所以从未找她。而心高气傲的盛爱颐这时候再反过来找他，岂不也成了嫌贫爱富的宵小之辈？

从第一次得到他的花边新闻，他的各种消息便一点一点蚕食着盛爱颐的心。直到他举办了盛大的婚礼，盛爱颐终于大病了一场。从她17岁时遇到宋子文，到她30岁时宋子文成为人夫，中间的十三年——一个女孩子最宝贵的、失而不可再得的十三年——盛爱颐心中没有一天放下过宋子文。往后更不可能放下了，即便她心里存有的，已不再是爱，而是怨恨。

毕竟盛爱颐也是宋子文的初恋，兴许午夜梦回的时候，他醒来，看到睡在枕畔之人，恍恍惚惚间会想起当年那个他爱得一发不可收拾的、邻家小妹妹一般清秀可人的盛爱颐。多年以后，宋子文拜托盛爱颐的兄嫂，安排了一场见面。那时候的盛爱颐，也已经出嫁了。说是见面，其实盛爱颐事先是不知情的，她只是接到嫂嫂的电话，说请她去家里做客。她欣然前往，远远看见哥嫂家的客厅里，坐着一个熟悉而又陌生的身影，走近一看，那人却正是她爱了多年、等了多年、恨了多年的宋子文。

她来不及看他是胖了还是瘦了，他的模样与当年离开时发生了多大的变化，她条件反射般地扭头就走，哥哥嫂子拦的拦、劝的劝，盛七小姐丝毫不为所动，说了句："不行，我丈夫在等着我呢。"便头也不回地走了。

再后来，盛爱颐的侄子盛毓度闯了祸，被关进了监狱。家人能想起来的人仍然只有盛爱颐，面对在她面前长跪不起的侄媳妇，盛爱颐无奈地拨通了宋子文的电话，直入主题，语气冰凉，连多一句寒暄都不肯有。宋子文那头，能接到被自己辜负过的、始终不肯原谅自己的初恋情人主动打来的电话，即便是在电话中也难掩心头的万分欣喜，而那份唯唯诺诺的语气，打从他离开广州就再也没有过了。宋子文完全不去计较她的语气是如何的，第二天就安排人把盛爱颐的侄子放了。

盛爱颐知道，宋子文的心底，还是装着自己的。但他们两个人最终的结局，也只能是如此了。

这是昔日的一对相互爱慕难舍难分的恋人，分手后仅有的两次交集。从此，便各自往自己命途的方向去了。只留下旧上海的老市民们，茶余饭后，谈论着盛七小姐与宋大部长曾经那段被迫夭折的爱情故事。

## 中国女权第一案

盛极必衰，是老祖先传下来的理儿。

盛家的家业，算上盛宣怀，已昌盛到了第四代，盛宣怀更是凭着自己超群的智慧，将父亲传下来本就不薄的家业，发展到了堪用“煊赫”二字来形容的程度。

盛宣怀去世后，盛家基业在盛爱颐的母亲庄夫人手里，仍然稳固地存在了十余年，直到1927年庄夫人因病去世，偌大的家，如失去支撑的高楼广厦一般，瞬间倾圮了。

放眼盛家，盛宣怀的几位妾室，再无一人拥有庄夫人的胆识与魄力，能承担起大家族掌门人的角色；而盛宣怀的几个儿子中间，老大不到40岁就已去世，余下的，不是流连烟榻，终日吞云吐雾，早已成为扶不起来的大烟鬼，就是一无所长、整日流连在风月场所、挥金无度的纨绔公子哥，再要么就是年纪与阅历都太浅，并不能挑起一家之主重担的半大孩子。老四盛恩颐原本是个聪明的孩子，因为受的教育好，诗文都做得极好，早些年跟着父亲算是长了一点才干与见识，父亲死后，庄夫人虽然是掌门人，但毕竟不是每种场合都适合女人抛头露面，于是，盛老四便成了盛家的“新闻发言人”一样的角色，算是半个当家人。但与乃父比起来，这个儿子在格局、气度上大为逊色。盛老四将更多的精力花在了吃喝玩乐上，后来还迷上了赌博，据说输红眼的时候，把父亲一整条街的地产都输掉了。

既然再无人可独当一面，撑起大家庭的局面，昔日豪门最终的命运，也只能是散了。与此同时，一场瓜分与抢夺财产的大戏，也在所难免。

老爷子十多年前谢世之前，曾经立下遗嘱，将自己遗产的一半分出来，建立一个“愚斋义庄”用于公益事业：其一，救助陷于危困的盛氏族人；其二，用于支持社会上其他慈善事业。愚斋义庄在盛宣怀的昔日同僚李鸿章长子的监督下，成立了董事会，制定了章程。章程中有一条明确的条款：愚斋义庄的财产作为慈善基金，绝不可动用与变卖，用于慈善的一应经费，皆由利息中支出。

庄夫人去世后，整个盛家都即将分崩离析了，谁还想着持守愚斋义庄不允许动用本金的规章呢？索性趁早拿出来分了，省得日后徒生麻烦。最先打起这笔基金的主意的，是盛老四盛恩颐。

他向法院提起诉讼，将当年父亲去世后归入“愚斋义庄”的580余万两慈善基金，由五房均分。若盛老四的官司打赢了，盛老四盛恩颐、盛老五盛重颐、盛老七盛升颐，以及大房之孙盛毓常、三房之孙盛毓邮能各得116万两。

当时，盛宣怀的女儿中，还有七小姐、八小姐未出嫁，虽然民国的法律条文中，早已经有未出嫁的女儿可以享有遗产继承权的条款，但却没有几个大户人家在分家时，会真正地将女子也纳入析产的范围。那时候，盛爱颐对于四哥的这场官司，以及四哥的做法，仅仅还停留在有些看不过眼的程度，倒还没有其它的想法。正好，她从未留过洋，也想出去见见世面，既然哥哥会在这次的分产中再多得到一大笔遗产，作为妹妹，便向四哥提出要他资助10万大洋去留学。原本，如果盛恩颐大度，盛爱颐得以顺利出国，这件事情或许会就此不了了之。但他的四哥却斩钉截铁地拒绝了妹妹的请求。

盛七小姐是新式的女子，绝对不可能忍气吞声。她一怒之下，将盛家五房男子：三位哥哥、两位侄子一起告上了法庭，要求愚斋义庄的慈善基金，分作七份，两位未出嫁的小姐，也应当各得一份。

一石激起千层浪。女子要求继承权，在当时的中国，在当时的中国人眼里，已不是闻所未闻了，简直就是大逆不道。即便法律中已经有相关的条款，但这样的诉讼案，法院也是第一次受理。

一时间，关于慈善基金究竟能不能保住，盛家女子究竟能不能得到财产，成为整个上海滩最大的谈资与笑料。

盛七小姐的诉讼案，于1928年9月开庭。无疑，盛七小姐作为民国女权案诉讼第一人，这场官司的输赢，将直接关系到女权在中国的发展走向。是日，法院门口被报界记者、法学界人士以及看热闹的市民围了个水泄不通，入庭后的旁听席上，也坐满了人。

盛家人几乎全都在场，盛爱颐与四哥当庭辩论，伶牙俐齿，让旁听的人也大开了眼界。

最终，七小姐打赢了那场以一敌五的官司。虽然，为了请律师她花去了不菲的费用，甚至一度把自己、把整个家族推到了风口浪尖，但这场官司在中国近代法律、社会学的历史上，却是里程碑式的判例，自此，中国女性的财产继承权，不再是写在法律条文里的一纸空文，而成为真正的现实了。以后，世家大族分家析产，女子只要未出嫁，便也能享受到与男子一样的权利。

如果说盛爱颐与宋子文那场未果的初恋，仅仅满足的是后世的人们对花边新闻与情感八卦天然的喜好，那么，这场史无前例的官司，才真正成就了盛爱颐作为一代传奇的资本。

盛爱颐的父母，自小言传身教，让她学会的，除了人的所学一定得经世致用的道理外，还有就是说一万遍都不如做一次有用。

父亲生逢晚清，多少与他同是科举出身的官员，终日大谈兴邦之途，清议时政之弊，却往往仅仅停留在对坐闲谈或落笔成文的程度，再往前迈一步，就都不肯了。一是自己其实也不知道步子该往哪里迈，二是迈了不知将如何收场。而父亲却是一个不只空谈，还会实干的人，雷厉风行地推动清政府兴办了各种实业，一度将电报、邮政、纺织、钢铁等行业纳入自己的管理之下。

同样，与盛爱颐一样的民国中人，不乏倡导女权之人，但大都停留在呼吁的层面。而这些书面文章，面对着几千年来根深蒂固的儒家道统，无异于隔靴搔痒。真正能够将自己的言论付诸行动的人少之又少，从这个意义上说，长盛爱颐几岁，在天津推动创办女学的吕碧城；通过一桩官司，为中国女性争来遗产继承权的盛爱颐，无疑才是真正值得被记住的。

## 投资创办“百乐门”

人生倏忽一瞬，盛爱颐，这个昔日不知忧是何物、不知忧从何来的豪门大小姐，刚刚30岁，便已尝遍人生百般况味：年幼时最疼她的父母亲都不在了，盛家一门树倒猢狲散了，她与兄长侄子们对簿公堂了，她的初恋情人成为别人的丈夫了……经历了这一切，她恬静外表下那个曾经桀骜难驯的自己，似乎也慢慢地敛起了锋芒。

然后，她嫁给了庄铸九，是她母亲的侄子，她的表哥。那时候，盛爱颐才32岁，但一颗心，却早已是迟暮美人的心，是沧海桑田之后寂如枯井的心，回忆起自己的快乐无忧的曾经，觉得恍如隔世般遥远。

庄铸九是她决意忘记曾经的繁华，一心只想投靠世俗生活时最好的归宿。他是庸常男人，不像常州庄家的大部分男人负有极高的才华，更没有创办实业的魄力。他是一名普通的银行职员，他做的唯一可圈可点的事情，是创立了银行自有的一本刊物。但他同时又是妥帖的男人，竭尽所能地照顾与包容妻子。

婚后，盛爱颐为庄铸九诞下一子一女，生活琐细庸常，却也踏实幸福。

盛爱颐嫁给庄铸九的同年，也即1932年，他们夫妇与一众沾亲带故、同时都有志于投资娱乐界的亲友们，如顾联承、顾重庆、朱虹如等共同出资，在上海静安区的繁华地带，开了一家“百乐门大饭店舞厅”。顾重庆任董事长、顾联承是董事、朱虹如是总经理，而庄铸九代表盛爱颐出资，担任常务董事。

百乐门成立不久，便已拥有“远东第一乐府”的美名。那时候的百乐门，几乎成为上海滩的象征，凡是体面些的人物，都去过百乐门：民国首席交际花唐瑛自女校毕业、步入社交圈后，百乐门是她最常去玩乐的场所；此外，常常以百乐门作为会客地点的，还有黑帮大佬杜月笙、一代少帅张学良、孙中山的夫人宋庆龄等。1936年卓别林与同居女友宝莲·高黛（那时二人还没有结婚）到上海时，也曾慕名前往百乐门。

但当时百乐门的定位，是服务于高端人士的场所，自然也是高消费场所。20世纪30年代初期，经济并不景气，能来百乐门消费的、能消费得起的，也就只有那些高官、富商、名媛们。而普通人只有终日劳碌奔波谋求生计，百乐门里的靡靡之音、灯红酒绿、醉生梦死，于他们来说，都是隔着一个世界的。

终于，高踞在当时社会金字塔尖上那些人的消费所带来的收入，根本无法维持百乐门巨额的运营支出，百乐门连年亏损，当初那些投资人们，不得不将自己苦心经营起来的舞厅卖掉。

盛爱颐与亲友们的百乐门关了。但上海的百乐门还在，地址仍然在静安区，楼宇仍然是那栋六层美式大楼，只是换了老板，换了一拨股东，换了经营的理念，承载的仍是老上海人的繁华旧梦。

投资与经营百乐门，虽然是盛爱颐失败的尝试，但却让她成为中国近代史上第一位投资娱乐界的女实业家。

## 自甘晚景

盛爱颐晚年，仍留在上海。

她的初恋情人宋子文去美国了，于1971年病逝于美国旧金山。

她的丈夫庄铸九于五十年代去世了，儿子女儿都各自成家了，拥有了自己的生活，她又变成了孤身一人。

起先，她独居在上海一栋花园洋房里，靠着利息过活，也能维持着体面的生活。后来，她搬到了一所破陋不堪的屋子里，生活处境每况愈下，而当年上海滩那个十分有气性的富家小姐，却真像她年轻时候的外表一样，活成了恬淡自甘的模样。

她的侄子、孙子，常常会寄给她名贵的雪茄。赶上天气好，七小姐会搬一个凳子，坐在门口，点一枝雪茄，咂着浓郁的烟火之香，在缭绕烟雾里半眯着眼，看街上来来往往的人。

时代好像真的变了。她心里一定在默默地感叹，街上的年轻女人，好像再没有像她们那时候那样迷恋旗袍了，中山装也没有人穿了……她不太看得懂这个时代，包括人们的衣着品味，他们口中的流行语，他们每日步履匆匆所为何。但她只要活得舒坦就行。那时候，她的舒坦，便是天儿好，有烟抽，脑子还好使，并没有忘记从前的种种。

过往的行人，看一眼路边的老太太，大多数人并未曾留意，留意了的人，心下定然也在思忖，一把年纪了，坐着的时候仍然那么端庄，曾经，一定是位大户人家的小姐罢。

他们大多数人都不知道，她，便是出身于当年上海滩里显赫的豪门、与宋子文有一段恋情纠葛、打赢了民国第一场为妇女争权益的诉讼案、还与人合伙投资了他们耳熟能详的“百乐门舞厅”的盛家七小姐盛爱颐。

83岁那年，盛爱颐去世了，她的遗容十分安详，仿佛仅仅是睡着了。她的家人，将她葬回了苏州。她的墓地所在处，一眼便望得见盛家人最爱的园子：留园。

盛爱颐一生，经历了晚清、民国、新中国，亲历了时代的变迁；她过过衣食无忧的豪门生活，也经历过家徒四壁食不果腹的饥荒年代，把人间百味都尝遍了。她曾经刚烈如铁，大半生宁折不弯，去守护大部分当时的女人都还没有的、那个叫“自我”的东西；晚年的她又平静如水，能够甘守穷困，安心做个贫薄自甘的女人。她一生真如自性，爱的时候毫无计较与保留，恨的时候又痛快淋漓；她在与人相处时天真诚恳，处事时又有杀伐的决断，面对冥冥之中的运数时，还能够乐天知命。

盛爱颐是一个终其一生，无论顺境逆境，都活得天真坦荡的人。想来，人，尤其是女人，就得像盛爱颐一样，把各种各样的事情都经历了，在各种各样的处境里都待一遍，才知道，怎么样的生活，才是自己真正想要的，哪一个自己，才是心底深处最想活成的样子。

# 小凤仙：八大胡同飞出的侠妓

二十世纪上半叶，上海是十里洋场，老克腊、新贵族，端端的都是西洋做派。上海的声色场在百乐门，位于静安寺。留声机里飘出的是时兴小曲儿，收束纵肆恰到好处的旗袍里裹着的是顶有名的交际花。

而北平的魂，是在前门外大栅栏方圆儿里，是在八大胡同。京韵大鼓，皮黄二腔，穿着长衫的狎客，盘着云鬟的艺妓，表的都是故都旧梦。

上海的百乐门里，出了个民国“首席”交际花唐瑛，而北平的八大胡同，则飞出了个民国“侠妓”：她自幼失怙辗转飘零，却识文断字小有才情；她流落花台，却百般洁身自好乃至于得了个脾气古怪的名声；她没有倾国倾城的貌，却是为数不多的，飞出青楼，飞出八大胡同，飞过历史的烟尘，至今仍被时时提起的女人。

她，便是曾名动公卿，生平故事屡屡被搬上荧幕的民国名妓：小凤仙。

## 云吉之班，有凤来仪

小凤仙一听便是艺名，是走街串巷卖艺谋生的人才有的那种名字，即便后来沦落风尘，依然人如其名，带着点野气。并不像李师师、陈圆圆的名字那般，一听到耳朵里，眼前浮动的，便是梳妆台前精心地描了黛眉、施了朱粉、点了绛唇，端端等相好的公子来的纤弱模样。

小凤仙于1900年出生在杭州，官名叫朱筱凤。母亲既是添房，她自然是庶出。即便后来名满京畿，但毕竟是烟花柳巷中人，不会有人关心、探询、记录一个妓女的身世，于是，关于她的生、她的长，几乎不见于任何正史记载。但我们何妨借着零星的野史、传说，再添点想象，去还原二十世纪初年清廷摇摇欲坠时，被罢职武官日渐穷困的家里，新添的一位女儿的故事呢？

小凤仙的父亲是失了公职赋闲在家的，空有一腔英勇却报国无门，空流八旗子弟的血脉却眼见门楣失色。小凤仙的出生，并没有为这个满腹惆怅与怨悱的男人带来多少安慰，相反，却让这个本来就生计维艰的家庭更加贫穷。

嫡母是厉害的角色。也许，当初还是个阔气人家的小姐，欢欢喜喜嫁过来的时候，还做过几天官爷家的夫人，享受过被佣人伺候的日子。她眼见着丈夫从吃皇俸的官沦为一文不值的布衣，心里时时觉得命运悲苦。她无法宽待丈夫娶来的小妾，以及她生下的孩子。吃穿用度，自然是要百般克扣的，时不时地再来上两句指桑骂槐。父亲死后，嫡母的态度更加恶劣。当时小凤仙还年幼，目睹着大妈整日冷着的一张脸，至多凭着孩子趋利避害的本能，不去靠近就是了。小凤仙的母亲就不一样了，她没念什么书，大道理说不出几个，但还是有心气儿的，并不愿意为了讨口饭吃，而过着名为人妇实则寄人篱下百般受辱的生活，索性带了女儿，离开了朱家，自己谋生去了。不识字，没靠山，母亲能找到的活计，想必也就是在富贵人家当个帮佣而已。

想来，小凤仙日后的那份倔脾气，多半是遗传自她那虽出身卑微却心高气傲的母亲。母女俩相依为命的日子，清苦、快乐，也短暂，母亲没多久就病逝了。母亲去世那年，小凤仙还是无知的年纪，只是懵懵懂懂地听到旁人讲“死”这个字眼，听到大人们长吁短叹，说年纪轻轻就走了丢下这个小丫头多可怜，却并不知道这些词语背后代表了什么。许是受了母亲生前的所托，许是看着失去母亲的小女孩可怜，一位张姓的奶妈收养了小凤仙，同时，也把自己的姓给了她。命运并没有厚待于她，但于这样一个打从出生，除了被母亲疼爱而外没感受过多少善意的女孩子来说，不至于流落街头，便已是莫大的恩典。

小凤仙身边换了一个照顾她的人，不变的，仍然是随了新的“母亲”，换了一家人做帮佣而已。她渐渐地懂了事，知道自己与张奶妈服侍的人家里与她一般大的孩子似乎有所不同，她不明白命运安排这件事情的道理，但她接受这份不同。她不像阮玲玉，给人家当帮佣的童年时代并没有给她留下阴影。直到她11岁时，武昌起义的战火烧到杭州，奶妈带着她逃离杭州，来到了上海。

彼时，年幼的小凤仙并不知道，这场战火在多年以后，会因为一个人而与自己产生千丝万缕的联系。当然，这是后话。

偌大的上海，一个目不识丁的女人，带着一个还远远不能自立的孩子，仿佛沙粒入海，求生维艰。世间流离悲苦，相遇、分离，都不是自己能做得了主的。万般无奈之下，张奶妈将她托付给了一个卖艺为生的唱戏人，从此音信杳然。说是托付，其实相当于卖了，因为奶妈是收了钱的。但好歹是曾经收留过她的，也养育过她。而那个漂泊无着的小姑娘，改名叫“小凤仙”，开始了卖艺的生涯，她在历史中的印迹，亦慢慢地清晰起来。

唱戏的姓胡，是位老江湖。他戏唱得好，人也精明，孤身一人走南闯北惯了，大抵早已对世间的情分失去挂碍。在他的调教下，小凤仙的戏唱得一等一的精彩，而她的人呢，则几乎从没有对什么事情过分执着过。女人们最向往的东西，什么胭脂水粉啊，什么世俗的情爱啊，什么浮名虚利啊，她通通不在乎。她不怕苦，苦是她从小吃惯了的，她只是觉得人活着啊，得图一个气顺，一如她母亲当年。

老胡带着小凤仙，一路避着战火，从南京辗转到上海，再一路北上，寻着个还没有被战火波及的村镇，便唱上那么一两出，风尘仆仆，倒是吃得饱，睡得好。

就这么一直到了北平。

戏子讨生活嘛，天桥底下固然可以卖唱，毕竟满足的是游客，不若觅得一处固定落脚，笼住一些常客来得可靠。当然，胡先生的如意算盘不仅仅是这些，更是见得小凤仙出落得亭亭玉立，若她以色相侍人，总比卖艺献唱赚钱更容易。八大胡同自然是首选，挑在陕西巷云吉班。

从未听说小凤仙抵死不从的故事，以她的性子，若是不愿意的事情，想必谁也不能逼她就范。小凤仙对于她“命不好”这件事情，一直都是顺从的。或许，她一直认为，既是命，便没有“不好”这一说。

老北京城里，但凡有些钱的，有些权势的，都少不了去八大胡同寻点乐子。他们见惯了一个模子刻出来般被训练得仪态万方的小姐，像小凤仙这种没有惊为天人的美貌、没有逆来顺受性格的“野丫头”，反倒让狎客们来了兴致。因而，小凤仙非但没有被逐出门，反而因了古怪刁钻的性格而出了名。

## 初识蔡将军，英雄困兽

自古流落至欢场的女子千千万万，没有被历史湮没的屈指可数。而她们之所以被记得，往往是因了与英雄或名将有一段爱情故事，不知这算是女人幸运还是悲哀的部分，李香君与侯方域，董小宛与冒辟疆，柳如是与钱谦益，梁红玉与韩世忠……以及，八大胡同里略有名气的小凤仙与一代名将蔡锷。

蔡锷何许人也？

他1882年出生于湖南，12岁中秀才，16岁入长沙时务学堂，17岁赴日本留学，先后进入东京大同高等学校、横滨东亚商业学校、东京陆军士官学校，23岁回国，先后在江西、湖南、广西等省的军事学校担任教练。

1911年，武昌起义爆发时，蔡锷正在云南新军第十九镇第三十七协担任协统。10月10日，湖北武昌一声枪响，推翻清政府的辛亥革命爆发了，湖北成立了以黎元洪为首的军政府。紧接着，蔡锷在云南举兵响应武昌起义，并成立云南新政府，出任都督。

可以说，推翻已是末日黄花垂死一搏的清廷，成立新军政府，是蔡锷从军生涯中最辉煌的时刻。

武昌起义之后，袁世凯按照与南方革命军的约定，逼溥仪退位，由自己出任中华民国临时大总统，并于1913年10月10日就任正式大总统，之后，他通过解散国会、废止《中华民国临时约法》、改内阁制为总统制等措施，进一步扩大总统的权力，进而开始着手恢复帝制。

一旦袁世凯登基成功，必然意味着革命果实一夜之间化为乌有。以蔡锷为代表的南方革命军，自然不能坐视不理。

那一头，决意捍卫革命成果的革命军们开始积极活动，筹谋阻止袁世凯的复辟动作；这边厢，袁世凯深深忌惮蔡锷在南方革命军中的号召力，于是，找了个借口召蔡锷进京。袁世凯对蔡锷恩威并施：封他为“始威将军”，月俸高达5000大洋，同时还让自己的儿子拜入蔡锷门下，总之，说百般笼络并不为过。到了京城的地界，蔡锷手下无兵无将，一举一动都在袁世凯的监视之下。眼见着袁世凯一步一步往前推进着自己的复辟计划，蔡锷心中十分焦虑，却也别无他法。

蔡锷仔细地权衡了自己的处境。在京中举事反对袁世凯登基？袁世凯久经战场、官场，眼下又大权在握，在他眼皮子底下有所动作，无异于虎口拔牙，显然是行不通的；奉劝袁世凯不要逆着社会发展的潮流而行？如果说蔡锷曾经还对袁世凯抱过希望，那是因为他见他废除科举、兴修铁路，的确是做了一些有利于国计民生的好事，而当袁世凯秘密签订了《二十一条》，当他已经丝毫不去掩饰自己登基复辟的野心，并通过一系列措施扩大权力通向独裁的时候，蔡锷这才惊觉，已经无法再对他心怀希望了。为时之计，只有静待袁世凯放松警惕之后，再借机逃回云南，发动起义。

蔡锷麻痹袁世凯的手段，说来其实并没有什么新意，无非是整日饮酒作乐。饮酒，每饮必醉，每醉必要酒疯；作乐，沉迷于烟花柳巷中，流连于姑娘们的温柔乡里……蔡锷想让袁世凯相信，他是一个好色之徒、胸无大志之辈，家国命运、民族大义这样的重担，他是担不起来的。

偏偏蔡锷这样一个老套的局里，出现了最佳女主角，也就是本篇小传的主角：小凤仙，使得“妓女侠客”“英雄美人”的故事成了当时的佳话，也成了百年的传奇。

这一日，苦闷之极的蔡锷，与往常一样踱着方步，来到了八大胡同陕西巷云吉班。蔡锷被袁世凯变相软禁在北京的日子里，有着极高的官衔，领着极高的俸禄，却基本没什么军务可做，所以，常常穿着做工不怎么考究的便服就出门了，远不及他一身戎装来得英武，再加上他满腹心事，总也打不起精神。怪不得风月场的老鸨们惯于以貌取人，因为她们需要敏锐地嗅出哪位客人怀揣着大把的银两，可供她们掏取，然后会对那位客人分外周到仔细些，当然，这份周到仔细里，也包括了作陪姑娘的品貌。蔡锷的打扮，绝对被归类到了二流的狎客里，云吉班鸨母为蔡锷安排作陪的姑娘，叫出来的，自然也是二流的小凤仙。

这里需要纠正一下的是，认识蔡将军之前，小凤仙是有些名气的。这份名气，并不是后来人们传说的因为她“色艺俱佳”，也还没有到成为云吉班挑班台柱的地步，而是：戏唱得好，难管教，不愿取悦客人。

蔡锷初来云吉班，并不介意被怠慢。相反，他满心里想着的，是如何才能阻止袁世凯称帝。他被引到小凤仙房中，对于向他结了个万福的小凤仙，只抬眼一看，便又沉浸到自己的心事中去了。

而小凤仙，自幼走南闯北，阅人无数，一眼见到蔡锷，便料定眼前这位绝非等闲之辈，与其他前来寻欢的客人都不同。只见他眉宇一直深锁着，但仍然透出一股子英气，举手投足之间丝毫没有拘谨猥琐之态，投落在她身上的目光，即便是匆匆一瞥，却也是坚定而有力道的。

她此生头一遭，心念一动，因一个才见了一面的客人。

领蔡锷进来的人冲小凤仙使了个眼色便出去了，屋里只剩下两个人。小凤仙明白，这是在告诉她，可别又使小性子，把客人气走了。这样的事情，在小凤仙那里是常事。

初次相见，自是一番寒暄。小凤仙少不得问起蔡锷从事的职业，蔡锷随口说是做一些小买卖。她自然不信，但也不说破。看得出来蔡锷心中有事，并没有对她怀有多大的兴趣，也不待他相问，便把自己的身世和盘托出。交心，是相互的，但总得有人先跨出这一步。直觉告诉小凤仙，眼前这个人值得她这么做。

蔡锷戎马半生，愈是铁血男儿，愈是有一颗温柔之心。他听着小凤仙讲自己算不上跌宕起伏却凄凉无比的身世，却像在说别人的故事一般云淡风轻，时不时还能调笑一两句，心里翻涌起一阵怜惜。他觉得，她与那些因为贪慕虚荣而不惜以色相侍人的女人不一样，与那些因为命运不公而被迫沦入娼籍因而自怨自艾的女人也不一样。他渐渐地开始放下那件自打入京以来便让他呕心沥血的、事关国家政治命运的、如泰山压顶般使他喘不过气来的心事，去打量眼前这个女人，去听她的故事。

那一日，他们相谈甚欢。小凤仙送蔡锷出门、下楼，目送他的背影消失在胡同深处。他会不会再来，小凤仙不知道，但她已经对他有所期待。

## 戏是假的，情是真的

民国女人是冲破自古以来男尊女卑观念的第一代人，而她们对于爱情、对于性的开放程度，比之现代的女性有过之而无不及。

读民国女人的传记，从某种程度上，也是在读她们的情史：萧红、阮玲玉、陆小曼、凌叔华……不管是才女还是名媛，她们的命运，无不因为与多位男人的情感纠葛而几番改变轨迹，反倒是小凤仙，寻常人眼中最无情无义、唯财权是从、尝惯了露水情缘的妓女，从遇到蔡锷将军那一刻起，便心甘情愿地把自己的命运委身于他，把自己的名字与他的名字紧紧绑在一起。

小凤仙自小飘零，没有上过私塾接受传统诗文的启蒙教育，没有条件进洋学堂接受正规的学校教育，母亲早逝，更没来得及教给她什么人生的大道理，所有的人情冷暖，她是从跟着老胡闯荡江湖的那几年体会出来的，而大部分的道理，都是来自于老胡教给她的那些戏，故事五花八门，但她悟出的理却是一样的：善有善报，功不唐捐。而那些帝王将相的、才子佳人的故事，也让她对人与人之间的灵魂契合有了很高的期待。

彼时，她还不知道，他便是武昌起义之后发起云南首义、居功至伟、大名鼎鼎的蔡锷将军。

那日之后，谁也没想到蔡锷会再来。不几天，蔡锷又来了云吉班，点名要小凤仙作陪。云吉班一众丫鬟小厮们忍不住窃笑，心想，小凤仙居然也有一位常客了。

小凤仙心下欢喜。她是爽利的性子，并没有故作矜持，没有假意端着架子，也没有强压着心中的喜悦，而是欢欢喜喜地迎接了蔡锷。

蔡锷家中是有妻小的，逛八大胡同实在是权宜之计。遇到小凤仙之初，蔡锷发现她的与众不同，但未必对她动真情。但既然还是得假装成浪子，还是得光顾妓院，还是得维系个相好的，选小凤仙倒真不错。此后，云吉班里小凤仙处，便成了蔡锷常去的地方了。

闲谈之间，蔡锷发现小凤仙虽出身粗野，却是有一些见识的。比如说，蔡锷一直隐瞒着自己的身份，所以，当小凤仙问及他来北平的缘由时，他只说是为了名利。一般的女子，定然会为了迎合他而说出些诸如“求名逐利本就是人性使然”这样的话，而小凤仙没有，她非但没有帮他找合理化的理由，反而无情地嘲讽他一番。名利之说，本就是蔡锷打的马虎眼，自然对她的嘲讽不放在心上，反倒对她又多了一分敬重。

当然，蔡锷也知道，小凤仙的这些见识多是她从戏文里学来。只是戏毕竟是戏，戏里的故事毕竟有太多虚构的成分，不是真的历史，于是，他从此便做了小凤仙的“私塾”老师，跟她讲一些历史掌故，告诉她戏里的历史和真实的历史区别在哪里；教她做对子，以及如何拿捏其中的平仄、对仗、虚实、韵脚；教她吟诗，同时告诉她诗人写这首诗时的处境、心境……别看蔡锷是武将，他可是货真价实的前清举人，历史典故信手拈来，诗文功底比了任何一个文人都毫不逊色。

经了蔡锷有意无意的调教，小凤仙愈来愈有闺中才女的模样了。蔡将军不来云吉班的时候，她也能翻上两本闲书打发时光了，她的房间里，还常备了笔墨纸砚，平时自己习字，偶尔供蔡将军练字。这一日，蔡锷发了雅兴，挥毫为小凤仙作了一副对子：不信美人终薄命，从来侠女出风尘。题款处写上：凤仙女史灿正。

蔡锷一边欣赏着自己的作品，一边作势搁笔。在一旁研墨的小凤仙不乐意了："你既不是朝廷钦犯，为什么单单在上面写了我的名字，却不愿署上你的名字呢？若非嫌弃你我二人地位、身份悬殊，何以至此？"

蔡锷并非势利小人，只是一直以来并未告诉过小凤仙自己的真实身份这才有意不写，既然她有此要求，通过这些日子的相处，对于小凤仙的人品也放心，这才重又提笔，在"凤仙女史灿正"的旁边，署上了名字：松坡。松坡是蔡锷的字。

小凤仙大惊，云南府蔡松坡蔡锷都督的大名，即便远在京城，她也是知道的。八大胡同是什么地方？天南地北的人来这里寻乐子，满肚子的时局、八卦，酒过三巡，该说的不该说的，通通都守不住了。武昌起义后，蔡锷将军如何举起云南首义大旗响应革命的事迹，她早就听说过，而如今，这位大英雄就在自己的身边，每日教她识字读书，还为她题了字赞她是"侠女"。小凤仙早就知道他并非平庸之辈，但也决然没有想到他就是蔡锷。

蔡锷呢，既然已将身份如实相告，他也相信小凤仙不是贪生怕死、贪恋权贵的女人，更是将自己的计划和盘托出了。

此时，蔡锷于小凤仙来说，是亦师亦友亦恋人；小凤仙之于蔡锷，也不再是当初将计就计时随便选的一个人，是她可、别人亦可的了，而是真真正正的红颜知己，非她不可了。

蔡锷来到北平，寓所在棉花胡同66号，但此时，若人们想找蔡锷，棉花胡同未必能找得见，但去云吉班便往往能够找到。

对于蔡锷的“放荡”行止，袁世凯未必真信。蔡锷深知，袁世凯不是好糊弄的，想要让他彻底放松警惕，他与小凤仙的戏便得加码：不仅要让袁世凯的眼线相信他早已沉溺在小凤仙的温柔乡里，更要让老百姓也相信，此时的“始威将军”，已非昔日那位侠肝义胆的将军，而是一位眠花宿柳的将军了。

于是，蔡锷一改隐姓埋名佯装寄情于美色的做法，公然表露出自己的真实身份，并常常在云吉班大宴宾客，请来的往往都是显贵。小凤仙，则大大方方地，以主母的身份招待来客。每每蔡将军要举办筵席了，云吉班只道是被人承包了，一概外客皆不招待，只许蔡将军下了请帖的贵客进入。一时间，京城里流言四起。

棉花胡同里蔡府里的原配夫人坐不住了，她也算是个深明大义的女人，并不反对丈夫纳妾，偶尔偷逛个窑子她也可以睁一只眼闭一只眼。可他堂堂一个云南府的都督，却这样大张旗鼓地与一个妓女在妓院里过起了日子，这算是怎么回事呢？

蔡将军的后院起火了。只要蔡锷回到棉花胡同的府上，街坊邻居们便有好戏看了：夫妻之间的吵闹声、摔杯打碗的声音，成了胡同一景。

后来，挺着大肚子的夫人与蔡锷的老母亲，一气之下回了蔡锷的老家。蔡锷便索性在云吉班长住下了。

这出闹剧，袁世凯看在眼里，他终于长叹一声：“原本以为蔡松坡有经世之才，可却连自己的家都治不好，何以治国啊！”

他终于相信，如今的蔡锷已是无须他多虑的角色了。

小凤仙帮衬着蔡锷合演的这出戏，终于奏效了。

## 英雄功成身死，美人芳踪杳然

已将妻母送离北平的蔡锷，大摇大摆地带着小凤仙招摇过市，完全一副悠闲自在的模样。袁世凯的登基大典，也在紧锣密鼓地筹备之中。

送蔡锷逃离前夜，小凤仙心里有百般的不舍。可她知道，他为了等这一天几乎可以说是到了殚精竭虑的地步，而她虽然是一介女流之辈，也晓得权衡个人情爱与家国大义孰轻孰重的道理，断然没有让他为了她就这样留在北平庸常度日的想法。不过她动过念头，随他一起逃走。此后，他成，随他过完一生；他败，陪他共赴黄泉。

蔡锷心中亦有不舍，却无论如何不能答应。此次出逃前路凶险，能不能顺利回到云南全凭造化，他自己根本没有十足的把握。一旦袁世凯得到他逃走的消息，必然会安排人沿途伺机刺杀。相较之下，北平反倒是安全的地方了。

小凤仙答应等他回来接她。谁知这一等，却是无期。

1915年11月，在袁世凯登基前不久，据说是在小凤仙的掩护下，蔡锷从北京逃到了天津，复又逃去了日本，再由日本取道越南、香港进入云南，并于12月25日宣布云南独立，组织起护国军，发动了历史上著名的以讨伐袁世凯、推翻帝制、恢复共和为宗旨的“护国战争”。

袁世凯恢复帝制的行径，原本就触怒了一心向往共和的革命军，身边支持他称帝的权臣们，也多是些既无大志、复无谋略、还无胆识的鼠辈，只想着傍上袁世凯，只要他登上皇位，那么他们便都是开国功臣。当讨袁声势自云南起、一路蔓延北上的时候，袁世凯想用人之际，却无人堪当大任。忧愤交加之下，不过才登基数月，袁世凯便去世了。

自蔡锷出逃近一个月的时间，小凤仙完全没有他的消息，她忧心如焚。当然，她也知道，这时候，没有消息就是好消息。

直到云南独立的消息传来，小凤仙知道，他成功了。接下来，护国运动声势一浪高过一浪，袁世凯已然到了招架不住的地步。小凤仙心里是欢喜的，虽然他的人与她隔着千山万水，但他的消息却几乎日日都被送来：护国军兵分三路开始北上了；他带领的一路人马即将攻入四川了……与他再见的那天，似乎指日可待了。

小凤仙知道的，是蔡锷等人发起的护国军成功摧毁了袁世凯称帝的希望，她不知道的是病魔已悄悄地摧毁了蔡锷的健康：他得了喉癌，且因为一直忙于公务，延误了治疗时机。终于，因救治无效在日本溘然长逝。

从1915年11月，她送走蔡锷，到1916年11月，她在云吉班自己的小屋里闭门谢客整整一年，苦苦等着她的盖世英雄来接她，可她等来的，却是斯人已逝的消息。小凤仙悲痛欲绝。自打懂事，她从不贪权势，不图名利，不恋外物，更不对旁人有任何期许，而遇上蔡锷，她头一回开始那么强烈地期盼过上一种生活，有他朝夕相伴的生活。而以后，非但再没有了这种生活，这个世界上竟然连那个人都不存在了，只剩下了茫茫一片荒野。

国民政府为蔡锷将军举行了国葬，哀荣之盛，为民国第一人。小凤仙为蔡锷将军题写了两副挽联：

第一副是：

不幸周郎竟短命，早知李靖是英雄。

第二副是：

万里南天鹏翼，直上扶摇，那堪忧患余生，萍水姻缘成一梦；

几年北地胭脂，自悲沦落，赢得英雄知己，桃花颜色亦千秋。

她伏案提笔时，几番想起他曾教她作对时的情景，他为她题联时的情景，他大笔一挥写下“此地之凤毛麟角，其人如仙露明珠”时，也不过才时隔经年，两人却已阴阳永隔。

正应了陶渊明诗里那句：亲戚或余悲，他人亦已歌。蔡锷丧礼刚过，小凤仙已然成为一具行尸走肉。她大门不出二门不迈，茶饭不思，身体消瘦得不成样子。云吉班却已然是门庭若市，这中间，有好事者想一睹蔡锷将军生前相好的芳容，更有一些狎客，甚至想分享蔡将军的“同靴之谊”。那年，小凤仙16岁，她自始至终再未见一客，随后不声不响地离开了云吉班，离开了八大胡同，失去了踪迹。

## 凭借回忆度余生

小凤仙再次出现的时候，已是隐姓埋名地生活了三十多年之后。

无人知道，蔡将军去世后的这三十多年里，她去了哪里，经历了什么，更没人知道，她在战火中、在飘零中，是靠着什么样的信念支撑下来的。

她为自己改的名字叫作“张洗非”，在沈阳一个张姓人家里做保姆。彼时，她嫁给了一个姓李的锅炉工，成为几个孩子的后母，想来，家境一定十分贫寒。据说，之所以愿意嫁给他，是因为老李与她有着共同的兴趣爱好：听评书。名字的寓意很明显，洗心革面、痛改前非的意思，她想洗去的，是妓女的身份，而那个在她心底盘根错节一般扎下根的大将军蔡锷，想必是她宁死也不愿意忘记的。他是她少女时代的英雄，是她无欲无求的这个世界上唯一有所期许的人，是她对未来还抱有希望时所勾画的生活中不可或缺的人……她最终还是嫁了别人，却不过是历经风霜严寒之后，为自己找一个相伴取暖的人。那时候，她已是为了求生。据她的后人回忆，小凤仙贴身带着一张旧相片，常常在无人的时候拿出来看，只见上面是一个军人模样的人，别着肩章，英姿飒爽。别人问起，她只说是一个朋友，照片上的那人，一定就是蔡锷将军了。

1951年，梅兰芳带团演出，会路过沈阳。临行前，他收到一封来自沈阳的信，署名张洗非，大意是希望梅兰芳路过沈阳时，能够见一面。信中落款处，署名写着“小凤仙”。

梅兰芳仰慕蔡将军气节风骨，对小凤仙的侠名也早有耳闻，于是，到得沈阳，他第一时间去见了小凤仙。向梅兰芳讲起自己与蔡大将军的故事，小凤仙一定觉得恍如隔世。那真的是她亲身经历的吗？或者只是她的黄粱一梦？

梅兰芳离开沈阳后，托人帮小凤仙寻得了一个政府机关里的工作，工作清闲，有了稳定的收入。但对“张洗非”就是小凤仙的事情，对她与蔡锷将军相处的情节，对蔡锷当年是如何逃出北京的细节，却从未对旁人提起过。

老李去世后，晚年的小凤仙，生活平静。她饱经忧患离乱，到了晚年，总算重拾回一些生活的体面，不怎么做家务，爱干净，喜欢穿旗袍。孩子们、邻居们并不知道张洗非就是当年的小凤仙，但却隐隐猜到，她那即便清贫也一定要坚守的体面，一定是因为曾经有过不同寻常的生活。

最先知道小凤仙身世的，是邻居。那时，老李的孩子们都已成家立业，各自单出去了，张洗非变成了独居老人。为了排遣寂寞，便常常去邻居家。

一日，收音机中放着蔡锷将军与小凤仙的故事，张洗非突然就愣了神。小凤仙，这个名字她用了没多久，几乎都忘记是自己的了；可蔡锷、蔡松坡，这两个名字，几乎是拿刀子一笔一画刻在她心上的，她怎么可能忘记啊。

她怔怔地，抬起枯瘦的手指，指着收音机，喃喃说："那里面说的小凤仙，就是我啊！"声音很轻，仿佛是对自己说的。

邻居这才恍悟：这位老太太，总像是别个时代过来的人，总像是怀着满腹欲说还休的心事，总像是有着说不完的秘密似的。原来，她心里藏着的，是那样一段惊天动地的过往啊。

1954年，小凤仙去世。据说，人在闭上眼睛的刹那，会像过电影一般，回顾起自己的一生。我想，在她闭上眼睛的瞬间，若她还有意识，她脑海中划过的，一定是她与蔡锷在一起的画面，他在宣纸上写下两联：

此地之凤毛麟角，其人如仙露明珠。

她痴笑着，心满意足的样子，知道他赞美她是发自真心。那是她一生中最快乐的时光。

关于小凤仙的身世，其实有很多种说法。关于小凤仙失去所踪的三十年中，也有传言说她嫁过一个军官。关于小凤仙在蔡锷将军的那次出逃中，是否真的起到了那么大的作用，也有很多人存疑。但蔡锷是小凤仙多舛命途中最闪亮的那一瞬却是笃定的。

人这一生，太容易陷入庸常，可上天总会在那么一些时候，给我们的生活添上有如烟花绽放般短暂却精彩的片段，借着某个人的出现，借着某件事情的发生，借着某个地方的抵达……那就快乐地享受吧，或许，那将是我们漫长一生中，为数不多的、值得纪念的时光。

# 于凤至：
# 为了爱，她枯等一生

一个怎样的女人，会为了一个永远也抓不住的男人而矢志不渝空等一生?

一个怎样的男人，会让一个女人为了他而矢志不渝空等一生?

年少时，听到张学良与他的结发妻子于凤至的故事之后，这是我最想知道答案的两个问题。

多年以后，看过很多不同的人写他们的传记。写的人身份不同，立场不同，对他们之间的感情，诠释自然不同。

直至提笔写下这段开头的当下，我仍不确定能找到答案。历史是被精心打扮过的新娘，混在同样精心打扮过的传说野史之中，我们早已分不清哪些是真实，哪些是虚构。但何妨信笔走一圈呢，沿着那个女人的命运与人生轨迹走一圈，索性就像孩提时夏日黄昏的傍晚，倚在爷爷奶奶的怀里，听一个遥远的故事、追忆一段旧梦一般，去追寻，一个女人为了一个永远也抓不住的男人而矢志不渝空等了一生的故事。

## 郑家屯的“女秀才”

于凤至，字翔舟。她于1897年阴历五月出生在吉林省怀德县南崴子乡大泉眼村，在家中排行老三，老大于凤彩，老二于凤翥。

父亲于文斗，是一方巨商、富绅、名士。在郑家屯开着“丰聚长”商号，经营粮谷、油盐、布匹等，除商号外，于文斗的产业还遍及煤矿、土地、木材、毛皮、辽河航运，是当地首富。于文斗人很精明，经商有道，却光明磊落，从不做蝇营狗苟的勾当，大富之后常常仗义疏财，帮衬邻里，解救贫弱，在辽河两域十分有威望，被推举为商会会长。

于凤至5岁时，在大泉眼村上私塾开蒙，9岁去了郑家屯，同时，父亲请了一位大儒担任她的老师。在这位老师的调教下，她系统地学习过“书”“经”，腹中千卷文章。虽然是女孩子，但在才学上，却是于文斗三个孩子中的佼佼者。

二十世纪初年，清廷的威严江河日下，东三省匪患鹊起。辽西一带蒙古叛匪十分猖獗，屡屡烧杀抢掠，使得民生维艰。时任东三省总督的徐世昌为了平定叛匪，安定一方生计，多次派兵前去清剿，都没有取得实效。

于是，他想到了同样出身绿林、刚刚在平定辽中巨匪杜立三时立下了首功的奉天巡防营前路统领张作霖。那时候，张作霖驻军在新民府，日本驻军将张作霖手下两个士兵打死之后，日方却姑息了开枪的日本兵，张作霖不忿，便也下令打死了三个日本兵，一时间，双方各不相让，眼见着事态一步一步扩大，1908年4月，徐世昌将张作霖调往辽西，负责剿匪。

张作霖剿匪时的屯军地，不在别处，正是于文斗所在的郑家屯。于家商号的后院，一度成为张作霖的剿匪指挥中心。

一次，张作霖率军前去剿匪，在将匪军赶至深山老林之后，便率军队进了一个村子休整。没想到，土匪狡猾，竟使了一招回马枪，将村子包围了。张作霖率部下苦战，几乎招架不住了。这时，得到消息的于文斗二话不说，便说服了一个叫吴俊升的人，调来一队人马，替张作霖解了围。

于军，于文斗对张作霖有收留照拂之恩；于私，他对张作霖有救命之恩。

张作霖虽然出身粗野，但懂得知恩图报。那回之后，他便与于文斗结为兄弟，并时时思忖着，想找个机会报答于文斗的恩情。

那年，于凤至11岁了，出落得十分标致。她每日从学堂回来，并不需要大人催促，便会自己看书习字、温习功课。张大帅戎马倥偬大半生，每天都在刀尖上舔生活，看到于文斗这个好学的小丫头，心头甚是喜欢，总是叫她“女秀才”。后来，这个张大帅口中的女秀才还考上了奉天女子师范学院，成绩十分优异。

张作霖心念一动，或许，自己的儿子“小六子”（张作良的小名）可与这个姑娘缔结良缘，两家休戚与共，既可亲上加亲，又不失为报恩之途。

有一天，于文斗家里请来了一位算命的先生。他把女儿于凤至的生辰八字告诉了算命先生，只见先生一只手端在目下，拇指灵活地在其余手指上跳动一番，口中念念有词，良久才说："此女，乃凤命，贵夫人之命……"于文斗几个孩子里，他原本就最喜欢女儿于凤至，今日听了算命先生吉言，一时间喜不自胜，还亲自拿笔记了：于凤至，凤命。

可巧张作霖进来了，刚一落座，便看到桌上几个字，"凤至""凤命"，心下大喜，再一思忖，于凤至是凤命小姐，他的儿子"小六子"也算是将门虎子，倒也般配。若有朝一日儿子功成，图得龙位也说不定呢。张作霖打定了主意，要与于文斗结下这儿女亲家了。

起初，对于张作霖提议的这门亲事，于文斗是不同意的。于凤至是他一向视作掌上明珠的，他日要嫁，肯定要找一个一心一意厚待自己女儿的人家嫁了。官家之人，一般都是三妻四妾，女儿若是嫁过去，陷入周旋在各房太太中间、每日里为了丈夫的远近亲疏争风吃醋的生活里，他断然是不肯的。

张作霖知道于文斗的顾虑之后，当即保证，儿子只要娶了于凤至为妻，此后绝不再纳妾。于文斗这才答应了这门亲事。

那年，于凤至11岁，而与她订下了婚约的张学良，那年才8岁。

## 凤女虎子，结成秦晋

经长辈订下婚事后，于凤至这头一路求学，直至从奉天女子学院毕业。那时候，她写得一手好字、对得一手好对、赋得一手好诗、作得一手好文，已是郑家屯远近闻名的才女了。而张学良，则长成了一个翩翩的公子哥。从他“民国四大美男子”之一这个称号，我们便能想见他当年的风流倜傥。生在将门，仪表堂堂，张学良十几岁的年纪，身边便已经围着很多女孩子了，她们有的美貌，有的新派，张学良流连期间，有点乐不思蜀。

对于儿子的纨绔做派，张作霖看在眼里，觉得是时候告诉他婚约的事，也好让他有个心理准备。早早娶个媳妇，把玩野了的心收一收，也是好的。

得知父亲为他订了一门亲事，而且对方是郑家屯里的一位姑娘时，张学良心里百般的不情愿。对于张学良来说，出生在那里的姑娘，无疑就是村姑了。即便受了教育，那也是守旧的思想。几十年以后，当张学良经历了世事的巨变，他自己也被软禁多年终于恢复自由之身之后，回忆起当初对这门婚约的不满，仍然历历在目：“我对于凤至没有好感，并不仅仅因为她的出身，也不是因为当时奉天有一些比她好的姑娘想嫁给我。主要是我不想娶一个有传统思想的女人为妻。”

但张作霖是说一不二的将官，带兵如此，治家亦然。他对自己膝下的几个子女，从来都是威慈并施，且威严绝对远远多于慈爱。

张学良知道，父亲主意已定，这件事情木已成舟，没有挽回的余地了。既然迟早都要同意这门婚事，与其最后灰溜溜地同意，不如当下就同意，还能跟父亲谈点条件。于是，他接受了父亲安排的婚事，并且答应永不娶妾，但父子俩在一件事情上达成了共识：张学良在外面的作为，父亲今后不再干涉。

那时候，张学良已经打定主意，只要不娶进家门，在外面追求志同道合的爱情也还是可能的。

作为张学良眼中的乡下人，于凤至也并不是愚顽无志的肤浅女子。当初订下婚事的时候，她不过才11岁，便能说出“绝不高攀权贵”这样的话。后来，在被张学良轻慢时，也毫不犹豫地维护了自己的自尊。

1915年，张学良奉父亲之命，来到郑家屯“相亲”。这位公子哥来到屯里，却并不去未来老丈人的家里，而是住在当年解了父亲的围，救父亲于危难之中的吴俊升家。他白天在郑家屯游荡，到了很晚再回到吴俊升家里。直到自己的耐心也耗得差不多了，才派人送了彩礼单上于家，而自己则假装生病，并未亲自前往。自古以来，相亲都是需要本人出面的，张学良此举的确是有点出格了。

到底是少年意气。张学良想以这样的方式，让自己还未见过面的未来老丈人、丈母娘，以及那个将要成为自己妻子的女人知道，对于这门亲事，即便他自己做不了主，但他从心底是一万个不愿意的。

彩礼礼单用大红绸布包了，端到于家人面前。国中重宝、异域珍玩，写了很多很多页……着实丰厚到令人咋舌的地步。于家因为知道张学良要来他们家，在很多天之前就准备迎接了。家里准备了上好的菜品、时令的蔬菜水果，就等未来的女婿上门，好好招待一番。待张学良这么一闹，于凤至对于他的心思也了然了。她拿着彩礼单，翻也不翻，转头离了前厅，回到自己闺房，提起毛笔，写下了这样一首诗："古来秦晋事，门第头一桩。礼重价连城，难动民女心。"

诗写得不卑不亢：自古以来婚姻大事，都讲究个门当户对的。我乃一介民女，您却贵在将门，彩礼贵重是贵重，但我并无攀附之心！

彩礼单被退回到了张学良的手上。透过那首义正词严的信，张学良读到的，是一颗自爱女人的心。这才发觉，自己一直以来都认为于凤至是村姑，看来是先入为主了。于是，他这才精心地打扮了一番，重新带上礼单，亲自前往于家，一是赔礼，二是相亲。

那时候，于凤至已打定了主意，这样一桩婚姻不要也罢。张学良吃了闭门羹，下人传来的话是："小姐说了，既然他不满意这桩婚姻，那我们暂时还是不要相亲的好！"

于凤至主意已定，任凭张作霖请了中间人怎么说和，就是不为所动。于文斗爱女心切，见女儿抱定了不见的主意，便不好再说什么。

眼见着这门亲事要黄了，吴俊升想起前些日子于凤至还托他买画，于是心生一计：让张学良假扮成画店掌柜，而自己则佯装约于凤至一起去买画，先让两个人见上一面，后面的事再从长计议。

张学良见过于凤至退回的礼单，上面的毛笔字体十分娟秀，诗也作得好，便想借着这个时机好好地考考于凤至。那天在画店，张学良见到来的年轻女子，容貌秀丽，举止端方，明明就是一位闺秀。而他当初却从言语、行动上，嫌弃她是乡下女人。他心底已经生出了悔意。

于凤至要买画，他便学着老板的样子，将身后的画一轴一轴地拿给她看。张学良每每拿出一幅画，于凤至都能一眼辨别出是古人真迹，还是后人伪造的赝品。两个人讨价还价、言语往来之间，于凤至总是凭着自己对古画的精通将张学良噎得说不出话来。张学良知道，眼前这个女子，才华、人品远远在自己之上。他心里暗暗地下定决心：非于凤至不娶。

那天一面，于凤至的声音、容貌深深地印在张学良的脑海里了，挥之不去。那晚，他在如豆的灯下，提笔写了一阙《临江仙》：

> 古镇相亲结奇缘，秋波一转销魂。千花百卉不是春，厌倦粉黛群，无意觅佳人。芳幽兰挺独一枝，见面方知是真。平生难得一知音，愿从今日始，与姊结秦晋。

于凤至原本对张学良对她的轻慢是十分愤怒的，结果，那天他假扮的那个画店老板，在她面前的窘态时时浮现她眼前，那个人分明还是有点可爱的。

这时，张学良的词送到了她的手上，她读懂了他对曾经举止的悔愧，对她的爱慕。于凤至被打动了，她提笔写了一首和词：

古镇亲赴为联姻，难怪满腹惊魂。千枝百朵处处春，卑亢怎成群？目中无丽人。山盟海誓心轻许，谁知此言伪真？门第悬殊难知音，劝君休孟浪，三思订秦晋。

误会消除，前嫌冰释，张作霖与于文斗欢欢喜喜地为两个孩子举办了婚礼。

张学良与于凤至结婚前的这一段故事流传颇广，却像是才子佳人小说里的虚构。李汉平在于凤至的传记《美丽与哀愁：一个真实的于凤至》里，将这段故事归入的章节是《史实与传说》，意思大抵是说，其中真伪，交给读者自己去评判吧。

## 帅府深深

嫁给张学良，于凤至开始了在“帅府”里当少奶奶的生活。

张作霖六房太太，十几位子女，除了张学良已经出嫁的几个姐姐，全部都生活在一个大家庭里。帅府上下，秩序井然，也森然。

张学良原本就比于凤至小，再加上他自小浪荡惯了，对于自己所在的大家族，对于自己新组建的小家庭，是没有什么责任心的。一切全凭于凤至做主。夫妻二人相敬如宾。

于凤至虽然出生在乡下，但知书、识大体，对长辈尊敬有加，对下人以礼相待。不出几个月，张府上上下下对这位少奶奶，都喜欢得不得了。张作霖尤其看重自己帮儿子订下的这个媳妇。遇上张作霖发怒时，府上所有人大气都不敢出一声，只有于凤至敢上前去劝公公息怒，张作霖往往会收了脾气，众人这才能松一口气。

夫人的得体、端方，张学良看在眼里。

嫁给张学良第二年，也就是1916年，他们的大女儿出生了，取名张闾瑛。接下来，他们的三个儿子相继出生。长子张闾珣，亦是张作霖的长孙。张作霖对他十分疼爱，这个孙子也常常缠着要与爷爷待在一起。关于这对祖孙，有一个流传很广的趣事，说的是张作霖有一日发现，这个孙子像个小尾巴一样跟在爷爷的身后，他走到哪里，他跟到哪里，张作霖便回身问："你跟着爷爷做什么呀？"张闾珣说："我要数你说了多少个'妈了个巴子'。"张作霖乐得哈哈大笑。不幸的是，于凤至的这个儿子十几岁的时候，随张学良去英国时，被爆炸的弹片伤到了脑袋，精神失常了。

于凤至生完最小的儿子之后，得了一场大病。医生换了一个又一个，药吃了一副又一副，总不见好，反而还加重了。于凤至的母亲便和张学良的姨母商量，让张学良娶了于凤至的一个侄女，这样，于凤至一旦有个三长两短，孩子们也有人照应。张学良想都没想果断拒绝了，他说："她现在病得这么厉害，我结婚不是催她死吗？"最后，张学良说，如果凤至真去世了，他再娶她的侄女不迟，但前提是，凤至自己得同意，把孩子交给侄女。后来，于凤至的病竟奇迹般地好了，而因为这件事情，她一直十分感念他。

张学良对几个孩子也很疼爱，尤其是最小的儿子，因为这个儿子眉眼间最像他。他们还把几个孩子陆陆续续都送到沈阳去学习国画。那时候，沈阳有个"湖社画会"，集结了当时最著名的一批画家，而他们大都指点过几个孩子的绘画技法。"湖社"自办了一份刊物，常常品评推荐几个孩子的画，甚至上面还评价他们"沉静好学，聪慧过人，进步极速，习国画四五年，或笔致劲健或潇洒天真或肃穆有逸气……"

于凤至嫁过来几年，公公张作霖已经由奉天督军，变为统治东三省的"东北王"了。一大家人在张作霖的荫护下，过着在外受人尊敬、在家平静无波的生活。

张学良常常在外面跑，于凤至知道，他在外面是有相好之人的。起初，发现丈夫的不忠，她的心里很不是滋味。高山流水，钟子期死，俞伯牙为之砸琴绝响；梁祝化蝶，彼此宁死都保持着对对方的忠诚……于凤至读过很多至交知己的美谈，每每想起古人的做法，再对照当下的自己和丈夫，便觉悲从中来。

但从小她受的教育，不允许她姿态难看地吃醋、哭闹，更不允许府上大大小小百十来口子人看他们夫妻二人的笑话，张学良回到家里来时对她的尊敬也让她无从指摘，她强忍着内心的酸楚，仍如往常一样，周全、得体地生活在大家庭里。张学良风流是风流，但想起自己病得几乎不治的情况下，张学良依然没有放弃她，她多多少少是安心的。于凤至似乎也没有发现他对哪个相好的女人真的动过情，都是逢场作戏，雁过无痕罢了。

这样的事情经历得多了，于凤至也习惯了。不管他在外怎么风流，他的家却只有一处，那就是于凤至这里。而且，随着时间的推移，张学良对于凤至早已产生了一种超过了夫妻情分的依赖。他不避人前，总称她为姐，她则称他的字：汉卿。

帅府深深。丈夫不在，孩子又不在身边，于凤至常常觉得闲散，又不想与社会脱节，于是，她便征得了公公的同意，去东北大学当旁听生了。其实，她去学校更大的动力，是想跟上自己丈夫的步伐。

转眼间到了1928年，于凤至嫁给张学良十三年了，早已是老夫老妻了。

6月4日那一天，公公张作霖乘坐的专列在皇姑屯火车站附近，被日本关东军炸毁了。张作霖被送回大帅府的时候，已被炸得血肉模糊。全府上下哭成一团、乱作一团。张作霖交代“让小六子快回沈阳”之后，便去世了。

当时，张学良不在。作为张作霖最看重的长房媳妇，于凤至成了大帅府的主心骨。

这些年嫁到大帅府，于凤至耳濡目染了一些官场、战场的谋术，张学良也常常跟她讲一些军校里的事情，她迅速地判断了眼下的形势：公公去世的消息一旦发布，不但帅府上下所有人性命不保，整个东三省，怕也是要落到日本人手里的。为今之计，只有秘不发丧，等待张学良回来再作打算。

公公一向疼她，但她不能哭。于凤至强忍着悲痛，先是派人把张学良叫回来。然后吩咐下去：第一，府里一定要保持跟平常一模一样的气氛，平常怎么做，现在就怎么做，绝不可有半点异常；第二，不许任何人来府里探视；第三，不管谁问起大帅的情况，就说只是受了点伤，还需要静养。

终于，张学良潜回帅府，主持大局，顺利完成权力交接，东三省才暂时保持了稳定的局面。张作霖的死讯这才公布，于凤至亲手操办了公公的葬礼。

于凤至临危时的表现，让帅府上下，也让张学良，见识到了这位弱女子的沉稳与决断。

这一年于凤至也不过三十出头，成为府里的当家人；张学良尚不到而立之年，成为坐镇东北三省的大帅了。

那几年，时局动荡，风云翻涌。于凤至眼见着自己的丈夫渐渐地由一个喜欢声色犬马的公子哥，变成了一个心怀家国、有所担当的真正的男人了。她自己更是尽心尽力地，以主母的身份，主持着府里的大小事务。

## 赵四小姐：不是情敌，是宿命

都说女人天生爱浪漫，喜欢追求一份站在他面前会让自己脸红心跳的爱情。男人大概也是这样，心底也会深深埋着这样的渴望。

张学良对于凤至，有敬、有重、有依赖、有感激，有年月日久同甘共苦之下培养出的浓厚亲情，唯一缺的，是激情。而激情与爱情，常常是密不可分的。

婚后，张学良从不把外面的女人带回家，几乎成为夫妻二人之间的默契。张学良也曾向于凤至提出过要纳一个侧室，于凤至当时拒绝了，张学良尊重她，从此再未提起要娶那女人的话头。

只有一个例外，那就是赵四小姐，赵绮霞。赵四小姐与于凤至是完全不同类型的女子，她活泼、开朗，小小年纪便活跃在交际场上，当画报上的封面女郎，娇俏的身影常常穿梭在酒局舞厅里。张学良在舞厅里一眼见着她，便深深地沦陷了。

张学良不仅把她带回了府上，而且这么多年来头一次态度强硬表示要于凤至接纳她，并不惜与妻子横眉冷对。

于凤至知道，这次张学良是真心的。

那一年，赵四小姐不过才十七八岁。与张学良认识很久了，她前脚投奔了张学良，她的父亲后脚就在报刊上发表声明，断绝与女儿的关系。

那是于凤至头一次与赵四小姐相对。张学良一生中最重要的两个女人，她们一个老成持重，一个活力四射。显然，张学良敬的是前者，爱的是后者。

终于到了这一天了。接下来，他会带一个一个的女人回来，深爱着张学良的于凤至，能够对他在外的女人睁一只眼闭一只眼，但真要带回府里来，她要如何做到眼不见为净呢？刚开始，当然是不同意的，张学良在旁边，拿出一家之主的威严来，喝令她接受赵四小姐，而于凤至态度更坚决，她宁愿离婚，也不接受他纳妾。

这时，赵四小姐扑通一声跪了，她说：“我只求能够做大帅的秘书，陪在他身边。我可以一辈子不要名分。”

赵四小姐没有退路了，张学良没有退路了，于凤至也没有退路了。

于凤至只好答应了下来，前提是，她是张学良的秘书，不能住在府里。但工资一定要宽裕地发。

得了原配夫人的许可，赵四小姐光明正大地留在了张学良的身边。她入不得帅府，便把张学良“拐跑”了。张学良归家的时间越来越少。挽不回丈夫的心，拉回他的人也是好的。于是，于凤至又拿自己的私房钱，在帅府旁帮赵四小姐买了一座房子。于凤至开始了与赵四小姐抬头不见低头见的日子。

西安事变后，张学良被囚禁了起来。

那时候，于凤至带着孩子在英国，还是张学良陪他们一起去了。想不到，他提早回来，却发生了这样的事情。

听到消息的于凤至，动用了自己能够动用的一切关系，甚至给与自己拜了干姐妹的宋美龄写信，让她劝劝蒋介石。

亲爱的姐姐：张学良罪及委座，幸蒙特赦，仍须严加管束，不知如何得了？学良不良、我亦有责，甚为遗憾！可否把他交给我看管，送出国外，以了介公之责。

请多帮忙，感同身受。

电报发出了，于凤至心急如焚地等待结果，却迟迟不见动静。

这时，她才知道，张学良已被秘密囚禁在南京鸡鸣寺。

于凤至选择了回国。她把孩子托付好，来到了张学良身边“陪狱”。三年时间，张学良的“牢狱”一迁再迁，从南京到安徽，从江西到湖南。于凤至一路作陪。

那时候，蒋介石对张学良说是软禁，其实与坐牢无异了。士兵把居所里三层外三层地把守了，连吃饭也得与看守的特务同桌。曾经看过几张张学良被囚禁期间的照片，照片上密密麻麻地站满了人，除了站在最中间的张学良与赵四小姐之外，其余的人，全部是看守张学良的人。也难怪张学良在失去自由的初期，常常苦闷到失声痛哭。

他们夫妻二人，只有晚上可以相对独坐。这时候，张学良不是吟着那首“生命诚可贵，爱情价更高。若为自由故，两者皆可抛”，便是哼着《四郎探母》。那诗、那戏，是他处境的写照。

身处牢狱，不知几时能重获自由，丈夫的心境时时悲愤，她自己何尝不是如此。长久以来的情绪不畅，于凤至忧思成疾。她被确诊为乳腺癌。在当时的中国，这基本相当于绝症了。

于凤至在回忆录《我与汉卿的一生》里写道：

1940年春，我病了。经送院，检查出患了乳癌，好似晴天霹雳打击我俩的心。对之，我们商量。汉卿沉痛地说：我们怎么办？你要找宋美龄了，要求她帮助你去美国做手术。老天爷饿不死瞎家雀。你会康复的，一旦病好了，也不要回来。不只是需要安排子女留在国外保存我们的骨肉，而且要把“西安事变”的真相告诉世人。蒋介石忘恩负义，背弃诺言，他是一定要编造这段历史的。

张学良鼓励于凤至去美国求医。但对于凤至来说，那是怎样的两难选择啊。她想留下来，陪着丈夫。只要能与他相伴，死，她是不怕的。可她若死在牢狱之中，他们远在国外的孩子该怎么办呢？

最终，于凤至答应听张学良的话，去美国治病。但前提是，张学良一定得答应她，一定要等重获自由的那一天，千万不能自杀。于凤至的担心不是没有道理，多少个忧思袭扰的深夜，夫妻俩都在抱头痛哭。

为了救妻子，张学良给戴笠写了一封信，字字是泪，句句是血，目的只有一个，求他们帮助于凤至到美国去，为她治病。那封信，几经周转，经过宋美龄，才到得蒋介石的手上。蒋介石这才松口，同意放于凤至治病。他们安排于凤至去美国救治了。那时，他们谁也没想到，那竟是永别。

于凤至走后，赵四小姐来到了张学良的身边。那时候，他们同样谁也没想到，这一陪，就陪了后半辈子。

## 张学良：生平无憾事，唯负此一人

多次胸部摘除肿瘤手术、切除一侧乳房、化疗……一场劫难下来，她形销骨立，憔悴不堪。但于凤至以常人无法想象的坚强意志，与病魔作对抗，那时候，支撑她活下去的唯一力量，是期待有朝一日能与张学良团聚。

当时，美国的医学的确比中国发达许多，原本她以为自己已被判了死刑，却又奇迹般地痊愈了。

于凤至，已经第二次从生死边缘走了一遭。两次，张学良都是以自己的方式去守护她。每每念及此，再想起此时，不知道汉卿身体好不好？他每天吃得合不合胃口？他在狱里的苦闷怎么排遣呢？……她都会陷于极度的痛苦之中。

而她不知道的是，赵四小姐去了张学良身边之后，张学良慢慢地从悲苦之中解脱出来了。原来，爱的力量竟是可以让人战胜一切困难的。于凤至能给张学良陪伴，却无法让他从孤苦之中解脱；赵四小姐除了陪伴而外，还能让张学良在爱里得到救赎。

这也是为什么张学良在几十年的软禁生涯里，心境能够渐渐转平。

但她还是得强打起精神面对现实。而眼下，除了自己丈夫张学良的安危与自由外，她最需要面对的现实就是，她需要赚足够的钱。

她的病，孩子的教育，他们在美国的生活，还有，张学良重获自由后，他们的生活。这一切的一切，都需要钱。

她一个东方女人，只有满肚子的诗书文章，似乎很难找到赚钱的门路。这时候，她想起了股票。

她知道，那是可以让穷人一夜之间暴富，让富人一夜之间一无所有的营生。但她是于文斗的女儿，父亲不仅给了她聪慧的头脑、经商的天分，还给了她杀伐的决断。没错，股市如战场，同样需要决断。

她拿着治病之余所剩不多的钱，一个猛子扎进了华尔街股票交易所。

她赚了，但她不是贪得无厌的人。每赚到一笔，她不是赌徒一般地将所有的钱再投进股市，而是用来购置房产，再出租出去。股市是靠天吃饭，靠运气吃饭的，聪慧如她，自然会选择房产这种稳赚不赔的投资，当作自己的后路。

没过多久，于凤至便已成为巨富了。

她买了两栋别墅，按沈阳大帅府的风格装修了，一座她住，一座留给张学良和赵四小姐住。

治好了病，挣了足够多的钱，于凤至的余生，就只剩下了一个字：等。

等张学良被释放，等张学良来找她，等他们夫妻团聚。

而她等来的，却是张学良请求离婚的信。拿到张学良的信，于凤至说了一句："汉卿是他们笼子里的一只鸟，他们随时都会把他掐死的。几十年来，我为了汉卿死都不怕，还怕在离婚书上签个字吗？"

于凤至给赵四小姐写了一封信：

> 荻妹，回首逝去的岁月，汉卿对于我的敬重，对我的真情都是难以忘怀的。其实，在旧中国，依汉卿的地位，三妻四妾也不足为怪（依先帅为例，他就是一妻五妾）。可是，汉卿到底是品格高尚的人，他为了尊重我，始终不肯给你以应得的名义……闾瑛和鹏飞带回了汉卿的信，他在信中谈及他在受洗时不能同时有两个妻子。我听后十分理解，事实上二十多年的患难生活，你早已成为汉卿真挚的知己和伴侣了，我对你的忠贞表示敬佩……现在我正式提出，为了尊重你和汉卿多年的患难深情，我同意与张学良解除婚姻关系，并且真诚地祝你们知己缔盟，偕老百年！

仿佛诀别一般，又仿佛是为自己做最后的了断，她回忆起与赵四相识、相处的点滴，直到最后，她同意离婚，祝张学良与赵四小姐幸福。

与于凤至离婚后，张学良娶了赵小姐。

那个于凤至当年心一软收留下的私奔了的女学生，那个当初跪在她面前说永远不求名分的赵四小姐，终于在无名无分地陪了张学良三十五年之后，名正言顺地成了她深爱着的那个男人的妻子。

于凤至从十几岁嫁入张家，当了半生张家少奶奶与张夫人，从那时开始，与张学良再也没有任何关系了。她唯一的安慰，还是那些旧时友人们在写信给她时，用的称呼还是：张夫人。那是她一生的感情最后剩下的唯一支点。

那时候，于凤至恐怕已经没有怨了，而是认命。

她努力做到温柔、端方、得体，保持着自己的体面，赢来的，是汉卿的敬；赵四小姐私奔、下跪、不求名分，追求自己的爱，赢来的，是汉卿的爱。

她有才、有貌、有智慧，换来的是汉卿的依赖；赵四小姐莽莽撞撞、做事全然不顾后果，换来的，却是汉卿相伴余生的承诺。

可见，爱一个人，从来都不是因为那个人足够完美。爱一个人，是连那人的不可爱之处，也能甘之如饴地一起爱了。

1990年，于凤至在美国洛杉矶因心脏病突发去世，享年93岁。她的墓葬旁边，空着一穴，是她为张学良留的。

2000年，赵四小姐在夏威夷去世，享年88岁。她的墓葬旁边，也空着一穴，也是她为张学良留的。

赵四小姐去世的隔年，张学良亦在夏威夷去世。他选择葬在夏威夷，葬在赵四小姐身边。他不是不知道于凤至身边也有他的去处，但既然辜负了，那就辜负到底吧。

于凤至，半个世纪的等待，仍然没有等来那个她爱了一生的男人。

张学良在1990年恢复自由后，带着赵一荻去了纽约。站在于凤至墓前，只留下了一句话：生平无憾事，唯负此一人。

世上情爱千万种，唯于凤至的那一种让人惊痛。但若张学良失去自由的几十年里，她不那么情深义重，世上少了一个终日活在悲苦之中的女人，历史上便会多一个饱受指摘的无情女人吧。悠悠众口最是难堵，但好在，那一场等待，于凤至是甘愿的，这或多或少会让她心里的苦少一些吧？

**图书在版编目（CIP）数据**

做世间淡定优雅的女子 / 吕夏乔著 . — 贵阳：贵州人民出版社，2018.3

ISBN 978-7-221-14623-6

Ⅰ . ①做… Ⅱ . ①吕… Ⅲ . ①随笔—作品集—中国—当代 Ⅳ . ① I267

中国版本图书馆 CIP 数据核字（2018）第 000628 号

**做世间淡定优雅的女子**

吕夏乔　著

出 版 人　苏　桦
总 策 划　陈继光
责任编辑　潘　媛
装帧设计　末末美书
出版发行　贵州人民出版社（贵阳市观山湖区会展东路 SOHO 办公区 A 座，邮编：550081）
印　　刷　三河市宇通印刷有限公司（河北省三河市杨庄镇杨庄村，邮编：065200）
开　　本　880 毫米 ×1230 毫米　1 / 32
字　　数　206 千字
印　　张　10
版　　次　2018 年 3 月第 1 版
印　　次　2018 年 3 月第 1 次印刷
书　　号　ISBN 978-7-221-14623-6
定　　价　39.80 元